Franziska König

Warten auf den Sensemann

Erinnerungen

Meinem lieben Onkel Dölein gewidmet!

TWENTYSIX – Der Self-Publishing-Verlag
Eine Kooperation zwischen der Verlagsgruppe Random House und
BoD – Books on Demand
© Juli 2020 von Franziska König
Zeichnungen von Iwan König

Titelbild: Gemälde von Wolfram König (1950)
Zuschnitt: Andreas Rothfuß, Blankenfelde
Herstellung und Verlag: BoD –Books on Demand Norderstedt
ISBN: 9783740768874

Franziska (Kika) mit ihrer Violine – fotografiert von ihrer lieben Freundin Ute aus Rottweil.

„Wenn ich dereinst verstorben bin, so schweigt auch meine Violine!" so denkt sie.
Und drum bringt Franziska alle vier Wochen ein schlankes Taschenbuch heraus:
Erzählt werden Geschichten aus ihrem Leben, die von erhöhtem Interesse sein dürften.
Jeden vierten Dienstag um 18.05 wird das fertige Manuskript in die Umlaufbahn entsandt.

Alle Vorkömmlinge finden sich am Schluß des
Buches im Personenverzeichnis

Hier aber die engste Familie:

Opa, (*1909) Opa mütterlicherseits
Oma Ella (*1913) Omi väterlicherseits
Buz, mein Papa (*1938)
Rehlein, meine Mutter (*1939)
Ming, mein Bruder (*1964)

April 2000

Samstag, 1. April
Aurich/Ostfriesland

Nieselnd

Ich radelte durch Aurich und wurde von Deprimanz umweht: Nicht nur ich selber, sondern auch die Zeit radelt hinweg. Über´s Jahr ist man bis zur Unkenntlichkeit verknittert, - erinnernd an ein Kleidungsstück, das ungefaltet in einen Koffer gebettet wurde, bloß daß der in die Jahre gekommene Mensch sich nicht mehr plattbügeln, sondern allenfalls noch zuspachteln lässt..

An der Carolinenhof-Tankstelle wiederum wurde meine Laune schlagartig besser, weil Tankstellen meist eine eigenartig wohltuende Wirkung auf mich ausüben. Ich muß nur einmal an der Tankstelle vorbeiradeln, und schon geht es mir etwas besser.

Im Fotoshop drohte meine durch die Tankstelle bewirkte seelische Reinigung aber auch schon gleich wieder durch den Anblick des ekelhaften Fotografen verdorben zu werden – und so geht es immer hin und her. Ein widerlicher grauer Typ mit einem gemeinen schmierigen hässlichen Gesicht, vor falscher Beflissenheit triefend. Ein echter Psychopath, der einem die Laune wieder verdirbt.

Heute erfuhr ich, daß der „Kaiser's" dichtmacht, und in der Tat hatte der beliebte Supermarkt die dröge Ausstrahlung eines Klavierlehrers angenommen, der bereits gekündigt hat, die dummen Schüler jedoch noch bis zum Ende des Quartals weiterunterrichten muß.

Das Gemüse sah welk und modrig aus, so daß man gar nichts mitnehmen mochte, und in der einen Tiefkühltruhe lagen gar lauter graue und schwarze Turnschuhe!

Zwei Seniorinnen schwatzten inbrünstig auf das Fräulein an der Fleischtheke ein, und baten es, über die bevorstehende Schließung nochmals nachzudenken, da den Senioren die Umstellung zu schaffen mache. „Jeejdn Dienstag und jeeejdn Sonnabend!" sagte eine Seniorin laut und hart, und an der Kasse wenig später sagte sie wiederum keck zum Eintippfräulein: „Mit Euch reejd ich nicht mehr. Weil Ihr schließt!"

Mittags hatte ich ein neues Tüchtigkeitssystem erfunden:

Alles, was ich mir vorgenommen hatte, schrieb ich auf einen Zettel, und loste aus, was zu tun sei. Bloß, daß ich die Tätigkeiten nicht mehr nach der Uhr, sondern bis zu ihrem Ende ausführte.

Zunächst loste ich aus, die Küche aufzuräumen, und endlich räumte ich sie mal so lange auf, bis kein Wunsch mehr übriggeblieben war.

Beim Rumräumen folgte ich dem Ziel, meine Küche in ein kleines Schmuckstück zu verwandeln, und die Arbeit erfüllte mich mit Freude.

Abends rief ich in Ofenbach an. Es ist aber bloß der Opa daheim gewesen, der sich beim Gedanken, was ich wohl gedacht haben mag, daß er <u>so</u> schnell ans Telefon kam, die Hände zu reiben schien.
Er habe soeben mit dem Onkel Rainer in Kanada telefoniert, und wie man merkt, wird der Rainer auf seine alten Tage hin immer anhänglicher, zumal er Rehlein zum Geburtstag einen echten Brief mit der Post geschickt haben will, der allerdings zur Stund´ leider noch nicht angekommen ist.
„Eine simple Karte mit dem Schriftsatz

Happy Birthday!!!
Rainer & Sharyn

– wetten??" mutmaßte ich lachend, da vom Onkel Rainer in dieser Hinsicht noch nie Großes oder gar Überraschendes zu erwarten war.
Dann versuchte ich solcherart auf den Opa einzuwirken, daß er sich nicht gar zu sehr der Moribundität hingibt. So lange man lebt sollte man so tun, als sei man noch jung, und wenn man dann verstorben ist, dann könne man immer noch lange genug, „den Vermodernden geben" …

Der Opa erzählte, daß Ming Rehlein zu ihrem heutigen 61. Geburtstag in die Oper eingeladen habe. Geboten würde „Falstaff" von Verdi.

Sonntag, 2. April

Herb und hellgrau

Mich von der Faulheit in den Fleiß hineinzuhieven fühlte sich an, als wolle ein Gelähmter seinen trägen, massigen Korpus aus dem Rollstuhl herauswuchten, um mit letzter Kraft zu versuchen sich wieder im normalen Leben zu integrieren.

Begeistert schaute ich mir einen Film über Udo Jürgens an, und der Udo, ein Kärntnerbursch, wirkte so frisch und anziehend, daß jede Frau im Umkreis von 120 Meilen ihren Ehemann mit Freuden gegen ihn eingetauscht hätte, und bei dieser schönen Vorstellung immer sehnsuchtsvoller würde. Leider gehört er niemanden, weil er sich eben selber gehört, und er liebt die Mädchen auch nicht um ihrer selbst willen, sondern mehr ihrer Blondheit und Jugend wegen, und außerdem suggeriert er uns Frauen, daß alle Männer so seien, so daß man sich als Frau mit illusorischen Idealen ganz verloren dünkt.

Ab viertel nach Zwei wollte Ming über den Wolken nach Amerika hinfort schweben, und so rief ich niemanden an, weil mich der von dannen Ziehende vielleicht kurz vorher noch anruft, wie ich bangend hoffte?

Doch Ming rief nicht mehr an, und um mich darüber hinwegzutrösten rief ich am Nachmittag meine alte Freundin, Frau Kehrwald, in Basel an.

Ich erzählte von Herrn Bloser und seiner Ordnungsliebe, und verlor mich dabei lustvoll in Details: Wie er sich einen wunderschönen Regenschirm gekauft habe, der so schön, nobel und elegant ist, daß man ihn unmöglich irgendwo stehen lassen kann. Dann schwärmte ich davon, was er für schöne Zähne hat, weil er sie immer so pflege! Bloß die Haare auf seinem Kopf, die hat er leider nicht halten können, aber dies sei ja genetisch bedingt.

Dann erzählte ich klatschfreudig, von der Zahnarztgattin, die leicht in meinen Papa verknallt sei, und es nicht so recht zu verbergen verstünde.

Ich las, daß Klaus-Jürgen Wussow nach dem Scheitern seiner dritten Ehe *am Ende* sei. Eines Tages mußte er sich klamm eingestehen, daß seine dritte Frau Yvonne es nur auf sein Geld abgesehen hatte. Doch der große Schauspieler – sinnesgetrübt von einer verstandsvernebelnden Liebe - hat auf die Warnungen besorgter Freunde nicht hören mögen, und nun hat man den Salat!

Montag, 3. April

Sonnig

Um 13 Uhr schaltete ich das Mittagsmagazin ein.
Die Rede wurde auf den schalen 70. Geburtstag von Exkanzler Kohl geschwenkt.
Leider waren sämtliche Feierlichkeiten wegen der verfleckten weißen Weste des Exkanzlers abgeblasen worden.
Zwei dankbare Kohl-Verehrer aus Leipzig waren dennoch nach Oggersheim gereist, um dem Kanzler ein Sträußlein zu überbringen.
„Die Blumen haben wir hier in Oggersheim gekauft, damit sie ganz frisch sind!" erzählte ein Herr plaudersam dem Mittagsmagazin und damit ganz Deutschland, - doch man traf den Kanzler gar nicht an! Man sah nur eine schwarze Limousine mit unguter Ausstrahlung aus dem Grundstück rollen, und kann sich nur vorstellen, wie der Altkanzler wohl altersgrämlich drinnen saß?

Abends telefonierte ich sehr warm mit Rehlein.
Tapfer und gefaßt meinte Rehlein, daß es mit dem Opa demnächst wahrscheinlich auch zuende gehen wird.
Worte, die man vor mehr als sechs Jahren bereits über Herrn Herberger hören mußte, bloß, daß dieser in der Zwischenzeit auch noch einen Bratschen-

abend gespielt hat, - und doch möchte sich Rehlein angesichts dieser niederschmetternden Eventualität nicht mehr so gerne vom Opa entfernen.

Der Opa geht kaum noch aus dem Hause, und steigt nur noch gelegentlich aus seiner langen Unterhose.

Dienstag, 4. April

Nieselnd trübe

Am Morgen spürte ich meine Zahnschmerzen noch immer ein wenig, obwohl sie sich gemildert hatten. Aber die Entzündung hatte mich ganz schwach werden lassen.

Mein Zahnbild fühlte sich solcherart an, als habe ein wüster Orkan gewütet, und am nächsten Tag sei´s immer noch nass, feucht und grau. So konnte ich leider nicht ganz tüchtig sein.

Besuch beim Psychiater:

Ein Wartezimmer, in dem man es sich gemütlich machen könnte, gibt es dort nicht, da Psychiaterbesucher im allgemeinen anonym bleiben möchten. („Ach?? Ticken Sie auch nicht mehr ganz??")

Ich erzählte Herrn Alting, daß ich gestern in eine geistige Starre verfallen sei, und in der Zeitung mit einer eigenartigen Mischung aus Genuß und Sehnsucht die Todesanzeigen las.

Etwas zwanghaft ist Herr Alting selber auch, denn seine Sitzungen dauern auf die Sekunde genau 45 Minuten lang. Kurz vor Ablauf dieser exakten Zeitspanne versucht er den so mühevoll angefachten Plauderschwung und Eifer seines Gegenübers gekonnt zu bremsen.

Hernach bin ich aber nicht, wie erhofft, ganz normal geworden, und stattdessen wurde ich wegen meiner vermeintlichen Zahnfleischentzündung ganz lethargisch und konnte überhaupt nichts mehr tun.

Abends litt ich an Kältewallungen und Schaffenslähmung.

Dann ging´s mir aber etwas besser, so daß ich Jörg & Christiane besuchen konnte.

Ich lief zu Fuß bei Dunkelheit im matten Licht der Straßenlampen durch die einsamen Straßen – begleitet nur von meinem eigenen stummen Schatten.

Ein bißchen hoffte ich, unterwegs ermordet zu werden.

Doch wie es immer so ist: Wenn man es hofft, dann passiert nichts.

Mittwoch, 5. April

*Ganz zauberisch und sommerlich,
so daß man gern ein Gast auf Erden ist*

Meine ehemalige WG-Mitbewohnerin Elvira hatte eine Einladung zu ihrer Hochzeit geschickt. Auf einem aufgeklebten Foto sieht man sie als kleines, aber doch dralles Vollblutweib mit einer etwas gewollt modernen Brombeerfrisur auf dem Haupt, ihren kirchenmusikerartigen Künftigen von hinten her leicht besitzergreifend umarmen. („Nun bist Du MEIN und entwischst mir nimmermehr!")
Sie schmiegt ihre Wange an die Seine und funkelt siegessicher in die Kamera.

Buz war wieder da.
Am Abend klingelte es kurz an der Türe. So kurz, daß man kurz meinte, sich verhört zu haben.
Der Christoph-Otto war's, der uns eine kleine Freude bereiten wollte: Er brachte eine selbstbespielte CD mit romantischer Cellomusik als Geschenk, und wollte gar nicht lange stören.
„Oh, bitte bleib!" rief ich und schloß die Türe hinter ihm ab. Dann lachte ich gewinnend und nett wie eine höhere Tochter, die sich unbändig über Herrenbesuch freut.
Der Christoph ist jedoch ehelich gebunden, und mußte demnach sofort wieder nach Hause.

„Scheidung!" rief Buz lustig aus, und verpackte somit das, was er wirklich denkt, in einen losen Scherz, da Buz es nicht so gerne sieht, wenn seine Spezis ehelich gebunden sind.

„Niemals!" sagte der Christoph eine Spur zu rasch, so daß dieser leidenschaftliche Ausruf direkt ein wenig klang wie ein leicht verfrühter Einsatz in einem Lied.

Donnerstag, 6. April

Sonnig, warm und frühlingshaft.
Hi und da jedoch wurde
das ungetrübte Wettervergnügen
von Schmutzwolken getrübt

Im Morgengrauen saß ich wieder an meinem Fenster, trank Tee, und las immer noch im Friesenkrimi über Wibke Kleedorf, den ich im September mit großem Interesse begonnen habe. Doch der Friesenkrimi ist nach dem so verheißungsvollen Beginn leider ein wenig anstrengend geworden: Seite um Seite wurde mit langatmigen Schilderungen gefüllt, wie Kommissar Neesken Tee trinkt!

Im Prinzip lese ich immer gern über einen Teetrinkenden, so daß ich mich dabei eigentlich eher nicht gelangweilt hab – ich dachte dabei jedoch an den Dichter und die kritischen Fragen gestrenger Seniorinnen, die nach der Dichterlesung vielleicht auf ihn einstürmen?

Wahrscheinlich hat sich der Autor Theodor J. Reisdorf auch mal mit Schwung ins Geschehen gestürzt, ohne zu überlegen, wie es weitergehen soll, und dann saß ihm die Familie im Nacken, daß er den einmal begonnenen Roman auch gescheit zuendebringen möge! (So wie bei mir.)

Ich richtete Buz und mir ein schönes Frühstück, zu welchem ich als Untermalungsmusik die neue CD vom Christoph-Otto und einem uns unbekannten Pianisten einlegte. Es erscholl das erste Stück im Volkston von Robert Schumann, und zuerst hab ich gemeint, es sei ganz toll. Dann aber schien mir, als würde der scherzhafte Beginn zu oft in gleicher Weise repetiert.

In der Küche erschien bald der ofenwarme Buz in seinem grauen Schlafanzug. Buz hatte gemeint, es sei die Margarethe die sich da auf ihrem Cello abmüht, und lachte höchst erfreut zu dem begabten, und doch ein wenig ins Korselett der „Logik" gezwängte Spiel.

Später hörte man ein romantisches Klanggewebe von Ludwig Meinardus, einem Komponisten aus Jever, der noch ein Jahr länger tot ist als Brahms – allerdings etwas länger gelebt hat. Die Natur rafft die Menschen einfach so weg oder auch nicht, ohne sich Gedanken zu machen, wer wohl besser länger leben sollte.

Den Pianisten, obwohl auf dem Foto nett lächelnd, fanden wir doch ein wenig eckig, und ich scherzte, daß man das Duo doch „Innig & Eckig" nennen könne, und der süße Buz lachte zu meinen Worten.

In der nächsten Stunde beim Psychiater solle ich meine Lebensgeschichte erzählen, berichtete ich Buzen:
Man möge aber nur ganz ungezwungen und nett berichten, und ab und zu darf man beispielsweise auch bei einer heiteren Episode verweilen. Auf keinen Fall solle dies als „Prüfung" angesehen werden.

Abends schauten wir den „Donnerstalk", eine quotenträchtige Sendung, in die man Leute einzuladen pflegt, die gar nicht zusammenpassen und verbal auf einander eindreschen sollen. Eine Art Hahnenkampf, wenn man so will. („Gespräche", hahaha –nein! Ein Gegacker, bei dem Federn gelassen werden.)
Dann telefonierten wir mit dem süßesten aller Rehleins:
Rehlein hat leider einen Kummer. Das Modem von ihrem PC ist kaputt, und Rehlein in der Moribundenaura vom Opa somit von der Welt abgeknapst!
Dem Opa geht´s wieder gut. Ich freute mich darüber, und erzählte Rehlein, daß der Opa wieder eine Motivation brauche: Am besten wäre es, wenn er ab Morgen wieder einer Arbeit nachginge. Morgen

früh um acht muß er anfangen, und hi und da wird er leider um einen Rüffel vom Chef nicht herumkommen.

Freitag, 7. April

Wunderschön sonnig

In unserer großen Sammlung fand sich eine CD auf welcher Mischa Maisky Cellowerke von Bach interpretiert. Diese CD war erst unlängst in der NMZ mit einer verheerenden Kritik bedacht worden, die Buz belustigt vorgelesen hatte, weil es die Erwachsenen immer freut, wenn die oberen Zehntausend eins auf den Deckel kriegen. Ich wiederum hatte dem Kritiker nicht geglaubt, und hatte selbigen vielmehr im Verdacht, zu jenen „Experten" zu zählen, die über die steife und unbeholfene Bach-CD eines Alois Kottmann schreiben: „Kein Mensch wird künftig mehr an dieser Aufnahme vorbeigehen können."
Tatsächlich aber tönte uns nun eine sehr mäßige Aufnahme der ersten Bach Suite entgegen: Jemand versucht krampfhaft, seinen Ruf als Genie zu verteidigen, und dabei sind womöglich alle Genialitätsmoleküle bzw. die Gefühle, die dafür vonnöten wären, längst verdampft…Enttäuschungen und bittern Erfahrungen geschuldet.

Buz schürzte gar die Lippen – wie im Artikel von Friedemann Rast beschrieben, und dies, wo ich nach Erscheinen dieses unpassenden Artikels ausgerufen hatte, daß Buz nie die Lippen schürzt.
Danach ertönte das Streichquintett in C von Schubert. Überall steht immer zu lesen, dies sei eines der ergreifendsten Werke der Kammermusikliteratur, doch immer wird's nur von irgendwelchen Ensembles – bestehend aus ausgebufften, eiligen Profis, die sich bei irgendwelchen Festivals treffen, - auf die Schnelle auf Zähl- und Durchkommbasis einstudiert – und genau so klang es nun, auch wenn es sich hierbei um das Melos-Quartett, angereichert mit dem cellistischen Juwel Mischa Maisky, handelte.
Buz blätterte dazu mit Begeisterung, wenn auch einkanalig, in dem schönen Bildband von Franz Radziwill, und es ließ sich nicht erkennen, ob ihn die himmlischen Klänge überhaupt erreichen?
„Irgendwie fehlt denen der richtige Muskeltonus!" sagte ich über die Interpreten und war froh, daß ich ins Fitnesstudio gehe.

Zum Mittagessen erzählte ich Buzen die traurige Geschichte der Wussows, auch wenn es vielleicht leicht taktlos war, da der Altersunterschied zwischen den verzwistelten Ehehälften haarscharf genau wie jener zwischen Hilde und Buz 26 Jahre beträgt.
Ich tat so, als habe ich diese Geschichte aus meinem Kochmagazin, und Buz tat so, als höre er sie das

erste Mal. Dabei liegt die Geschichte „in der Luft", und ist ein Thema unserer Zeit.
Später las ich noch mehr darüber in der Zeitung:
Wie der Wussow alles auf eine Karte gesetzt hatte, und verlor! „Uns gibt´s nur im Doppelpack!" so der Liebeskranke einst.
Dabei sieht die Yvonne leider ganz häßlich aus.
Solarstudiogedörrt und unzufrieden.
Doch das sehen Liebeskranke ja bekanntlich nicht, und vielleicht war sie ja im Bett eine Granate?

Samstag, 8. April

Weißwölkig und unauffällig

Buz las mir ein Interview mit dem weltberühmten Violinpädagogen Sachar Bron vor, das ich bereits kannte.
In meiner Erinnerung war dieses Interview sehr dichterisch, wie von Tschechow geschrieben. Doch nun, von Buzen vorgelesen, klang es eigentlich eher gewöhnlich, und russengemäß sagte der Pädagoge ganz oft „im Prinzip…", so wie man bei uns vielleicht ein „sach ich mal", zwischen die Sätze zu schieben pflegt?

Zur Mittagsstund rief ich die Wittib Frau Garrelts an.

Ich erfuhr, daß sie seit dem 16. März Oma ist. („Der eine geht, der andere kommt") „Johannes". Alle Säuglinge, die in letzter Zeit geboren wurden, heißen so, und die Erwachsenen sagen schwärmerisch: "Mir gefällt der Name so!"
Die Omi hätte es damals auch begrüßt, wenn Ming nur „Johannes" geheißen hätte, erzählte ich.
Dann erzählte ich, daß meine Omi früher bei fast allem, was mein Papa tat (zu heiraten, seinen Sohn „Iwan" zu nennen, bzw. ihn überhaupt gezeugt zu haben) „ach Gott, ach Gott!" rief. Hätte er aber nicht geheiratet und keinen Sohn gezeugt, der demnach auch nicht Iwan genannt worden wäre, so hätte sie auch dazu „ach Gott, ach Gott!" gesagt, weil sie´s halt immer tat.

Sonntag, 9. April

Atemberaubend schön

Beim Zubettgang dachte ich: Die letzte Nacht mit meinem Zahnnerv! Ab morgen ist´s nur noch ein Grabstein in meinem Munde.
Doch jetzt, da ich dies schreibe, ist der Zahn schon tot, und ich bin eigentlich mehr froh als traurig. So, als sei ein alter Opa gestorben, der in letzter Zeit nur noch genervt hat.

Von meinen Träumen weiß ich nur noch, *daß ein Kranich für mich gesungen hatte, daß ich die Nächste wäre, die vom Tode abgeholt würd´. Etwas, das mir nur recht sein konnte.*
Nach der Zahnbehandlung nahm mich der Jörg im Auto noch bis zur Aral-Tankstelle mit, und kurz vor der Verabschiederei bin ich immer ein wenig mit mir im Patte, wie ich den Herrn denn nun verabschieden solle? Mit einer Umarmung ist es vielleicht zu eindeutig avanciös, und ein Händedruck wiederum wäre zu unverbindlich. Dann umarmte ich ihn allerdings doch nett, denn meine Nettigkeit siegt gottlob oft über meinen kühlen Intellekt.

Buz und ich besuchten ein Konzert in einem entlegenen Ort namens Sengwarden, wo es eine noble kleine Kirchenkonzertreihe gibt.
Zuerst standen wir, da zu spät gekommen, unschlüssig im Vorraum, während durch das Milchglasfenster des Kircheninnenraums, aus welchem die Gesänge dröhnten, eine kuhartige, dicke Frau solcherart lauernd und leicht unangenehm auf uns draufblickte, als wolle sie uns verdächtigen, vielleicht die Kasse plündern zu wollen, oder uns zumindest unentgeltlich ins Konzert zu schmuggeln.
Nach einer Weile saßen wir dann im Kircheninneren. Kirchenkonzertgemäß waren nicht soo viele Leute erschienen, und man hörte wässrig-dumpf und zart klingende Barockmusik mit zwei Lauten.

Einer der beiden Lautenspieler hatte schütteres Haar: Eine Glatze fast, die man mit ein wenig Resthaar, das man auf die schwitzende Glatzenoberfläche draufgeklebt, geschickt abgedeckt hatte, und etwas ungerecht, wenn man so will, hatte der Spieler neben ihm eine regelrechte Brombeerfrisur, die nach Schur rief.
Später mischte sich noch der weiche Klang einer Gambe, bezupft von einer Dame, hinzu.

Ich selber könnte jetzt nicht sagen, ob dies nun toll war oder nicht. Ich saß halt so da. Buz aber war sehr geödet von dem monotonen musikalischen Gebabbl, das in seinen Ohren ähnlich getönt haben mag, wie die Topflappen aus Buchstaben die Frau Kionczyk in Omis welke Ohrmuscheln hineinzuschwallen pflegt, und als ich leise und diskret: „chuei chia?" (Gehen wir? (auf chinesisch)) murmelte, hat Buz sich nicht weiter bitten lassen.

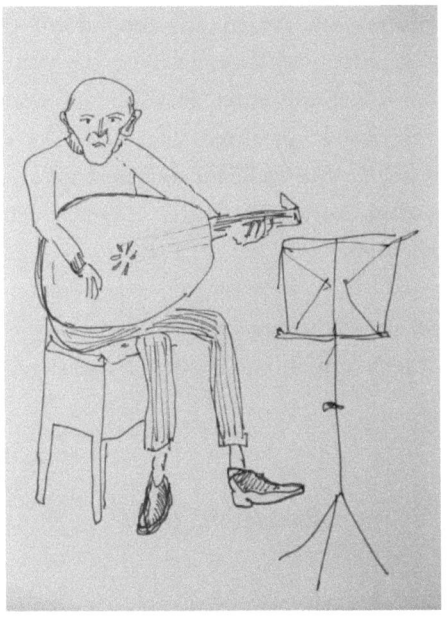

Der dicken Dame schenkte Buz 20 Mark, obwohl's doch gar nicht klar war, ob das überhaupt wirklich die Kassenfrau sein sollte? Ein mattes Lächeln stahl sich auf das leere Gesicht, weil sie uns falsch verdächtigt hatte, oder aber auch nur, weil sie sich freute, daß ein fremder Herr ihr 20 Mark symbolisch gesprochen in den Ausschnitt stopfte?

Zum Abendessen konnte man´s kaum fassen, daß sich dieser köstliche, schöne Tag schon wieder niedergesenkt hat.

„So, wie sich dieser Tag jetzt müde niedergesetzt hat, so setzt sich eines Tages das ganze Leben nieder!" philosophierte ich Buzen an ohne drum gebeten worden zu sein, und dann erzählte ich von Mäme Leutz, die einst mit ihrer Staffelei auf dem Radl durch Hooksiel gefahren ist, um sich eine niederpinselnswerte Stelle zu suchen. Und als sie die Staffelei dann aufgestellt hatte, blies ihr der Wind wieder alles um.

Die Omi ist ein wenig in Aufruhr, weil die Hilde einen Besuch mit ihrem kleinen Baby angekündigt hat.

Montag, 10. April

Zuerst wunderschön.
Ab Mittag jedoch mehlig bewölkt

Ich kaufte mir den „*Spiegel*", weil mich eine traurige Geschichte sehr interessiert hat: Über den heute 44-jährigen Otto B. aus der Nähe von Ulm, der als 16-

jähriger eine Klassenkameradin aus neurotischen Motiven heraus erwürgt hat.

Erst jetzt konnte ihn ein Gentest überführen, und all die Jahre über schleppte der Herr, der ansonsten kein Sträflingstypus ist, das dunkle Geheimnis mit sich herum.

Seine Frau vermisste während des gesamten Ehelebens ein Gefühl der Vertrautheit, das doch unter Eheleuten so wünschenswert gewesen wäre, und außerdem wurde er zum Wörkoholiker.

Bestraft werden kann er nach all den Jahren wohl nicht mehr für diese Jugendsünde, doch nun liegt er mit schwersten Depressionen im Krankenhaus, und nur noch seine liebe 16-jährige Tochter Beate hält zu ihm, und schickt ihm aufmunternde kleine Brieflein.

Daheim war Frau Meyer am Werken.

Frau Meyer erzählte Buzen und mir freizügig, daß sie deswegen im Krankenhaus gewesen sei, weil sie einen Knoten in der Brust entdeckt hat.

Von diesem erlittenen Schrecken schien sie mir noch etwas bleich.

Die Arbeit in der Musikschule mit den renitenten und retardierten Musikschülern hatte Buz heut sehr geschlaucht, so daß er Rehlein plötzlich verstehen konnte.

Von Rehlein selber war heute eine Postkarte gekommen, auf welcher eine Ziege abgebildet war.

Rehlein hatte uns ein Gedicht dazu geschrieben, und sehnte sich unendlich nach uns.

Abends betreiben Buz und ich Hausmusik. Wir spielten das Streichquartett von Wim Stoppelenburg zu zweit, und die Arbeit machte mich sehr müd, weil ich vom Blatt spielte, und nie wußte, ob wir richtig sind. Doch modern klang´s allemal.

Ich sprach davon, wie der Herr Professor Kebab herzlich gerne bereit wäre, seine Bequemlichkeit zu opfern, um mit uns das Sextett von Brahms gescheit durchzunehmen.
Dafür, daß das Sextett endlich mal vernünftig erklingt, würde er auch auf seinen wohlverdienten Urlaub verzichten.
Man müsse ihn nur anrufen und fragen: „Haben Sie im Urlaub schon etwas vor?"
Der Professor wird – in eine Panade aus lustigen Formulierungsversatzstücken gezwängt – erzählen, daß er vielleicht schon etwas ins Auge gefasst habe, das jedoch mit einem Schlag bedeutungslos würde, wenn man ihn anderweitig brauchen könnte.

Dienstag, 11. April

Sonnig.
Fast ein wenig stickig

Am Morgen kraxelte ich mit einem Korb frisch geernteter Wäsche die steile Speichertreppe hinab.
Wenig später rief Rehlein an und erzählte, daß die Frau des türkischen Herrn, der in Ofenbach lebt, 35-jährig ganz plötzlich schwer an Krebs erkrankt sei, und maximal noch ein halbes Jahr zu leben hat! Wohin dann mit ihren fünf kleinen Töchtern? Erschütternd!
Und *ich* ringe vergeblich nach Kirchenkonzerten und denk´, ich sei ein armes Hascherl!
Dann berichtete Rehlein, daß der süße kleine Opa so alt und schwach geworden sei. Neulich habe sie ihn in sein Mäntelchen gezwängt, und dann war der Mantel dem Opa zu schwer! Da tat mir Rehlein als Tochter so unendlich leid, denn der Gedanke, daß ich Buz mal in ein Mäntelchen zwänge, das ihm zu schwer wird, tat schon jetzt unendlich weh.
Für den Gang zum Gasthaus und wieder zurück hätten sie eine ganze Stunde gebraucht, und da hat der Opa dem warmen Rehlein so leid getan!
Das Gastwirtstöchterlein, die kleine Martina, sei um das dahinspazierende seltsame Gespann herumgehüpft und steckte dem Opa schließlich frisch-

gepflückte Blümchen in seinen langen, eisgrauen Bart. Da ist der Opa so glücklich geworden.
Doch Glücklichsein strengt an, und hernach war der Opa so erschöpft.
Rehlein berichtete weiter, daß der Opa manchmal so fröhlich lacht wie ein kleines Kind.
Neulich habe sie dem Opa zum Gaudium, und so als sei´s ein Heiligenschein, einen Mozarttaler auf den Kopf gelegt. Der Opa hat´s aber bald vergessen, daß der hoch dort oben lag, und als der Taler dann herabfiel, lachte der Opa entzückt und erheitert.

Mittwoch, 12. April

Regentrüb.
Manchmal leicht aufgelockert,
dann wieder ganz finster

Mittags kam Buz von seinen ominösen Aushäusigkeiten nach Hause, und an der Art wie er sich beim Eintritt ins Haus benahm, ließ sich unschwer erahnen, daß er nicht alleine war. Und tatsächlich: Zwei fremde Beine spiegelten sich im Flurspiegel.
Herr Gaßmann war´s!
Herr Gaßmann und ich kannten uns kaum zehn Sekunden lang, und schon erzählte ich die erhei-

ternde, köstliche kleine Geschichte, die ich einfach über ihn erfunden habe.
Doch hierzu muß man ein wenig ausholen:
Eines Tages hatte uns Frau Münch die CD eines uns bis dahin gänzlich unbekannten Gitarristen in den Briefkasten gelegt – und dieser Unbekannte war er!
D.h. so GANZ unbekannt war er mir nun auch wieder nicht, da ich auf Baltrum sein Plakat gesehen hatte – fröhlich lächelt er darauf in den silbrigen Glanz der Sonne hinein, während seine Finger die Gitarre solcherart bezupfen, als sei sie seine Geliebte!
„Geben wir ihm eine Chance!" hatte ich gesagt und die CD eingelegt, und kaum zupfte er los, da habe ich bereits auf Buzen eingewirkt:
Er möge dem Unbekannten auf diese Bewerbung hin schreiben: „Sie haben so schön auf der Gitarre gezupft, daß ich Ihnen meine Tochter zur Frau geben werde!"
Die Tochter – das bin ich, und der Gaßmann lachte herzlich über diese ganz und gar ungewöhnliche Geschichte so kurz nach dem Kennenlernen.
Teils aus ehrlicher Herzlichkeit und teils auch aus der Freude heraus, interessante „Konnekschns" geknüpft zu haben.
Ich seh´s noch vor mir, wie er bei uns am Teetisch saß, und herzlich lachte…

Um 17 Uhr begann meine Sitzung beim Psychiater.

Ich mußte meinen Lebensweg schildern, fühlte mich jedoch gar nicht in Stimmung. Herr Alting schrieb immer alles in seinen gelben Block hinein und machte eine ernste Miene dazu. Hauptsächlich redete ich über die Länder, die wir bewohnt und die Schulen, die wir besucht…und auf dem Heimweg hatte ich das Gefühl, versagt zu haben.

„Ich habe nur so grob dahergeredet, und wichtige Details einfach unter den Tisch gekehrt!" sagte ich mir. Andererseits störte es mich, daß Herr Alting beim Erzählen keine rechte Resonanz erkennen läßt, was er von meinen Worten hält? Wenn er wenigstens ab und zu „Unglaublich!" oder etwas derartiges dazu sagen würde.

Donnerstag, 13. April

Regnerisch.
Manchmal etwas aufgeklart, und dennoch fühlte sich die Aufklarung an, „wie in der Kehrwoche".
Abends graupelte es wild vor sich hin

Ich telefonierte mit der Christiane und wir verloren uns in einer müden, und doch lustig schäkernden Plauderei.
Die Christiane habe einst einen Vogel namens „Struppi" besessen, der somit hieß wie ein Hund. Vor 25 Jahren flog er eines Tages davon, und man

sah ihn nie wieder. Dies erinnerte mich an die wartende Gabi im Park im Hit von Udo Jürgens.

„Hat der Tone dich heute besucht?" frug die Christiane betont beiläufig, so wie Omi Mobbl einst betont beiläufig zu fragen pflegte: „Kommt die Gerswind?"

Freitag, 14. April

Oftmals schön sonnig – doch manchmal regnete es

Der Jörg gab mir zu bedenken, daß es vielleicht vernünftiger wäre, den kranken Zahn ziehen zu lassen

Nachtrag 2020: Noch immer drin.

und im Geiste *lächelte ich milde und erzählte ihm: „Ich glaube, ich muß etwas ausholen, damit Du mich besser verstehst:*
Ich hatte und habe nicht vor, älter als 37 Jahre zu werden. Das Jahr 2000 wollte ich noch „anknabbern", doch danach hatte ich eigentlich vor, Selbstmord zu begehen. Und ich möchte, wenn möglich, mit all meinen Zähnen beerdigt werden. Ich möchte es einfach nicht erleben, wie ich bei lebendigem Leibe verwelke und graumeliere!"

Nachtrag 2020:
Und auch ich bin noch immer da.

Samstag, 15. April
Aurich - Grebenstein

Herb und leicht regnerisch

„Ernst-August Erbkrankheit?"
..las man groß und plakativ in der Bildzeitung, weil der Ernst-August neulich extra zum Frühstücken nach New York gejettet ist, so daß „die" von der Redaktion hoffen, daß er die despektierliche Überschrift nicht mitbekommt.
Na, da wird der Ernst-August aber schäumen, wenn ihm dies von wohlwollenden Lippen zugetragen wird. Bloß besteht seine Erbkrankheit doch darin, daß er dauernd schäumt?

Ich begegnete Rehleins Teezirkeldame Frau Schulze.
Windverblasen im roten Tuchannorack, mit echten, aber teevergilbten Zähnen und unzähligen weißen Fädchen in der getönten Röllchenfrisur.
Wir unterhielten uns über Rehleins Bluthochdruck, und ich bekam ein wenig Angst, als Frau Schulze davon sprach, daß *ihre* Mutti bereits als 68-jährige diesem Leiden erlag.

Leider schreibt mir das Lindalein, seitdem sie den Neuen hat, nicht mehr, da es mit Verliebten langweilig ist. Man bedeutet ihnen nichts mehr, und spürt dies fast schmerzhaft überdeutlich.

Das Schöne dabei ist allerdings: Hat man ein wenig Geduld, so blättern die Verliebtheitsmoleküle eines Tages vom Verliebten wieder ab, und zum Vorschein kommt der angenehme Mensch, der er einst gewesen, in gereifter Form, und dadurch, daß die Linda ja meine liebe Kusine ist, will ich Geduld haben.

In der Autobahnraststätte „Dammer Berge" geschah das Unglaubliche: An einem Stehtisch stand völlig überraschend Herr Gaßmann, der uns gestern so warm auf Band gesprochen hatte.

Eine wundervolle Begegnung.

Gleich kamen wir ins Plaudern als hätten wir uns schon ewig gekannt, und Herr Gaßmann verfärbte sich in freudigem Überschwang sogar leicht purpurn! Ich lernte seine warmherzige Frau Ingrid, und das kleine Töchterlein Edith kennen, - ein kleines Kind mit fast rosafarbenen feinem Haar, das Ende Mai zwei Jahre alt wird.

Herr Gaßmann lernte seine Frau auch erst spät, und durch großen Zufall, kennen:

Als er einst in einem Lokal musizierte.

Bis dahin lebte der zirka 40-jährige Herr ganz zurückgezogen und allein.

Dann trennten wir uns in dem Gefühl, je neue, wahre Freunde gefunden zu haben.

Grebenstein am Abend:
Onkel Eberhard öffnete die Türe.
Die Omi telefonierte mit dem Utelchen in Rom, und der schicksalsgepiesackte Onkel kühlte seine allergieverquollenen Augen.
Aber als ich ihn darauf ansprach, wurde er gleich unwirsch, weil ihm die Omi so unsäglich auf die Nerven geht, und wenn sie dann auch noch einen ihrer Kommentare dazu lieferte, dann würde er womöglich völlig ausrasten?
In der Tat verstehen sich Mutter & Sohn üüüberhaupt nicht!
Der Eberhard redet immer ganz laut auf unser kleines verglimmendes Lebenslicht ein, und so ziemlich alles, was die Omi mit ihrem feinen und zarten Stimmchen sagt, stimmt ihn rasend.

Ich erfuhr, daß das Eberhards Exe, das Uschilein, immer in der Vergangenheit gewühlt hat, und der genervte Onkel habe ihr nach einer Weile geraten, die ewig gleichen Geschichten zu nummerieren.
Dann gab es Sekt.
„<u>Es</u> kriegt keinen Alkohol!" sagte die Omi über mich.
„Nein. „Es" ist ja auch erst zwölf Jahre alt!" barschte der Onkel gereizt auf.

Im Geiste erzählte ich Buzen bereits beklommen, wie furchtbar der Abend gewesen sei, doch dann wurde er ja gottlob doch etwas netter.
Hauptsächlich, weil ich so verbindende Geschichten erzählte: z.B. vom Herrn Gaßmann und vom Psychiater, und all dem schickte ich auch noch eine unreflektiert dahingebabbelte Hausfrauenphilosophie hinterher: Wie man lernen müsse, zu Lebzeiten, also „währenddessen" ein Optimum an Genuß aus dem Zusammenleben mit den Verwandten zu ziehen.
Leider sah die Küche sehr verlottert aus, so daß ich als gute Enkelin und Nichte bereits die Ärmel zurückkrempelte. Doch der Onkel sprach davon, daß wir morgen früh im Caféhaus frühstücken, und hernach könne man immer noch aufräumen, und dann wolle er für uns kochen.
Dann wurde es aber wieder ungemütlich.
Als die Omi mich bat, etwas hinauszutragen, hat der Onkel Eberhard gleich gereizt und mit barschen und groben Bewegungen den *ganzen* Tisch abgeräumt.

Sonntag, 16. April
Grebenstein - Burkardroth

Warm und wunderschön leuchtend

Am Morgen hörte man Stimmgewirr:

Die Edith mit ihrer kräftigen Stimme, und den Onkel Ebi in seiner verdrossenen, an der Kippe zum hysterischen Aufschäumen balancierenden Theaterstimme.

Ich fühlte mich so eingezwackt wie in der Mausefalle, und sehnte mich nach meiner Freiheit auf den Autobahnen.

Die Omi pochte zag mit ihrem kleinen morschen Fingerknöchel an meine Tür.

„Warum lässt du es denn nicht schlafen?" barschte der Onkel Eberhard streng auf. Ich stak allerdings schon zur Hälfte in meiner Hülle, so daß wir uns schon bald zum Frühstück niedersetzen konnten.

Die Omi wollte immer alles mögliche aus ihrem Blickfeld hinfortgeräumt haben, und der Onkel wurde immer nervöser davon. Sonst saß er immer bloß wie ein Leidender da, und hielt seine allergieverquollenen Augen mit allen zehn Fingern umschlossen. Zuweilen erinnerte er an Buz und wirkte wie jemand, dem das Geschwätz von Damen jenseits der 50 unsäglich auf die Nerven geht.

Ständig muß man damit rechnen, daß der Onkel ausruft: „Sag mal Mädchen, kannst du <u>einmal</u> einen vernünftigen, normalen Satz sagen?" so daß ich mich nur bedingt behaglich fühlte.

Die Omi meinte, daß es schlimmer geworden wäre, mit meiner Theaterstimme, was vielleicht auf die Psychiaterbesuche zurückzuführen sei?

Einmal verschwand die Omi für längere Zeit im Häusl, und der Eberhard erzählte, daß seine

Adoptivtochter Johanna schwanger sei – etwas, was die Omi *auf gar keinen Fall* wissen dürfe.

Am Vormittag versuchte der Onkel beständig und vergebens seine Lieben in Berlin zu erreichen – ein kleiner, verdrießlicher Seitenzweig in seinem so sauren Leben: Ständig ist das Telefon in der heimischen Wohnung besetzt, weil die Kathi ihren fünf Freundinnen in dürren Worten schnell noch etwas sagen muß – oder die Gabi ihrer Freundin Silke.

Heute erfuhr ich auch, daß das Utelchen Zucker habe, und brach für einen kurzen Moment beinah zusammen unter der Last an Verdrießlichkeiten die unsere Familie heimgesucht hat.

Nett vom Onkel Ebi war allerdings, daß er der Omi einen großen Schokoosterhasen der Firma Lindt aus der Schweiz mitgebracht hat, und sollte man seine Blicke nicht lieber auf Erfreulichkeiten dieser Art fokussieren?

Sogar ein wenig gegeigt habe ich, um den Eberhard zu erfreuen, und um die Zeit bis zur Abreise besser zu überbrücken.

Der Eberhard machte sein Versprechen wahr und kochte für uns:
Es begann zu duften, und bald schon durfte man sich zu einem schönen Sonntagsessen niedersetzen: Butterglänzende Zwirbelnudeln mit Fleisch und Brokkoli.

Doch der Eberhard saß immer nur seelisch in die Tiefe gezogen da. Zu einer Statue erstarrt.

Am Nachmittag fuhren wir zum Friedhof.
Ich fand den Grebensteiner Friedhof so wunderschön:
Ein Meer an leuchtenden Farben in schönstem Sonnenscheine. Aus dem Friedhofstor trat soeben ein Herr mit maulkorbbartumrandeten Gesicht ins reale Leben heraus, und frug den Onkel Ebi aufgeregt, ob er wohl ein Händi dabeihabe?
Der Eberhard wirkte so professoral und vertraueneinflößend.
Eine alte Dame sei zusammengeklappt. Dazu schnitt der Herr ein überernstes und verdrossenes Gesicht, auch wenn man sich im Grunde keinen praktischeren Ort vorstellen kann, wo „es" (das Unvermeidliche) passiert, als ausgerechnet auf dem Friedhof.

Tapfer wackelte unsere Omi an ihrem Rollator mit, und nach einer Weile liefen wir durch die pralle Sonne, unter malerischen Ästen mit flirrenden Blättern an der Schule vorbei Richtung Eiscafé.
Ich beklopfte Omis krumm und hart gewordenen Rücken und repetierte Worte vom Utelchen: „Wir wollen doch auch noch den 90. erleben!"
Zwei kleine Kinder auf Tretrollern rasten bedrohlich auf die Oma zu.

Dann saßen wir im Eiscafé, tranken Cappuccino, und der Onkel hat seine autistische Ausstrahlung nicht ablegen mögen.

Über meine Kusine Kathi erfuhr ich, daß sie ein sehr liebes, aber ganz einfaches Naturell sei.

Dann mußten wir uns bereits sputen, weil der Onkel seinen Zug um 16 Uhr 44 unbedingt noch erwischen mußte.

Die Zeit war uns bereits ein wenig vorausgeeilt.

Eilig setzten wir die Omi daheim ab, und ich fuhr den Eberhard forsch zum Bahnhof.

Auf der Fahrt erfuhr ich, daß am Ende der langen Reise eine ernste Unterredung mit seinem Sohn Oliver auf ihn warte. Der Oliver schwänzt dauernd die Schule, und hat eine strohdumme Freundin, zu der er leider immer ganz gemein sei.

Zum Lachen:

Einmal habe Eberhards böse Exe, das Uschilein, ausgerufen: „JETZT habe ich begriffen, wie das mit dem Autofahren geht!" Doch nach dem Wortpartikel „ahr", ging der Rest des Satzes in schrill jaulendem Tone unter, als der Lack des Autos hinweggeschürft wurde, weil das Uschilein so ungeschickt in die Garage hineingefahren war.

Ob der Ebi seinen Zug noch erhaschen konnte, weiß ich nicht.

Auch ich fuhr weiter.

Montag, 17. April
Burkardroth - Ofenbach

Warm und sonnig

Im Buchhaus Puster in Passau kaufte ich Buzen zu seinem bevorstehenden Geburtstag die frisch erschienenen Memorien seines Idols Isaac Stern, (eines weltberühmten Violinisten), und konnte es hernach nicht mehr erwarten, daß Buz das frisch eingewickelte Geschenk endlich auspacken darf. Doch kaum hatte ich den Kauf getätigt und mich damit entfernt, da peinigte mich die Idee, daß vielleicht *alle* Freunde genau dies und kein anderes Geschenk für Buzen ausgesucht haben?
Allen voran die Veronika, die doch das ganze Jahr über die Augen offen hält, was sie *ihrem* Idol wohl passendes schenken könne?
Und Rehlein hat es vielleicht auch schon besorgt?
Seitdem Mobbl gestorben ist, fahre ich nicht mehr so gerne nach Österreich – mir kommt es immer vor, als besuche ich meine Mutter im Exil, und Ming wiederum ist derzeit leider in Amerika.
Die Gefühle ändern sich dann allerdings hinter der Grenze, wenn ich mich in Österreich als Gast willkommen und liebevoll umschlungen fühle.
Wunderbar warm.
Im Radio spielten Shlomo Mintz und Isaac Stern etwas behäbig das Doppelkonzert von Bach, und ich

hatte das Gefühl, als sei mein Musikverständnis mit den Jahren besser geworden, weil ich alle möglichen Facetten auf einmal erfasse. Der eine Geiger spielte etwas gepflegter als der andere: Ich nahm an, es sei der Jüngere - Shlomo Mintz.

Den zweiten Satz spielten sie mit stämmigen durchvibrierten Tönen, und nur die eine kleine Sechzehntel-Stelle gegen Ende der ersten Phrase verriet Gefühle – obwohl´s im Grunde widerliche, schwitzige amerikanische Steakfraßtypen sind.

(Aber gottlob eben nicht *nur*!)

Erst nach 21 Uhr traf ich in Ofenbach ein.

Rehlein war so bezaubernd und hüpfte vergnügt und freudig auf mein Auto zu, und auch der Opa wackelte so nett herbei, daß man ihn schon von der Ferne als Silhouette sehen und vorgenießen konnte, während ich Rehlein freudig umarmte.

Jedenfalls liebte ich die Meinen am Abend unglaublich.

Abends machten wir uns die größten Sorgen um Buz, der nicht angerufen hatte. Nicht auszudenken wäre, wenn er jetzt, da ich ihm das schöne Buch gekauft hab, gestorben wäre!

Opas Enkelin, das Jennilein, ist nach Istanbul gezogen, und so schlug ich vor, daß ich morgen früh mit dem Opa nach Istanbul reise, um das Jennilein

zu besuchen, damit der Opa sich endlich mal aus seinem durmeligen Greisenleben losreißt.
Später im Himmel kann man noch lange schlafen. Und wenn der Opa unterwegs müde wird, dann halten wir an, und er darf sich ein wenig ins Gras legen und schlummern.

Dienstag, 18. April

Heiß und sonnig wie im Hochsommer

Ich nächtigte in Ming´s verwaistem, und von Rehlein so liebevoll bezogenen Bett im Ashram, und in der Nacht rumorte mein verstorbener Zahn zuweilen dumpf..
Am Morgen fluteten die Sorgen um Buzens Verbleib in meinen Kopf zurück.
Dann übte ich, und kaum pausierte ich nach einer Weile los, da wurde ich auch augenblicklich ganz schwer davon. Der Pausierende versinkt in einen dunklen Brunnen, aus dem man sich kaum noch befreien kann, und da beschlich mich eine Ahnung, wie sich der Opa wohl fühlt?
Wie angeleimt saß nun auch ich an meinem Stammplatz auf der Eckbank.
Rehlein erzählte munter von Annegrets Frischling „Johannes Maximilian", der vielleicht nicht soo

hübsch ist (wenigstens nicht so, wie wir es waren), weil er leider Gottes die Gelbsucht, und demgemäß ganz gelbstichige Augen hat.

Ich klammerte mich an einen Stapel Briefe, der sich im Laufe der Zeit als „kleiner Dank" vom erweiterten Bekanntenkreis für Rehleins reichhaltigen Früchtebrotbrief gebildet hatte.

„Ich grüße Dich sehr herzlich mit „Moin-Moin!" schrieb z.B. Herr Backe so nett, und ein aufmerksamer Leser liest natürlich noch anderes aus diesen scheinbar simplen Worten heraus.

Heinz-Werner Zimmermann, der Komponist aus Frankfurt, schrieb einen sehr netten Brief – nur einen Satz gegen Schluß fand ich blöd, weil ich mich darin so mißdeutet fühlte. Heinz-Werner Z. griff darin den Hemmschuh auf dem Lebenspfade, die „Opasitterei" auf:

"Soll doch Franziska mal 14 Tage lang Urlaub vom Kirchenkonzertieren machen! Oder kratzt sie mir jetzt die Augen aus??"

Ich fand diese Worte so häßlich – grad so, als würde ein stumpfsinniger Geigenschüler quietschend die Saiten putzen, und wandte mich innerlich von Heinz-Werner Z. ab, so wie ich mich auch mal vom Franz abgewandt hab, als er laut quietschend seine Saiten putzte. Ein falsches Wort, eine falsche Tat zur falschen Zeit, und man verliert einen wohlwollenden Menschen als Freund.

Alles kann ich verzeihen. Nur geräuschvolles Saitenputzen, Kreidengequietsche auf der Tafel oder mit Filzstiften auf einem Blatt Papier, sowie mit dem Messer beim Fleischessen leider nicht.

Am Morgen hat man schon wieder die Anstrengung des Seniorensittens zu spüren bekommen. Gestern hatte Rehlein dem Opa so nett sein Bett bezogen, und nun hatte er sich aus Faulheit mit den Kleidern ins Bett gelegt, und alles durchgeschwitzt!
Baden mochte er auch nicht – und weil der Opa ständig einschlummert wie jemand, der schon halb im Sarge steckt, ist es demgemäß mühsam, ihn nochmals dazu zu animieren, zum Baden aus dem Sarg zu steigen.
Nach einer Weile saß der Opa dann allerdings – ganz in Weiß, wie ein altgewordener Arzt - beim Kaffee, und ich sprach wieder davon, wie der Opa sich auf die lange Reise nach Istanbul begibt, um das Jennilein zum 25. Geburtstag zu überraschen.
Von unterwegs ruft er an, weil er den Zettel mit der Adresse verloren hat.
Und ich freue mich immer, zu sehen, daß der Opa bei solchen Geschichten zart aufschmunzelt.

Am Vormittag fühlte ich mich bedrückt und matt, müd und unnütz, wattiert und wie gelähmt. Ich machte mir Sorgen, ob Buz noch lebt, auch wenn´s mir gelang, diese Sorge meist ein wenig hinwegzuschieben – in jenem Sinne, daß ich oft nur *unbewußt* daran dachte.

Andere Sorgenströmungen sahen folgendermaßen aus: Gibt´s bald eheliche Differenzen wegen der Italienreise, bzw. darüber daß Rehlein unbedingt das Haus aufräumen muß?? Etwas, was Buz immer ganz unartig stimmt, da er das Gefühl hat, man mache so quasi nie etwas anderes?
Bei jedem Autorauschen in der Ferne dachte ich, es sei vielleicht Buz? Ein Gefühl, das die Angehörigen von Vermissten wahrscheinlich permanent begleitet? Jedes leise Knarzen im Gebälk wird als Lebenszeichen interpretiert.

Zur Mittagsstund kochte Rehlein uns ein leuchtendes Mahl - Kartoffeln und Karotten – das man nun auf der Terrasse dankbar und genussvoll vor sich hinlöffelte.
Der Opa hat so viel Mitleid mit den fünf kleinen türkischen Mädchen, und wollte sie zum Spielen in seinen Garten einladen.
„Die müssen immer ganz leise spielen!" erzählte der Opa mitleidsvoll, doch Rehlein meinte, die *seien* so still.
Wir erfuhren, daß die türkische Mutti mit akutem Magenkrebs notoperiert wurde. Jetzt ist sie wieder in der Türkei, und das sensible Rehlein vermutet, daß sie sich vielleicht darüber aufgeregt hat, daß all ihre Töchter Mädchen geworden seien (fünf an der Zahl!), und wahrscheinlich saßen die anatolischen Schwiegereltern ihrem Sohn mit dem Wunsch im

Nacken, er möge sich doch eine neue Frau suchen, die ihm auch Söhne schenken kann.
Das älteste Mädchen ist 11 Jahre alt und ganz dünn, und das kleinste ist noch ganz klein, trägt noch einen Schnuller im Munde, und hat eben erst mit dem Laufen angehoben.

Einmal dachte ich, wir bekämen Besuch.
Es hörte sich an wie ein Dreirädchen, das um die Ecke biegt, und hernach war´s der süße Buz, der sein Köfferchen hinter sich herzog!
Eine freudige Überraschung für uns, denn an Buz hatten wir grad überhaupt nicht gedacht.
Der Opa war, dank des Antidepressivums sehr nett und normal gestimmt, - fast wie in jungen Jahren - und im Garten blühten so künstlerisch aussehend die roten Tulpen, die das Lindalein kurz vor ihrer Abreise noch so nett dort hingepflanzt hatte, damit wir es nicht ganz vergessen.
Wir tranken Kaffee und aßen Rehleins köstlichen Rhabarberkuchen, und doch fühlte ich mich die ganze Zeit über nicht so behaglich, weil ich immer denk´: "Wie lange hält die Stimmung noch?"
In der Küche raunte Rehlein mir zu: "Der Wolf ist ja <u>dick</u> geworden!"
Das deprimierte mich stellvertretend für Buzen, weil Buz doch ein Teil von mir ist, und hinzu extra ins Fitnesstudio geht, was jedoch offenbar nichts genutzt hat?

Dadurch, daß es so heiß war wie im Sommer, mußten wir alle einen Hut tragen. Zuerst sah Buz mit einem grauen Kapotthütchen etwas putzig aus, doch als man ihn nach einer Weile mit einem schönen Basthut mit roter Schleife bestülpte und verschönte, sah er wiederum aus, als müsse man ihn in Öl fassen.

Nach einer Weile brachen wir drei jungen Leute zu einem Spaziergang auf, und Rehlein erzählte das, was sie von „unserem Helden" aus Amerika gehört hat: Ming habe am Telefon vor Begeisterung über das Zusammenspiel mit Mitgliedern des Pittsburg-Symphonie-Orchesters regelrecht geglüht.
Musikern, die 500 000 $ im Jahr verdienen.
Umso unverständlicher, daß sie Ming nicht bezahlt haben, und nicht einmal eine Übernachtung bekam der süßeste Ming von den geizigen Musikanten finanziert.

Buz erzählte uns von seiner Begegnung mit dem Violinvirtuosen Ingolf Turban:
Dadurch, daß Buzens treuester und beflissenster Schüler und Jünger Franz die Aufnahmeprüfung im Fach „Konzertreife" in Trossingen knapp verpasst hat, ist er nun gezwungen seine Studien in Stuttgart bei Ingolf Turban fortzusetzen – einem jungen Spitzenvirtuosen, der sich für seine Studenten nur am Rande interessiert.

Er sei ein sehr lieber Mensch – aber man kann sich ja denken, wie solche Treffen ablaufen:
So wie Staatsbesuche wahrscheinlich, und ob Buz alles loswerden konnte, was ihm auf der Seele brannte, sei dahingestellt. Doch Buz fürchtet das „wissend-Empörte" von Rehleins Lippen, und so erzählt er Geschichten dieser Art gern in luftigen, sonnendurchfluteten, rasch vorbeiziehenden Worten ohne nennenswerte Haftkraft.
Bald schon schwenkte Buz in seinen Ausführungen zu Wolfgang Schröder, der im „Trio Parnassus" gerade im Begriff sei, eine Weltkarriere zu machen, so daß einem vor Staunen der Hut hochgehen könnte.
„Ich soll euch alle herzlich grüßen!" sagte Buz auf seine sonnige Art.
„Was haben wir schon Grüße ausgerichtet bekommen!" sagte Rehlein, weil man jetzt – zur Lebensjausenstund´ des Lebens – noch praktisch immer nichts erreicht hat, während alle anderen wie Pilze an einem vorbeischießen.
Dann sprach Rehlein darüber, daß sie das Gefühl habe, Ming führe nach Amerika und würde dort abwechselnd bei Dölein, Beätchen und Lindalein auf Ofenbachbasis herumhängen.
„Doch. Er hat schon viel unternommen", sagte Rehlein, "er war sogar schon im Fitnesstudio."
Der arme Ming.
Für die Linda trainiert er sich neue Muskeln an, und sie hat längst einen Anderen, was sich ja auch darin

niederschlägt, daß sie uns gar nicht mehr schreibt, weil´s – wie bei Verliebten üblich – nicht mehr „ihre Welt" ist.

Oben, wo´s durch den Rübezahlwald geht, sprachen wir viel über den Opa, und Rehlein meinte, daß der Opa jetzt eine neue Aufgabe gefunden habe. Er setzt sich für die fünf kleinen Türkinnen ein, die ihm so unsäglich leid tun, daß er immer an sie denken muß. Der Opa wollte ihnen z.B. ganz viele Trauben kaufen.

Rehlein erzählte auch, wie rührend die Nachbarin Frau Hartl gewesen ist: Als die türkische Frau von der Ambulanz abgeholt wurde, ist sie gleich hinübergegangen, um nach den Kindern zu schaun. Sie saßen ganz verscheucht und zusammengekauert da, so als habe der Vater gesagt: "Bleibt brav sitzen, ihr Mädchen! Am Abend bin ich wieder da."

Das 11-jährige Mädchen hat alles für die Familie getan, und ist davon ganz dünn geworden.

Wir liefen über den Ofenbach bis zur Kapelle, und Rehlein wälzte ein Konzert auf die Petra ab.

Bloß zweierlei möchte Rehlein nicht: Daß die Petra bei uns wohnt, und daß sie aus Rehleins Noten spielt, weil Rehlein sich dann so ausrangiert vorkommen würde, als wäre sie bereits gestorben.

Daheim wackelte uns der Opa bereits im Garten entgegen, um eine Neuigkeit zu verkünden: „17 Tote auf Österreichs Straßen!"

Buz war soeben dabei, Rehlein in freudiger Verlegenheit und mit Feuereifer zwei Hanlin-Anekdoten zu erzählen, so als wäre Rehlein seine Mutter, und die Hanlin sein heimlicher Schwarm, der ihm durch die ausgesprochenen Worte in Rehleins Sinnen in noch bunterem und reizvollerem Licht erscheint.

Der Opa trat auf grämlich moribundelige Weise ganz nah an das Ehepaar heran und sagte mit Nachdruck: "Das müsst ihr euch mal vor Augen führen – **17** Tote!" und drohte Buzens Anekdötchen zu verderben.

Nachdem Buz und Rehlein zum Einkaufen nach Wiener Neustadt aufgebrochen waren, saß ich mit dem Opa an dem kleinen quadratischen Tischleindeck-dich auf der kleinen Terrasse. Ich wärmte jene alte Erinnerung auf, wie die Esslinger-Oma mal ein Telegramm mit den Worten: "Vater tot" geschickt hat, „stop Mutter", und der Opa meinte, es hätte doch wohl gereicht, und wäre hinzu kostengünstiger gewesen, sie hätte geschrieben: "Vatot Mu".

Mittwoch, 19. April

Drückend schwül und wunderbar sonnig (leuchtend)

Ich saß mit Rehlein am Frühstückstisch, und erzählte, wie die Omi sich, laut Eberhard, nie nach Gabi oder Kathi zu erkundigen pflegt. Über die Johanna habe sie bloß einmal lapidar gesagt, sie habe nichts, aber auch gar nichts für das Mädchen empfunden.
„Nicht soooo ein kleines Fitzelchen! Wahrhaftig."

Buz und Rehlein standen vor jenem einwöchigen Urlaub, der vor knapp vier Monaten als verheißungsvoller Gutschein Buzens unter dem Weihnachtsbaum gelegen war.
Mehr noch: Buz hatte sich bereit erklärt, mit Rehlein im Garten einen Pissarro zu malen, und tatsächlich sah man Buzen bald darauf auf der Terrasse an der Staffelei sitzen.
In groben Umrissen hatte er bereits ein Bild mit Bleistift auf der Leinwand entworfen.
Und sogar Rehlein selber, die ihre Staffelei wiederum etwas weiter vorn im Gras aufgestellt hat, hat der hochkünstlerisch veranlagte Buz mit auf das Bild verwoben.
Als besonders köstlich, und als zu einem Gemälde inspirierend empfunden, werden derzeit die roten Tulpen, die das Lindalein punktuell im Garten

angepflanzt hat, und auch Buz hatte sie bereits skizziert.

Nach dem Essen saß ich meiner Art gemäß noch ein wenig allein beim Kaffee, doch ich konnte den Müßiggang weder gutheißen noch genießen, weil sich mir so eine drückende „Es-sollte-was-getan-werden" Stimmung auf meine Schultern schraubte.
Schreibe ich schon wie ein Journalist in der BRIGITTE?
Der Opa schlief die ganze Zeit, und nur einmal hörte man ihn leise aufraschen.
Ich eilte gleich hin, um in jener Art, wie Rehlein einst den Esslinger Opa zu umhuldigen und zu umsorgen pflegte, zu fragen, ob ich ihm sein Essen wärmen dürfe, doch der Opa sagte bloß unwirsch: "Kein Hunger!"

Am Nachmittag brach ich zum Joggen auf.
Das erste Trimmdich seit langem, genau genommen, seit dem ich ins Fitnesstudio gehe, und nun war ich gespannt, ob ich schon ein wenig fitter geworden bin?
Eine Enttäuschung: Die Joggerei strengte mich an wie eh und je.

Daheim brach ich bald zu einem Spaziergang mit Rehlein & Buzen auf.

Rehlein war so bezaubernd und quirlig, Buz eher etwas behäbig. Manchmal dauerte er mich, weil er schon so alt ist, und so schob ich ihn ein wenig.

Nach außen hin tat ich so, als sei dies vonnöten für meinen Muskelaufbau, doch in Wirklichkeit tut mir Buz immer leid, und ich hoffte, ihm eine kleine Freude damit zu machen, da dem Geschobenwerdenden ein Spaziergang doch wohl deutlich leichter von den Füßen geht.

Auf dem Heimweg sah ich ein Reh, und mir wurde kurzzeitig ganz heiß vor Sorge, Rehlein & Buz könnten diesen Anblick verpassen, weil er fluchttiergemäß leider so kurz war.

Dann erzählte ich, daß ich Filme über Geiger sammle.

Keine fachlichen Filme – das auch – aber hauptsächlich *Spiel*filme über Geiger ganz unterschiedlicher Art, doch eine Erkenntnis zieht man aus allen Filmen: Daß Geiger die Frauen nicht glücklich machen.

Buz schwenkte wieder die Rede auf sein Geigeninstitut, das er nach seiner Pensionierung in fünf Jahren zu gründen gedenkt, und Rehlein spulte ihr Erfahrungsrepertorium ab, da man „es" schon kommen sieht.

Abends:
Niemand von uns hatte Lust, Buz aus dem Souterrain herbeizuholen, da man´s schon voraus zu

ahnen glaubte, wie der Abend dann verläuft: Fernsehen, Dröge und Absorbiertheit.

Nach einer Weile kam er aber von allein, und wir aßen still zu abend.

Der Opa war mild und müd, und man hatte ständig das Gefühl, ihm etwas Aufmunterndes sagen zu sollen, doch der Resonanzboden für die ausgebrüteten Worte schien zu dünn.

„Ich fühle mich hier wie im Altersheim," sagte Buz, und das, wo er doch selber am allerseniorischsten wirkte.

Donnerstag, 20. April

Warm und sonnig

70 km Stau auf der Autobahn Richtung Italien!
Beim Frühstück sprachen wir über Urläube.
Rehlein wäre damals so gern mit Buzen, statt mit der Tante Bea nach Afrika gereist. Etwas, das man doch mal nachholen sollte, regte ich an, doch Buz möchte keine Mohren sehen – zumindest, seit dem die Hilde sich mit einem Mohren liiert hat. Etwas, was man natürlich nicht laut an der Frühstückstafel aussprechen sollte.

Das Schicksal hat Buz somit derart verformt, daß er sich von dem einleuchtenden Slogan: "Alle

Menschen sind Brüder!" abgekehrt hat, und stattdessen vielleicht Dinge denkt wie: "Ich hab ja nichts gegen Mohren, solange sie in Afrika auf Palmen sitzen und friedlich Bananen essen."

Am Vormittag übte ich auf meiner Violine, während Rehlein und Buz sich im Garten künstlerisch betätigten.

Buz stak in Mobblns rosa Wams, und so wie die Kinder vom verstorbenen Onkel Helmut sich damit trösten, daß der Papa vom Himmel herab auf sie draufschaut, und sich mit ihnen an ihrem Glücke freut, hoffe ich, daß sich Mobblchen auch daran freut, daß Buz in ihrem rosa Wams steckt und an einem schönen Bild pinselt? Der Opa, wenn er ein wenig anders zusammengesetzt wär, könnte natürlich einen Tobsuchtsanfall bekommen, wenn er das sieht?

Dadurch, daß ich jetzt immer eine ganze Stunde lang üb´, türmen sich die Übscheibletten besser aufeinander, so daß ich mich zufriedener fühl.

In einer Übpause las ich endlich den Brief von der Margarethe. Ich erfuhr, daß die junge Familie umgezogen sei, und die Margarethe sich morgens immer um fünf Uhr zu erheben pflegt, um in der Morgensonn´ und zum Gesang der Vögel Zeitungen auszutragen.

Sie hatte mir aufgezeichnet, wie das Eheleben bei ihnen aussieht: Man sah zwei aufgeschlagene

Zeitungen am Frühstückstisch, und vor dem Tisch krabbelte ein kleines Baby.
Jetzt holte ich mit einer dreitägigen Abboverspätung zu einem Antwortschrieb aus.
Ich schrieb wie Kraut und Rüben all jenes auf, was mir gerade in den Sinn trat, z.B., daß ich gemeint hatte, daß ich nach dem Exitus von meiner Omi nicht mehr so gerne nach Österreich einreise, solcherart wahrscheinlich, wie eine Ehefrau, der der Mann durchgebrannt ist, nur noch ungern in sein Zimmer geht um die Betten aufzuplustern?

Bald darauf gab´s ein schönes Mittagessen auf der großen Terrasse. Man hätte es genießen können, doch wenn sich Buz und Opa gemeinsam am Tische niederlassen steigt ein Unbehagen in mir auf. Man sieht so viele kleine Macken an Buz, an denen man sich im Alltag nicht weiter stört, doch so durch Opas Augen? Z.B. Buzens Neigung, einfach loszuessen, ohne nach links und rechts zu schauen, ob es seinen Lieben wohl schmeckt?
Es gab Blaukraut, Zwirbelnudeln und Kartoffeln, und es wurde dann doch recht nett, weil der Opa sogar ein Gedicht auf Buzens Bild gemacht hat, und alle verbindend auflachten. Rehlein und ich wahrscheinlich sogar lauter, als wir es empfanden, weil man immer so froh und erleichtert ist, wenn der Opa gut gestimmt ist?!

„Opa, das ist aber schön, daß du wieder ein Gedicht machst!" sagte Rehlein zärtlich, und ich wiederum spaßte, daß ich in mein Diarröhrium schreiben will:
"Der Opa machte wieder ein Gedicht. Auf die Art eines alten Gockels, der noch einmal ein Ei legt."

Der Opa spazierte mit seinem gebogenen Spazierstock das Dorf hinab, und ich stürmte ihm hinterher. Gemeinsam besuchten wir die Türken in ihrem Hof. Der Opa rief den kleinen Mädchen so freundlich: "Wartet doch!" zu, doch sie hörten nichts, weil die Kreissäge so laut lärmte, und das wiederum hörte der Opa nicht, so daß ich mich nach beiden Seiten hin beschämt fühlte.
Doch im Hofinneren begrüßten wir uns sehr nett mit den Türken.
Das eine Mädchen umfasste Opas Greisenhand mit beiden Händchen und hopste damit auf und ab, um den Gruß noch zu intensivieren. Die Mutter von dem Herrn ist aus Ankara eingetroffen, und hob nach türkischem Brauch die Hand zum Gruß.
Der süße Opa lud die Mädchen zwiefach zum Bocciaspiel ein.

Dann entfernten wir uns.
Die Kreissäge hatte aufgehört zu lärmen, so daß der Opa jetzt wieder richtig hörte, indem er nämlich nichts hörte.

Ich erzählte dem Opa vom Kalenderspruch: „Gib jedem Tag die Chance, der Schönste deines Lebens zu werden."

In der Tat würde man den Tag wahrscheinlich anders angehen, wenn man nach diesem Motto leben würde? Dann wiederum sprach ich davon, daß es eigentlich auch so viel Erfreuliches im Leben gäb? Doch man bemerkt´s nicht so.

Wenn jemand beispielsweise mit dem dicken Onkel in die Mausefalle gerät, und der Zeh schwillt dunkelviolett an und schmerzt unerträglich, dann hilft man dem Betroffenen auch nicht sonderlich, wenn man sagt: "Freu Dich Deiner übrigen neun gesunden Zehen!"

Ich verbrachte einen Abend auf Opasitt-Basis, und erzählte von Tones Onkel Konka über den zu sagen war: „Er wackelt inmitten blühender Zipperlein am Rande des Grabes."

Doch er ist nicht der einzige, und vor der Himmelspforte hat sich ein 70 km langer Stau gebildet.

Freitag, 21. April

Heiß und sommerlich.
Nur zur Mittagsstunde war die Sonne kurz auf leicht
bedrohliche Weise hinweggeblendet.
Ein Gewitter schien seine Vorboten
ausgeschickt zu haben.
Doch da wurde nichts draus

In der ersten Kaffeepause fühlte ich mich so erschreckend müde, daß ich am liebsten geheult hätte, und es nicht fassen konnte! Müde bin ich ja meist, doch nun schien's mir, als habe sich meine krankhafte Müdigkeit noch eine Stufe weiter Richtung ew'ger Ruh' bewegt.
Als ich Rehlein dann aber auf der Terrasse herumrumpeln hörte, wurde ich davon gleich etwas munterer. Ich begrüßte Rehlein so freudig wie ein kleiner Hund.
Rehlein wollte eigentlich alleine Milch holen gehen, doch kaum befanden wir Damen uns in der gleichen Umlaufbahn, da hatten wir uns schon so viel zu erzählen, daß ich doch mit Rehlein mitgegangen bin. Ich erzählte aus dem Leben von Ute Bott, und zwirbelte die Geschichte von hinten auf: Beginnend mit der mir unbekannten 97-jährigen Uromi, zumal man ja annehmen darf oder muß, daß der Opa vielleicht auch mal 97 Jahre alt wird?

Alle paar Jahre, so ich, sagt Mutti Bott über ihre Schwiegermutter:
"Die will nicht mehr so recht!"
Wir liefen an der Pferdekoppel entlang durch's lauschige Schneisenwäldchen bis hin zu dem lauschigen Hof von Rehleins entfernter Verwandter Irene, und ich wärmte Erinnerungen an die Omi Mobbl auf, denn damals, als wir im Jahre 1973 hierher kamen, war unsere Omi nur ein ganz klein wenig älter, als Rehlein es heute ist.
Mobbl bereitete immer ein so wunderschönes Abendessen zu, und zuckerte den Tee so lang, bis er *wirklich* köstlich war.
Im Hof von der Irene lümmelte sich der halbwüchsige Florian mit einem Freund, der mir merkwürdig gesichtslos blieb, da ich nicht in der Lage schien, ihn wahrzunehmen? Es herrschte ein flirrig schönes Sommerwetter, das aber trotzdem leicht aufs Gemüt drückte.
So wie wir Älteren vielleicht daran zu knabbern haben, daß man bei schrillem Sonnenschein erste feine Runzeln und silbrige Fäden im leicht fettigen Haar besonders gut sieht, so wurmen sich Typen wie der Florian und sein Freund vielleicht darüber, daß ihre Pickel in der Sonne besonders gut glänzen?
Von der Irene hieß es, sie sei krank.
Sie zeigte sich aber dennoch mit ihrem etwas backobstartigen Gesicht am Fenster, so wie man früher vielleicht ihre alte Mutter, das Ilslein hat schimmern sehen?

Entsetzliche Kopfschmerzen! so hieß es lapidar.
Wie einst der junge Opa, beschelmte Rehlein die beiden Jünglinge, die sich über die Kopfschmerzgebeutelte auf höchst geringschätzige Weise lustig machten, aufs übermütigste.
"Soll ich dir auch Kopfschmerzen machen?" frug Rehlein und bedrohte den Florian neckisch mit der Milchkanne. „Na würdi zruckschlong!"sagte der Florian, um sich bei seinem Kumpel mit Unerschrockenheit hervorzutun, und dies, wo er den Damen gegenüber ansonsten eine linkische Scheu walten lässt.

Im Breitsching´schen Stall warfen wir einen Blick auf die Kühe. Viele hatten lehmverkrustete Beine, und eine Kuh, die uns mit undefinierbarem Ausdruck musterte, hatte einfach Platz unter einer anderen Kuh genommen!
Auf dem Heimweg erzählte mir Rehlein die Geschichte von einem Jüngling in Koblenz (19 Jahre jung) der seine Eltern und seine Schwester ermordet hat.
Die toten Eltern rollte er in Teppiche und stopfte sie in den Schrank. Die Schwester zerteilte er, und füllte ihre sterblichen Überreste in Müllsäcke, die er dann in der Gegend verteilte, und hernach schaute er sich mit einem Freund einen Horrorfilm an...

Daheim haben wir gemeint, Buz ließe sich vielleicht noch von der Dusche berieseln, da unser Familienoberhaupt beim Duschen praktisch Raum und Zeit enthoben scheint, doch Buz war verschwunden!

Erst später schimmerte er von der Pferdekoppel herab.

Wir frühstückten sehr nett in der Sonne, freuten uns an Margarethes dichterischem Brief, der von Buz vorgelesen werden durfte, und ich wiederum holte den Brief, den ich an Gidon Kremer geschrieben hatte herbei.

Nur bei einem Satz meldete Buz Zweifel an: Über meine CD schrieb ich schlicht: „...weil man doch allgemein weiß, wie reizvoll es ist, jemanden den man kennt, quadratisch umrahmt als Interpreten zu erleben..."

Am Vormittag fuhren Buz und Rehlein nach Wiener Neustadt, und ich daheim kam im Banne des Moribundenlebens zu nichts.

Ich schreibe kaum noch Briefe, und wenn ich auch noch die Tagebuchschreiberei einstellen täte, dann würde die eingesparte Zeit wahrscheinlich auch nur irgendwo versickern, und man würde es, wie bei der Finanzspritze eines Onkels, gar nicht merken, wo die wohl hingesickert ist?

Einmal zeigte sich am Gatter unser Freund und Nachbar Herr Vitzthum.

Die Vitzthums haben sich einen jungen Hund aus dem Tierheim geholt, um die Leere in ihrem Leben auszufüllen. Er hüpft freudig herum, und auch an mir sprang er empor, um einen kleinen Tatzenabdruck auf meinem Ellbogen zu hinterlassen!

Der Opa schlief heut quer über die Mittagsstunden hinweg, und erst zur Jausenstunde sah man den alten Mann auf seinem Stammplatz am Tischlein auf der Terrasse sitzen.

Ich las in meinem Roman von Georges Simenon von der schwarzen Kugel, der anrührend und traurig ist, und sehr gut zu meiner derzeitigen Stimmung passt. Währenddessen malte ich mir mit Schaudern und im Romanstile aus, *wie der Florian und sein Freund sich aus Langeweile vornehmen, einen alten Mann zu ermorden, der ohnedies schon seit längerem auf den Friedhof gehört. („Wir helfen dem Schicksal nur ein klitzekleines bißchen nach!") Sie schleichen sich ins Haus, doch sie haben ja nicht damit gerechnet, daß auch ich da bin, und in blinder Panik erschlagen sie uns beide, so daß wir tot in unserem Blute daliegen, wenn Rehlein und Buz zu später Stund nach Hause kommen.*
Und die beiden Burschen müssen daheim so tun, als sei nichts passiert? (Ein prickelnder Romanstoff.)

In Wirklichkeit wurde ich von Rehlein bald darauf zu einem picknickartigen Mittagessen in den Garten gelockt. Das von der Sonne braungebruzzelte Rehlein leuchtete so lieb in der Tür, doch dann schäumte es auch sogleich auf, weil ich in meinem Eifer mit dem Violinspiel innezuhalten beinahe meinen Bogen in die Wand gehauen hätt!

Am Tische sitzend aßen wir die schönen Kürbisbrötchen und sprachen ein wenig über den

Opa, der sich heut nicht blicken ließ. Rehlein meinte bekümmert, bzw."wissend", daß das neu sei – doch der Opa hat ohnehin gar keinen erkennbaren Rhythmus, und unbewusst will er wahrscheinlich nur aufstehen, wenn er mit Rehlein allein ist? Aber vielleicht denkt er auch in realistisch müder Unwirsche, daß Rehlein wohl am liebsten mit ihrem Mann alleine sei?

Beim Essen erzählte ich, wie die Tante Irma sich so auf ihre Pensionierung gefreut hat, doch nach einem halben Jahr bekam sie eine Rentendeprimose, weil sie sich so unnütz fühlte. Und mit dieser kleinen und doch berührenden Geschichte rückte ich die Irma im fernen Kiel in den Blickpunkt der Verwandten in Niederösterreich.

Von der Tante Antje aus Bonn stak ein leicht deprimant klingendes Mail im PC, da die einsame Antje ihre Enkel auch nicht immer um sich haben darf, und sehr darunter leidet, da die zu ihrem Lebensinhalt geworden sind. Ohne sie schmeckt alles schal.

Der Antje mit den Enkelkindern geht es somit ähnlich wie einer Verliebten – bloß eben mit anderen Vorzeichen.

Will man die Enkel sehen, so muß man erst einen Termin abmachen, und dann klappt´s doch nicht!

Unsere neuen türkischen Freundinnen liefen an unserem Hause vorbei. Heute mit Omi und Tante, und die Tante mit leicht blondiertem Haar schob einen kleinen, zirka 1-jährigen Buben in der Kinderkarre vor sich her.

Das eine kleine Mädchen, dem die Karnickelzähne abhanden gekommen sind, lachte so goldig, weil sie mit ihrer kleinen Schwester einen Schuh getauscht hat, und nun hatten beide je zwei Verschiedene an den Füßen, und boten einen Anblick zum Lachen.

Auch das älteste dünne Mädchen war frohen Mutes, weil's geheißen hat, morgen käme die Mama nach Haus.

Freudig überlegte ich, daß die türkische Mutti vielleicht doch wieder gesund wird, da der Arzt der Omi Ella vor 65 Jahren ja auch nur noch ein halbes Jahr gegeben hat. (Eine Herzneurose)

Nach der Mahlzeit war ich von einer frischen Woge erfasst worden, und begann ein neues Leben.

Nach 17 Uhr joggte ich, und dann saß ich eine Weile beim Opa in der Abendsonne, und plabberte ein wenig darüber, wie der Opa noch mal eine Arbeit annehmen sollte, um sein zu verglimmen drohendes Lebensfeuer wieder anzuschüren.

Ich fand das Foto, mit der Zeichnung, die der Friedel von seinem neuen kleinen Töchterlein gezeichnet hat, und fand es plötzlich so rührend, daß der Friedel ständig Bilder seiner Lieben zeichnet, abfotografiert, und durchs Internet jagt, um uns Verwandte an seiner Freude teilhaben zu lassen.

Beim Abendessen erzählte ich, wie sich der Onkel Eberhard immer mit dem ganzen Herzen für die Bedauernswerten in unserer Familie einsetzt: Für die Omi und seine beiden Adoptivkinder – drum sei er mittlerweile so gestresst, daß es ratsam wäre, ein halbes Jahr lang ins Sanatorium oder in ein Kloster zu gehen.

Buz freute sich schon auf die abendliche Weinstunde.
Wir sprachen über das Horn, das ihm an der Schläfe gewachsen ist. Für den Schönheitschirurgen sei es Alltag, dererlei abzusägen und zu entsorgen – und zum Schluß sagte ich warm:
"Jetzt haben wir aus einer Mücke einen Elefanten gemacht!"
An Rehlein und ihrer munteren, lebhaften Art hatte ich eine solche Freude.

Samstag, 22. April

Warm und sonnig

Am Morgen im Bett plagten mich Depressionen. Ich litt darunter, daß der Opa schon so alt ist, und wünschte, er wäre jung. Dann litt ich darunter, daß die Omi-Mobbl bereits auf dem Friedhof ruht, und wünschte, sie wäre bei uns.

Die düsteren Gedanken blendeten die schönen einfach aus, grad wie bei einer Sonnenfinsternis, doch einmal sog mich ein surreales Traumgebilde einfach aus dem realen Leben fort:

Vor meinem geistigen Auge *erschien ein hoher, imposanter Berg aus Kartoffelpüree auf einem fremden Planeten. Der Himmel war pechschwarz, und über dem Berg gleißte geheimnisvoll in scharfem, glitzernden hellem Silber, die in dieser Form nie gesehene Beleuchtung der Sonne.* Ein unglaublicher Anblick solcherart, wie man ihn im wahren Leben womöglich nicht zu sehen bekommt? Schließlich ließ ich mich träge an Land spülen.

Am Morgen saß Buz etwas antriebsarm und behäbig da, und barschte einmal sogar kurz direkt ein wenig ungezogen gegen Rehlein auf, weil Rehlein mir vielleicht gar zu insistent gezeigt hat, wie ich den Kaffee eingießen soll.

Das sensible Rehlein nahm es sich auch gleich sehr zu Herzen, weil *sie* doch die Tischdecke immer waschen und bügeln muß!

Dann las Buz aus dem „Butt" von Günther Grass vor: Ein Buch, das immer bei uns herumliegt, und von dem man nicht weiß, ob´s gut oder schlecht ist, weil man allgemein vergessen hat, wie es damals rezensiert wurde.

Wir saßen in der Sonne auf der großen Terrasse, und Buz las einfach aus der Mitte des Buches vor. Bei

pikanten Stellen, mit denen das Buch literatengemäß natürlich nur so durchsetzt ist, sagte Rehlein:
"Das versteht die Kika doch nicht!"
„Doch!" sagte ich auf eine Art, die an den kleinen Martin erinnerte.
Herr Prof. Kebab würde das Buch „zum kotzen" finden, und die Nicole würde dann automatisch denken, es sei schlecht, da sie ihre Meinung der des Professors angeglichen hat. Wenn der Professor beispielsweise ausriefe: "voller Symbolismus – zum kotzen!" oder: „bar jeglicher Symbolkraft! Wirklich zum kotzen!"
Beides klänge doch wohl gleichermaßen überzeugend?
Irgendwann wurde mir Buzens träges Vorgelese mitten aus dem Buch und dem Zusammenhang heraus zuviel, und nun las wiederum ich aus unserem neuen Fernsehmagazin vor, und die Rede kam darauf, wie so manch ein Schriftsteller ganz einfach nur „die Realität abmalt". Auf den momentanen Augenblick gemünzt, könnte man beispielsweise folgendermaßen schriftstellern:
„Ein Messer, geführt von einer gebräunten, klobigen Hand beschmierte ein kleines Stückchen Brot mit üppig rot glibbernder Hochglanzmarmelade.
Wenig später verschwand das mit dieser Köstlichkeit vollgeklatschte Brot in der dunklen Höhle des Mundes einer Dame, um Sekunden später grausam zerbissen und verstümmelt noch ein letztes mal kurz aufzuleuchten, bevor es schließlich für immer

verschwand, vorläufig ein besudeltes krümeliges Zahnbild hinterlassend..."

Wieder reisten Buz und Rehlein nach Wiener Neustadt, und ich blieb allein mit dem durmelnden Opa zurück.
Man kann sich´s ja denken, was ich tat:
Ich trank Kaffee und las mein Buch über die schwarze Kugel weiter.
Ich fand das Buch so unglaublich traurig.
Ein Herr hatte sich für einen so glühend und mit solch einer Freude gewünschten Posten beworben, doch irgendein vermeintlicher Freund schien gegen ihn gestimmt zu haben – bloß wußte er nicht welcher?
Immer wenn ich ein Werk von Simenon lese werde ich davon ganz philosophisch und nachdenklich.
In meinem Kopf formten sich ganz von allein virtuose und warmherzige Sätze, die man dem Opa sagen könnte, der ja auch hi- und da vorbeischlurfte, und mit dem man nicht mehr viel anfangen kann, weswegen er mir so unermesslich leid tut.
Ich hätte so gern gesagt: "Opa, ich habe mir heute schon Gedanken über dich gemacht!"
Doch er sagt sowieso immer nur:"hha?"und leider kann man nach außen hin nur mit unnatürlich lauter Stimme irgendwelche Plattitüden von sich geben, wie z.B.: "Opa! Soll ich Dir eine Semmel schmieren?"
„Hhää??"

Bald kehrten Rehlein und Buz zurück.

Heut gab´s Leberkäs in einem Zwirbelnudelnest und Rehlein erzählte von den unglaublichen und ihr bis dato fremden Gefühlen, die einen befallen, wenn die Mutter gestorben ist.

Nach Mobbln´s Tod schrieb Rehlein der Frau Giquel gar, daß sie glaube, auf den Tod *ihrer* Mutter (damals 94 Jahre jung!) nicht angemessen reagiert zu haben.

Frau Breitsching verlor in diesem Jahr binnen 14 Tagen Vater und Mutter und wurde davon alt und welk! Ein Trost bleibt, daß sie trotz ihrer immensen Arbeit auf dem Hof die Eltern Zeit ihres Lebens einmal pro Woche besucht hat.

Bei diesen Worten mußte ich wiederum kummervoll an mich denken, und wie wenig ich tu! Etwas alptraumartig schreibe ich beispielsweise keine Briefe mehr. (Ich nehm´s mir nur noch vor). Das Brief-Abbo an die Veronika am zehnten eines jeden Monats hatte ich einfach unter den Tisch gekehrt, und der Brief an die Margarethe, der nur halb fertig ist, ist seit fünf Tagen überfällig.

Am Nachmittag übte ich eine Stunde lang sehr gut die selten gehörte, sich seltsam zwiderwurzig anhörende Sonate Nummer sechs von Eugène Ysaÿe. Überall sind ganz unnatürliche Akzente draufgemalt, grad so, als wäre der Komponist beim Komponieren in einem Eisenbahnabteil durchgeschüttelt, gebeutelt und ziemlich ramponiert worden.

Dann joggte ich bei wunderbarstem Sonnenwetter, doch es strengte mich unbeschreiblich an.

Daheim brachen Rehlein, Buz und ich zu einer mehr als dreistündigen Wanderung auf, und ließen den armen Opa allein zu haus.
Wir parkten unser Auto in einer sonnigen Nische wie im Grand Canyon und wanderten los. Leider fühl ich mich immer so angestrengt. Ich trimme und quäle mich im Fitnesstudio - es strengt mich furchtbar an, und das Drumherum strengt mich auch so an!
Ich erzählte Rehlein von Buz als neuem Mitglied im Fitnesstudio:
Freunde hat der schüchterne Buz noch nicht gefunden, doch er findet die Leute dort sehr nett.
Früher hat man sich aus der unbewußten Furcht heraus, dort könnten lauter Kingkongs und andere Ungeheuer herumturnen nie ins Fitnesstudio gewagt.
Wir liefen auf sandigen schönen Pfaden, bogen hi- und da in waldige Schattenwege ein, auf denen das Licht den Malern und Künstlern unter uns verspielt und verschmitzt zuzuzwinkern schien, um sie zu schöpferischem Tun zu animieren, und ich schwenkte die Rede auf längst vergangene Zeiten.
Von Muskelauftürmungen, damit die Exfreundin wieder angedackelt kommt, modulierte ich zum Bratscher „Zvi", der damals bei einem Festival in Tirol an dem ich teilnahm, sehr schwer an Liebesgram laborierte, da er von seiner dänischen

Freundin verlassen worden war. Ständig malte er sich aus, wie sie reumütig zurückkommen wird, und was er dann wohl sagen wolle. Bei seinen Ausmalungen ging er immer sehr ins Detail – sogar den Klang der Türschelle, wenns denn mal so weit sein würde, hatte er bereits im Ohr (an einem lauen Sommerabend, wenn er´s grad gar nicht erwartet). Dies alles malte er in seinem Schmerze sich genußvoll aus, so daß er bei der Kammermusik meist nicht gescheit zählen konnte, und so manch einen Einsatz verpasste.

Dauernd kam der leider Fahriggewordene draus, und entschuldigte sich damit, daß er leider in diesem Sommer, verlassenheitsbedingt „durch den Wind" sei, und ein Jeder der Musikanten hatte größtes Verständnis dafür, und gab sich liebevoll mitfühlend. Balsam auf die Seele eines Liebesgramgemarterten.

In der Tiefe konnte man ein so wunderschönes rotes Dach leuchten sehen.

Einmal kamen wir vom Wege ab.

Ich folgte Rehlein einen beschwerlichen Kraxelhang hinauf, und Buz war etwas ungeschickt abgedriftet und konnte kaum an Land kriechen, weil alles voller Dornen war!

Zuvor schon hatte Buz sich ungeschickt am Handrücken verletzt, so daß es gar geblutet hat! Jetzt krümmte sich Buz nach den vielen Kletten, die sich störend auf seine Tennisschuh gepickt hatten, und

Rehlein achtete aufgeregt drauf, daß sich Buz kein Blut an die Hosen schmiert.

Beim Weiterwandern spürte ich meine Anstrengung manchmal nicht so sehr, wenn packende Themen angeritzt wurden:

Über Linda und Ming, und daß die Linda wohl einen Neuen habe?

Einmal gerieten wir in ein regelrechtes „Kraxelbecken" wie im Traum, und oben kehrten wir in unserem Stammlokal ein und tranken je einen Mineralbrunnen mit Zitrone.

Der alte Gaststättenhund Ajax lag in seinem Stammwinkel und schlummerte, so daß er mich ein bißchen an den Opa erinnert hat.

Der Ajax sei schon ziemlich alt, so heißt´s. 13 Jahre durch....

Ich erzählte vom Pfannkuchenmann in Tübingen, und als Buz, vergnügt von der Idee wie leicht man im Grunde zu Geld kommen könne ausrief: "Da braucht man nur ´n Gewerbeschein!" barschte Rehlein direkt ein wenig ungemütlich auf, denn absolut rätselhaft ist, was aus unserer Firma werden soll? Ming und ich sollten die Beethoven Sonaten in Angriff nehmen, doch wann, wo, wie? Als Buz vage von einem Tonmeister sprach, geriet Rehlein gleich in Glut, daß dem Ming dann aber nicht immer alles Andere wichtiger sein dürfe!

Ansonsten war Rehlein aber so bezaubernd, wie nur Rehlein sein kann. Nun war´s bereits halb acht, als wir uns auf den langen Heimmarsch begaben.

Die Sonne glänzte wie ein großes rotgoldenes Dotter, und es war so poetisch.
Wir fuhren heim zum Opa, der umeinander schlurfte und gottlob nett gestimmt war.
Zum Abendessen schauten wir „Figaros Hochzeit", und sogar der süße Opa in seiner Eckbank summte mit.

Sonntag, 23. April

Unglaublich schön. Leuchtende Farben, warm

Rehlein lobte Buzens Ostereibemalung und schoss begeistert ein Foto.
Einmal wurde Buz sehr warm, und begeisterte sich für *mein* Osterei, um Rehlein von den Lobeshymnen über das Seinige hinwegzulotsen, da Buz zu jenen Menschen zählt, die mit Komplimenten emotional nicht umzugehen wissen.
Zum Mittagessen im Freien herrschte eine Stimmung wie zur Monet-Zeit:
Die Wiesen blühten so schön.

Rehlein erzählte mir, daß der Opa heut ganz depressiv sei:
Zuerst habe er gesagt: „Schade, daß das die Mutti nicht mehr erlebt! Eure Liebe und Fürsorge!" und als ich nach dem Opa schauen wollte, hatte er sich

schon wieder ins Bett retiriert, und schien somit nicht mitfeiern zu wollen.

Im Garten hatte Rehlein sechs Ostereier versteckt, und Buz und ich suchten daran herum. Doch ich war nur traurig, daß der Opa nicht mitsuchte, so als sei er zu einem hohen Prozentsatz bereits verstorben.

Buz lud mich zu einem gemeinsamen Spaziergang ein.

Rehlein würde derweil malen und auf den Opa schauen, der noch gar nichts gegessen hatte.

Ich erfuhr, daß die türkische Mutti, die gestern aus Ankara gekommen ist, schon wieder ins Spital eingeliefert wurde, weil ihr so schlecht war.

Ich dachte an sie im Spital, an ihre kleinen Töchter, und fühlte an diesem herrlichen Tag die ewige Ruhe schon mal vor.

Unten im Dorf steht ein Bank, die ich „Mobbls Bankerl" genannt habe.

Dort wackelte die Mobbl zu Lebzeiten zuweilen hin, wenn nichts Gescheites im Televisor kam, setzte sich drauf, und hoffte, daß mal jemand vorbeikäme, und sich zu ihr setzte um mit ihr zu plaudern, weil sich die Ehe nicht als „langes Gespräch" erwiesen hat, wie vom Opa in philosophisch getönten sehnsuchtsvollen Worten oftmals hinbeschworen.

Spiralförmig liefen wir immer weiter bergauf. Einmal sah man rechts unten einen Tümpel, und ich erzählte Buzen, dies sei ein Nilpferdtümpel.

Abends:
Ich erzählte dem Opa, daß immer mehr Menschen in ihr Testament schreiben, daß sie ein fröhliches Begräbnis wünschen. Manche schreiben z.B., daß alle mit einer lustigen roten Nase erscheinen sollten.
Dann schnitt ich dem Opa Rehleins schönen Bio-Obstkuchen an, wo „frohe Ostern" drauf zu lesen steht/stand.

Zu später Stund´, als es schon dunkel war, lief ich noch vors Tor.
Die Laterne in ihrem scharfen silbrigen Glanz leuchtete so geheimnisvoll durch die Blätter, und dann lief ich noch geschwind auf die Terrasse und beobachtete meine alten Eltern durch das große Fenster, so wie ich früher Opa & Mobbl zu beobachten pflegte, und den Anblick als unverlierbare köstliche Erinnerung in mich aufgesogen habe.
Buz saß träge im Sorgenstuhl vor dem Bildschirm, und Rehlein bewegte sich emsig in der Küche auf und ab.

Montag 24. April

Sonnig.
Nur am Nachmittag wehte eine etwas kühlere Brise.
Am Morgen aber einfach himmlisch

Ich frug mich, wie mein Leben wohl ohne meine Tagebücher ausschauen würde?
Ich würde alt, und wüßte hernach nicht, wo die Jahre geblieben sind.
So aber weiß ich das natürlich ganz genau: Seit dem 1. Januar 1992 keinen einzigen Tag ausgelassen!

Nachtrag 2020: Und bis zum 26.7.2020 ebenfalls keinen einzigen!

Dann wiederum frug ich mich, wie ich wohl ohne Tagebücher leben würde? Vielleicht würde ich mehr Leute treffen?

Wenn Buz Rehlein anrufen will, und der Opa abhebt, dann sagt Buz meist Dinge wie: „…damit aus dir noch mal was wird!" oder „damit mir keine Klagen kommen!" weil´s ihn verlegen stimmt mit so einem alten Herrn zu telefonieren, und weil ihm nichts einfällt, was man dem Opa sonst noch sagen könnte?
Ob ich in 30 Jahren wohl auch solche Worte mach´, wenn ich mit Buzen telefoniere?

Derzeit liegt bei uns die Parte des „heimgegangenen" Herrn Picker herum, von Frau Picker in ihrer engmaschigen Schrift mit poetischen Sätzen vollgeschrieben.
Ich erzählte Buz, daß Frau Picker unermüdlich an ihrer Persönlichkeit arbeiten würde.
Sie übt jeden Tag vier Stunden lang Klavier, vertieft sich in die Partitur, und wenn sie ein Stück sehr gründlich gearbeitet hat, dann kontaktiert sie einen Professoren, der sie bei der Interpretation fachkundig beraten möge.

Dienstag, 25. April

Sonnig
und doch irgendwie herb und unpersönlich getönt

In der Nacht gab es einen abkühlenden Regen, doch am Morgen lächelte das Wetter schon wieder nach Art eines getrösteten Kindes, und man wurde nicht zuletzt durch das fröhliche Zwitschern der Vögel in ein freudiges Frühlingsgefühl versetzt.
Ich hatte ausgesprochen gut geschlafen, so daß ich mich am Morgen fühlte wie jemand, der doch nochmals aus dem Jenseits zurückgekehrt ist.

Rehlein erzählte jene Geschichte, wie sie als kleines Kind einst von lauter vornehmen Leuten umbrandet

wurde, die „Tach" oder sonst was sagten, doch aus Rehleins Hals würgte sich nur ein „Griiiis Gott!"
Somit erging es Rehlein einst so, wie es Petras Freund Tobias in Ostfriesland des öfteren ergeht.
Dann sprach ich davon, wie wir´s testamentarisch festlegen sollten, daß wir im Falle von Altersdebilität von einem Veterinär eingeschläftert zu werden wünschen.
Ich hab keine Lust, später miterleben zu müssen, wie Buz auf einem Empfang einfach in die Hose pullert…wie einst der Vater von Brigitte H.

Buzens Urlaub neigt sich dem Ende zu, und es lag ein bißchen in den Lüften, daß man etwas unternehmen müsse.
Vorschläge wurden ausgepackt und über den Tisch gereicht.
„Wir müssen zum Unternehmensberater!" schlug ich vor, „sag: Mein Mann hat nur noch 5 Tage Urlaub! Bitte erstellen Sie uns einen Urlaubunternehmensplan!"
Buz erzählte uns, daß sein koreanischer Schüler „Manfred" (von Buz selber umbenannt) das feine koreanische Getränk, das Buz so liebt, auf der koreanischen Hochzeitsinsel Jeju-Do gekauft habe.
Es sei der einzige Ort auf der Welt, wo dies köstliche Getränk feilgeboten wird – und ein Koreaner darf nur einmal im Leben auf diese Insel: Wenn er das allererste Mal geheiratet hat – dann dürfen die Paare

dort ihre Flitterwochen verleben, so daß diese Insel ausschließlich von Verliebten genutzt wird.
Und auch der Manfred hatte geheiratet. Das erste- und hoffentlich letztemal! (So Buz.)

Ich richtete dem Opa einen wunderschönen Frühstückstisch: Bestehend aus handgestrichenen Brotstücken mit Marmeladen verschiedensten Kolorits, die ich sternförmig um eine glänzende Mozartkugel in der Mitte anordnete.
Dann holte ich das „Betroffenentreffen" herbei (einen Roman über Thomas Bernhard, den der Opa selber geschrieben hat), damit der alte Mann auch geistige Nahrung vorfindet, ferner ein Notizbüchlein, falls ihm ein Gedicht einfallen sollte, und sogar nach seiner Brille hielt ich Ausschau (umsichtig wie Rehlein.)

Buz, Rehlein und ich besuchten den entlegenen Ort Lockenhaus, und jausneten dort im Garten jenes Hotels, wo ich vor vielen Jahren einmal mit Yossi und Anna abgestiegen bin.
Rehlein und Buz fanden diese Absteige, aber auch den ganzen toten und fremden Ort drum herum furchtbar.
Man sitzt da, wartet auf die Bedienung und hört die Autos vorbeilärmen.
Wir waren leider in eine ganz dröge Stimmung hinabgesackt, und so holte ich die „Praline" herbei, (ein Journälchen für den Herrn).

Der Leser war dazu eingeladen, sechs originelle, nicht alltägliche Bumsstellungen zu bestaunen: „Tischdecker" „Wackelpudding" und so ähnlich haben sie geheißen.

Die örtliche Kellnerin war spröd und gestreßt, und Lockenhaus als Festspielort hat durch die vielen wichtigen internationalen Künstlertypen mit ihrer wichtigen und eiligen Aura die Ausstrahlung eines Neureichenortes angenommen.

Ein Gefühl der Fremdheit und Deplaziertheit umwehte uns.

Daheim aber war der Opa so entzückend, wie's nur der Opa sein kann, und das schöne Empfinden, dazuzugehören, kehrte gottlob zurück.

Mittwoch, 26. April

Stickig, schwül und sonnig

Rehlein radelte nach Lanzenkirchen, um mein Päckchen an Gidon Kremer (meine CD und einen netten Brief) aufzugeben.

Ein Päckchen wo ich mich neugierig oder auch fast gleichmütig frage, ob ich heut in einem Jahr wohl eine Resonanz darauf bekommen habe?

Nachtrag 2020: Nie was gehört.

Um Punkt vier Uhr wurden wir bei Rehleins Kusine dritten oder vierten Grades (die Großmütter waren Schwestern), der Nani in Tobelbad in der St. Eiermark, zu Gast erwartet.

Scherzend dachte ich mir aus, wie ich der Nani ein Gastgeschenk im Stile von Paul Jordan bringe. (Einem Orgler, der einige Tage in unserem Heim in Ostfriesland logiert hatte.)

Ich überreiche ihr meine Doppel-CD und sage mit großzügigem Gestus, daß ich ihr eine davon schenken möchte. „Demnach bekomme ich noch 210 Schilling von Dir zurück!....."

Naturgemäß ist man auf der letzten Etappe im Kampf um die Pünktlichkeit immer etwas nervös, und auch wenn ich zu sagen pflege, daß ich die Realität schon lang weit hinter mir gelassen habe, und das Leben nur noch als vorbeihuschenden Traum wahrnehme, so spürte ich diese Nervosität doch leider sehr.

Ich stellte mir vor, *wie´s wär, wenn wir drei einfach nur mit debilem Gesichtsausdruck dort säßen.*

Und dann stellte ich mir vor, wie Nanis Mann Essad, der ja am Telefon so überaus nett und normal klang, *irritierend genaue Zeitangaben gemacht hätte, wie beispielsweise: „Ich hätte zwei Terminvorschläge: Entweder heute um 16:03 oder aber Morgen um 14:31!"* und man weiß ja nie, ob man vielleicht rasende Pünktlichkeitsfanatiker besucht?

Schließlich wurden wir zuallererst von der eifersüchtigen, kurzbeinigen, schwarz-weiß gescheckten Langohr-Hündin Lara bebellt, und dann trat die freundliche Nani stolz und erfreut zur Begrüßung auf ihren Hof. Es hieß, Buz und Nani hätten sich seit 27 Jahren nicht mehr gesehen, und nun trat uns eine graumelierte 52-jährige mit junggebliebenem Herzen und ödematisierten Beinen entgegen.

Gegen 18 Uhr 30 muß der fleißige Essad mit seiner Abendarbeit beginnen, und wir dachten, er sei vielleicht froh, wenn er uns nun bald los wäre? Doch der Essad riet uns, ein wenig zuzuwarten, und in einer halben Stunde beim Melken zuzuschauen.
Zuvor mußte Rehlein noch den Opa anrufen.
Rehlein wurde ganz aufgeregt, weil der Opa nach zwanzigmaligem Läuten noch immer nicht abgehoben hatte, und ich versank sogar in eine Deprimanz, so daß ich mich kraftlos vors Haus setzen mußte. Ein kleines braunes Kätzchen setzte sich in meine Aura, und schaute kummervoll und mitfühlend zu mir empor, so daß ich in meinem Schmerz um den Opa nicht so alleine war.
Wenn wir jetzt heimkommen, und der Opa läge tot im Bett, so würde uns der Schmerz erdrücken.
Ich erholte mich auch nicht von der Depression, als der Opa später selber anrief, und Rehlein so leuchtend und erleichtert erzählte, daß es ihm gut gehe.

Interessiert wohnten wir der Melkzeremonie bei:
Die Schafe stürmten zu ihren Futternäpfen, und von hinten sah man unzählige dünne, leicht gebogene Schafsbeine und rosige Euter, und Rehlein schelmte, daß man die nebeneinander stehenden Beine der Schafe beim Zählen jeweils als zu einem Schafe zugehörig umdeuten könne, und dann bliebe immer ein letzter, vereinzelter Schafsschlegel übrig.

Donnerstag, 27. April

Auf leicht dunstige Weise sonnig

An der Mitteilungswand für die Bürger im Dorfe hing eine frische Parte, auf welcher zu lesen stand, daß die Mutter des Bürgermeisterinnengatten, dem Lamberg Rudi, im 78. Jahr heimgeholt wurde.
Erschüttert las ich darauf herum, und beim Weiterlaufen bildeten sich Sätze für ein tiefempfundenes Beileidschreiben für Heidi und Rudi in meinem Hirn.
„Mit all unseren Gedanken sind wir in diesen, dunklen, schweren Stunden bei Euch!" dachte ich mir beispielsweise aus, und meinte es wirklich so. Natürlich könnte man auch einen kleinen Wortwirbel drumranken, daß wir Mobblns Tod immer noch nicht überwunden haben, und die Zeit

solch tiefe Wunden auch nicht heilt, wie einem gern glauben gemacht werden will, so daß man sich gar nicht groß mit Tröstungsfaseleien aufhalten sollte. Mit dem Exitus der Mutter ist das schönste Kapitel im Leben unwiederbringlich vorbei. Vergebens versucht man sich mit zurückgebliebenen Erinnerungen zu trösten, die den Schmerz nur noch intensivieren.
Man frägt sich bang: Wer wird der Nächste sein?

Wieder daheim:
Meist tritt der Opa nach einer kleinen Rotzovertüre ganz zerknautscht und zahnlos hinter dem Flurvorhang hervor, schlurft zum Klo und sagt Dinge wie: „I leg mi gloi wieder noo!" oder aber: „Durschthabi!" ← Letzteres klingt wie ein interessantes Wort aus Afrika.
Dann setzt er sich versunken hinter ein köstliches Heißgetränk, das man ihm hinstellt, und seufzt die ganze Zeit: „Ach ja..."
Omi Mobbl, die es nicht leiden konnte, wenn jemand sich gehen lässt, sich dem Alter oder gar der Moribundität hingibt, wäre angewidert gewesen, dies zu sehen – und das Dumme ist: Man weiß ja nicht, ob sie es von OBEN nun sieht oder nicht?
Dann wurde er aber doch wieder lustig:
Dem Opa fiel eine Moritat ein, und der Refrain lautete:
„Der Tod im Osterverkehr hatt´ eine reiche Ernte, indem er meist Gesunde entfernte."

„Drum heißt es ja auch „Entferno!" scherzte ich, und das süße Rehlein war so rührend bestrebt, daß der Opa den albernen kleinen Scherz auch akkustisch richtig versteht, und angemessen darüber lacht.

Am Vormittag waren Rehlein & ich beim Milchholen, und Rehlein wärmte jene Geschichte auf, wie mir die Omi Ella einst als jubilierendem, badendem Kleinkind Eiswasser in den Nacken gegossen hat, damit ich abgehärtet würde.
Ob sie dies bei ihren eigenen Kindern auch gemacht hat?
Ja, dann wundert Rehlein gar nichts mehr.

Leider war der Opa am Vormittag schwer depressiv:
Er saß gekrümmt über dem Kaffee, den ich ihm gemacht hatte, und sagte ein ums andere mal: „ach ja, ach ja…" oder aber er seufzte nach Art eines Jemanden, der auf die Welt, die ihm zum Ekel geworden, spucken möchte.

Die Heidi erzählte mir am Telefon, daß ihre Schwiegermutti, eine Dame aus Köln, die es einst der Liebe wegen nach Niederösterreich verschlagen hat, wo sie sodann später Mutter eines angesehenen niederösterreichischen Herrn wurde, einen schönen Tod gehabt habe.
Doch ob sie es in den Himmel geschafft hat, weiß man natürlich nicht.

So manch einer meint, er käme in den Himmel, doch dann wird man in die Hölle hinabgesogen, und kann es sich nicht erklären.
„Häääa?!?!?!" so denkt man fassungslos nach Art eines Jemandem, dem eine so dringend benötigte Kur mit fadenscheiniger Begründung verweigert wird.

Mittags saß der Opa als Familienoberhaupt an der Stirn der Tafel.
„Opa, das ist aber jetzt schön, daß du mit uns ißt!" rief Rehlein so überaus nett aus.
„Hha??"
Der Opa ritzte ein neues, unerfreuliches Thema an, auf das er sich nun einzuschwingen droht, weil er depressionsbedingt etwas Verdrießliches sucht, an das er sich gedanklich anklammern kann: Daß Rehlein den Kohlhausers jaaa rechtzeitig sagen möge, daß sie NICHT zu kommen bräuchten.
„Die wollen nur unsere Kirschen!" sagte der Opa grämlich und mit Unterton.
Dann wurde er aber doch wieder ein bißchen nett, und die Herbstsonne des Lebens beschien den alten Mann.
Ich erzählte ohne Punkt und Komma vom Rudi (Lamberg):
Wie er sich zum Millionär emporgearbeitet hat, und nun in einer eleganten Vorstadtvilla lebt. Sogar einen Flügel kaufte er sich, um Klavierstunden zu nehmen, und die Villa mit dem feinen Duft der Hochkultur zu befüllen.

Sein Stiefsohn Benni hat gar ein extra Gästezimmer in seinem Kinderzimmer, da er gerne Freunde beherbergt – es sei so groß, daß seine halbe Klasse bei ihm übernachten könne, und außerdem habe er einen wunderschönen alten Holzglobus, der so groß sei, daß selbst die kleinsten Dörfer darauf Platz finden, schwärmte ich begeistert.

Wir erfuhren, daß das Haus auf unserem Nachbargrundstück nun doch zum Verkauf angeboten würde, und Rehlein wollte dies auch gleich dem Onkel Dölein nach Übersee mailen.
Es wäre so unglaublich schön, wenn Onkel Dölein die letzten Kapitel seines Lebens in Form eines neuen Nachbarn verbringen dürfte.
Nämlich des Unsrigen.

Am Nachmittag lernte Buz die Heidi kennen, die eigentlich genau in sein Beuteschema passen müßte, da es sich bei ihr um eine Variante von der Hilde handelt.
Die Heidi hatte ihr kleines Töchterlein Anna dabei, und busselte die ganze Zeit auf dem propperen Babygesicht herum, das unter der Busselage ganz verformt ausschaute.

Auf dem Kalgassenbuckel begegneten wir den zwei ältesten Töchtern der Türken.

Die Jüngere trug ein kleines rosa Köfferchen bei sich, so als wolle sie sich auf eine weite Reise begeben.
Doch sie besuchten nur die Frau Hartl, die ihnen nett und selbstlos bei den Hausübungen hilft.

Abends saß der Opa wieder auf der Eckbank, und ich setzte mich in seine Aura, und schmiegte mich an den bettwarmen Greisen.
Leider sind die Unterhaltungen mit dem Opa etwas mühsam geworden, weil ihm die Interessen eingeschmolzen sind, und so ringt man eben, und hinzu oftmals vergebens, nach Themen von denen man hofft, daß sie ihn vielleicht ein ganz klein wenig interessieren?
Einmal setzte sich Buz zu uns.
Der süße Schatz strahlte vor Glück und Stolz, weil's geheißen hat, seine Schüler hätten hervorragend gespielt.
Rehlein spielte oben im Ashram zwei Nocturnes von Chopin auf Mings Flügel.

Dem Opa wurde noch ein Glas Met serviert.
Rehlein hat ein kleines Heft über den Opa angelegt, in das man alle Lustigkeiten aber auch Weisheiten, die der alte Mann noch so von sich gibt hineinschreiben kann, und dieses Hefterl liegt auf dem Tisch herum, und wird immer voller.

Freitag, 28. April

Diesig sonnig

Rehlein hatte dem Opa in sehr netter Form gesagt, daß Buz sich über etwas Freundlichkeit von seiner Seite her sehr freuen würde. Der gefühlvolle Opa ist davon in sich gegangen, und als er sich einmal wieder auf's Ohr gelegt hatte, rief er mit einer gewissen Wärme in der Stimme: „Wolli!" weil er Buz in nettem Tonfall bitten wollte, die Türe zu schließen. Bloß hat Buz das gar nicht gehört, und so schloß ich ihm die Türe.

Begräbnis von Frau Margarethe Lamberg in der katholischen Kirche in Lanzenkirchen:
Ich hatte gehofft, ich könne die Geige gescheit stimmen, doch allgemein schwirrte die Luft vom Rosenkranzgeleier, und schon nach einer kurzen Bibellesung durch Pfarrer Anton Zach in seinem purpurnen Gewande mußte ich geigerisch loslegen.
Störend war, daß die Organistin mir beim Spiel immer irgendwelche Zeichen gab, so daß ich das schöne Andante nach einer Weile einfach ausklingen ließ, indem ich immer leiser wurde, so als sei's ein Schlager.

Der Opa war auf der Eckbank eingeschlafen, und einmal hörte man Rehlein freudig „Exitus!" rufen.

Doch es war nur eine Schnake gemeint, die sie niedergeklatscht hatte.

Samstag, 29. April

Etwas bedeckt aber warm

Beim Frühstück sprachen wir darüber, daß Buzen früher – grad wie im Märchen – keine Frau wiederstehen konnte. Bis auf Eine: Die Valerie.
Einmal habe Rehlein zur Valerie gesagt: „Sag mal! Du siehst ja von hinten aus wie die Hilde? Hat denn mein Mann noch nie sein Glück bei Dir versucht?"
Die Valerie drehte sich um und sagte heftiger als beabsichtigt: „Oh, doch. Aber: MIT MIR NICHT!"
Und einmal habe der Knut ein Doppelzimmer für die Valerie und sich bestellt und als man dann „in die Kiste hüpfen wollte", da habe der Knut gesagt: „Nun zeig mal, was du bei Herrn König gelernt hast!"
Da war für die sittsame Valerie der Ofen aus.
Wir lachten verbindend über diese lang vergangenen Episoden aus unserem Leben.

Über den Opa sagte ich, daß ich auf seinen Grabstein schreiben will:
Eine Stunde schlug zu früh,

doch Gott der Herr bestimmte sie.
Der süße Opa sagte das Vater Unser auf gothisch auf, und lachte so entzückend und hinzu wie ertappt, als ich sagte: „Der Opa hat große Mühe, seine Vorfreude auf Buzens Abreise zu verbergen."

Ich mußte das Geburtstagsgeschenk, das ich in Buzens Auto schmuggeln wollte, im Auge behalten.
Rehlein brachte mir ganz viel geschmackvolles Geschenkpapier. Das Geschenk packte ich mehrschichtig ein, um die Buchform ein bißchen zu verunkenntlichisieren, und damit die Spannung und Vorfreude zu steigern, und klebte es schließlich umsichtig unter den Beifahrersitz, damit es nicht hervorrutscht, wenn Buz mal bergab fährt, oder gar eine Vollbremsung machen muß.
(Umsichtig wie Rehlein gedacht.)
Ich überlegte, daß ich die Edith in Grebenstein bitten könnte, das Geschenk aus dem Auto zu holen. Buz trägt seinen Autoschlüssel oft lose im Hosensack, und wenn er sich in die Zeitung krümmt, so ist er meist so absorbiert, daß man ihm den Schlüssel ohne weiteres aus der Tasche fischen könnte, ohne daß er dies bemerkt.
Und dann solle sie Buzen das Geschenk mit den Worten: „Nur eine Kleinigkeit, aber von Herzen!" überreichen.
Wie Buz sich wohl wundern wird, daß die Edith ihm ein derart passendes Geschenk macht?

Schlimm wäre jedoch, wenn Buz das Geschenk in diesem Falle einfach unausgepackt mitnähme, und bei Gelegenheit irgendjemand anderem schenkt?
Buz saß währenddessen auf der Terrasse und ließ sich vom Opa Mings schwedische Kritik übersetzen, wobei er sogar einen Arm um die Lehne auf Opas Stuhl legte, so daß ich diesen Moment gerührt fotografierte.

Bald darauf galt es Buzen zu verabschieden.
Dadurch, daß für mich ein Abschied immer einem Begräbnis gleichkommt, überredete ich Buz noch, zu duschen, um den Moment des vorerst finalen Anblicks noch eine kleine Weile hinauszuzögern, da Buz im Duschhäusl der Zeit enthoben, immer weiterduscht, denn wer tauscht den wohltuenden heißen Prasselregen schon gern gegen die kühle Luft aus?
Ich überredete auf ihn ein und meinte, wenn er eine Anhalterin mitnähme, so würde es ihn doch wohl genieren, wenn selbige ausriefe: „Sach mal, Opa! Könnte es angehen, daß du mal wieder eine Dusche nötig hast?"
Und diese Worte waren es, die Buzen letztendlich doch noch ins Duschhäusl trieben.

Buz weiß nie genau, wie er den Opa verabschieden soll? Am liebsten würde er es bei einem kleinen Bewinke belassen, und so schnell als möglich aus dem schwiegerväterlichen Blick- und Gedankenfeld enthuschen.

Zum Schluß wackelte der gefühlvolle Opa allerdings nochmals herbei, und wir umarmten uns zu viert, so daß die beiden Herren außen standen. So war´s herzlich, und in die nötige Distanz gebettet in einem! Schweren Herzens mußten wir unser Familienoberhaupt sodann ziehen lassen.

Buz wunk aus seinem Auto heraus, und verschwand um die Ecke…für mich immer ein Moment als würde der Sarg in die Gruft hinabgelassen, denn danach breitet sich ein ganz schweres und sonderbares Gefühl aus, mit dem der gefühlvolle Mensch erst einmal fertig werden muß.

Einer fehlt in unserer Mitte.

Der gefühlvolle Opa, der Buz tief im Inneren wie einen Sohn liebt, und meist sehr an seiner eigenen Moribundengrantigkeit knabbert, sagte beim Anblick der riesigen gelben Melone, die zurückgeblieben war: „Jetzt hat er nicht einmal was von der schönen Melone gehabt!"

Ich erinnerte mich, daß ich den Vitzthums versprochen hatte, sie gelegentlich zu einem Glas Wein einzuladen, doch viel Zeit bleibt mir nicht mehr, denn am 11. Mai fliegen sie nach Ägypten und werden da womöglich erschossen?

Abends kam mich der Opa oben im Ashram besuchen, und dabei hat´s geheißen, er sei seit Wochen nicht mehr hinaufgekraxelt!
Der Opa sehnte sich nach menschlicher Wärme, auch wenn er sagte: „Weswegen bin i jetzt gekommen? Hab´s vergessö!"
Er setzte sich an den Tisch und sagte mit romantischen Gefühlen: „Das ist ein lauschiges Plätzchen hier!"
Wir sprachen über Reisen in der Eisenbahn.
Etwas, was der Opa nicht mehr erleben will.
Ich erzählte, wie die Zeit immer zügig vor sich hinrinnt. Bloß, wenn man auf einem zugigen Bahnsteig auf einen Zug wartet, der in 11 Minuten einfahren soll, dann scheint sie plötzlich still zu stehen.

Mir gefiel die Idee, daß Rehlein den Opa bei ganz vielen Aktivitäten anmeldet.
Wenn beispielsweise die Irene nach dem Opa frägt, dann heißt´s: „Der ist gerade beim Seniorenstepptanz!" oder: „Mittwochs ist er immer beim Turmspringen im Schwimmbad!" „Donnerstags bei Gotisch-Kurs!"

Sonntag, 30. April

Schwül und sonnig.
Am Vormittag lag ein Gewitter in den Lüften,
das allerdings vorbeizog

Rehlein erzählte dem Opa, wie ihr heut, als sie vom Friedhof zurückradelte, eine ganz altmodische Feuerwehrdroschke entgegenfuhr.
„Auf dem Friedhof ist ein Brand ausgebrochen, weil jemand im Sarg geraucht hat!" scherzte ich, um dem Opa, der mit grämlich verknautschten Gesicht sein welkes Ohr trichterte, die Szene noch ein bißchen besser zu verdeutlichen.
Dann wiederum sprach ich davon, wie ich mit dem Opa nach Wiener Neustadt zum Lebensrestberater fahre.
Der Opa soll sagen: „Ich bin jetzt 95 Jahre alt, und möchte aus dem Rest meines Lebens noch etwas machen! Bitte beraten sie mich!"
Dann muß er einen Zettel mit all seinen Fähigkeiten und Interessen ausfüllen, und der wird dann in den Computer eingespeist.
Ich zählte auf, was der Opa alles kann:
Dichten, Fliegenklatschen, und vieles mehr... nachher heißt´s, das „Gasthaus Art" suche einen professionellen Fliegenwegwimmler.

Mai 2000

Montag, 1. Mai 2000

Meist schwül und sommerlich –
allerdings drohte den ganzen Tag ein Gewitter,
das dann abends tatsächlich loskrachte

och vor dem Frühstück liefen Rehlein und ich zum Breitsching´schen Hof um Milch zu holen.
Unten im Dorf tümmelten sich zahlreiche fremde Jungsenioren (Ü60er) auf Rädern, und Rehlein bekam schon einen Schrecken, ob das vielleicht bereits der Volksradltag sei, für welchen sich Rehlein doch extra das neue Rad beschafft hat?
Ich aber finde Radeln im Pulk oder Schwarm wenig reizvoll, weil man sich doch nur in gekrümmter, eingeigelter Haltung fortbewegt, und sich gar nichts erzählen kann?
Im Gasthaus Thurner zeterte der Thurner in seinem Türrahmen erbost herum, weil irgendwelche ungezogenen Kinder in das Kornfeld gegenüber hineingewatet waren.
Vier der fünf kleinen Türkinnen waren auch dabei, und dadurch, daß wir uns schon so oft bewunken haben, sind wir mittlerweile schon dicke Freunde geworden...
Wenig später auf dem Hof: Da wir vertrauenswürdige Stammkunden sind, dürfen wir in der kleinen Milchkammer selbständig die euterwarme

Milch in die Kanne füllen, und wenn wir uns noch eine Weile länger als gute Kunden bewähren sollten, so dürfen wir die Kühe vielleicht bald selber melken?
An der Wand im Milchzapfraum hängt der Brunstkalender in welchen man die Namen, die man den ahnungslosen Kühen einfach so übergestülpt hat, eingetragen hatte.
Eine heißt z.B. „Vera".
Ich malte mir aus, wie ich einfach ganz viele Frauennamen eintrage – von Frauen in der Umgebung, die schon besamt sind?

Daheim riefen wir Buz zum Geburtstag an.
Ich gratulierte nur ganz knapp, weil ich es nicht mehr erwarten konnte, ihn auf sein Geschenk unter dem Sitz hinzuweisen.
(Die Memorien von Isaac Stern, von denen Buz gar nicht weiß, daß sie überhaupt existieren, und die ich ihm einfach unter den Beifahrersitz geklebt habe.)
Buz versprach, in zehn Minuten zurückzurufen, und legte eilig auf, um sein Geschenk zu suchen.
„Diesem Tag habe ich entgegengefiebert!" sagte ich in der Küche vergnügt zu Rehlein, „und jetzt ist er da!"
Später rief Buz zurück, und freute sich unglaublich über das schöne Buch, an welchem er sich bereits direkt ein wenig festgelesen hatte.

Ein Gewitter knurrte in den Lüften und schrammte haarscharf an Ofenbach vorbei.

Zum Schluß erntete ich eine scheppernde und laute Lachsalve, als ich über Opas Bade- bzw. NICHTbaderei sagte:
„Wir bestellen morgen die Leichenwäscher, und wenn sie fertig sind, dann darf der Opa die Augen wieder aufschlagen, und „April, April!" sagen."

Dienstag, 2. Mai

Zunächst noch ein wenig feuchtgeregnet.
Sonst sonnig

Es herrschte „die Wetterlage danach".
Ein bißchen sollte man sie sich vorstellen wie die Stimmung am Morgen nach einem häßlichen Zwist:
Im Wohnzimmer liegt alles verwüstet da...
und bei uns schaute der Garten unordentlich, windzerzaust und regenverfleckt aus.
Zwei tote Frösche waren leider auch zu beklagen, und das Wetter schien noch gar nicht zu wissen, wie es weitergehen solle?
Zum Opa sagte ich:
„Wenn du wirklich hundert werden willst, dann mußt du deinen Lebensstil verändern. Vorallem mußt du dir jetzt endlich eine Arbeit suchen!"
Doch in Wirklichkeit mußte einem heut ein wenig bang sein, da heut nämlich der Doktor Bogad sein

Kommen angekündigt hatte, und der Opa immer noch nicht gebadet hatte.
„Bald wird uns das Sorgerecht entzogen!" bescherzte ich den Opa, um die Stimmung aufgelockert zu halten.

Beim Üben fiel mir ein Schüttling ein:
„Bevor ich dir noch eine auf den Steiß scheuer,
widme ich mich eben noch der Scheiß-Steuer!
(Muß man halt so vortragen, daß es rhythmisch passt.)

Wir sprachen über die Geiseln in Malaysien und ich sagte nett und sozial: „Ich hoffe, daß die Geiseln nicht geköpft werden, obwohl der Tod ja auch Erlösung ist…"
„Ich möchte jetzt nicht unbedingt erlöst werden, bevor der Rasen gemäht ist!" sagte Rehlein.
Das fanden wir köstlich.
Rehlein wird immer ganz taumelig vor Glück und Freude, wenn ein Scherz von ihr prustend belacht wird.
„Unglaublich lustig!" sagte ich warm, so wie der Opa neulich über einen Spaß von mir.
Der Dr. Bogad vertagte sein Kommen auf morgen, und ich wiederum fuhr am Nachmittag nach Erlach.
In dem kleinen unauffälligen Naturkostladen hinter dem Chinalokal fühlte ich mich leicht verlegen, weil´s auf dem Dorfe immer irgendwie komisch

wirkt, wenn jemand, den man noch nie gesehen hat, einen Laden betritt.

Brisant:
Es heißt, daß es Renate Wallert in der Geiselhaft so schlecht geht, daß man mittlerweile erwägt, den Spaß abzukürzen, sie freizulassen und in ein Krankenhaus zu schaffen.
Doch was nützt´s Renate W., wenn sie vielleicht freikommt, und Mann und Sohn werden geköpft?
„Wie geht´s Ihrem Mann?"
„der ist leider geköpft worden!"
„Großer Gott!"

Mittwoch, 3. Mai

Wunderschön

Wir scherzten über den Gedanken, was die Geschwister in Amerika wohl für einen Schrecken bekommen, wenn wir ihnen am Telefon erzählen, daß wir den Opa in ein Flugzeug nach Amerika gesetzt hätten? Hatte man dem alten Herrn letztes Jahr bei der Beerdigung nicht angeboten, bei Gelegenheit zu Besuch zu kommen?

Und dann stellte ich mir vor, wie *ich im Auto neben dem Opa sitze, der über die Autobahn fährt.*
Eine Radiostimme warnt vor einem Geisterfahrer.
„Hast du gehört, Opa?"
„Hha?"
Ich repetiere die warnenden Worte des Sprechers.
„*Versteh´ koi Wort!" sagt der Opa.*
Ich wiederhol´s nochmals.
Der Opa schaut zu mir her, trichtert sein Ohr und verknautscht fragend das Gesicht.
„*Schau lieber auf die Straße Opa!" (sage ich)*
„*Meisterfahrer?" repetiert er zweifelnd und grämlich.*
Und dann, wenn er´s endlich verstanden hat, sagt er: „Einer? Hunderte!"

Der Doktor war da, und über Opas Blutdruck hat´s geheißen, er sei so gut, wie schon lang nicht mehr.
Mit Scherzen aller Art versucht man sich über den Jammer hinwegzuhelfen, daß der Opa schon so alt, und zu kaum etwas mehr nutz ist. Man könne ihm einen Anzug aus Frischhaltefolie schneidern lassen, schlug ich hilflos vor.
Ab und zu, so auch heute, sagt der Opa: „Haltet mir zur Kirschenzeit jaaa die Kohlhausers vom Leibe!"
Darüber hinwegmodulierend sprachen wir über den hohen Gefährlichkeitspegel der Kirschenernte.
Nicht einmal mehr die Irene mag auf die Bäume steigen, weil die Äste so morsch sind. So, als sei der Kirschbaum als Solcher von der Natur als gefährliche Versuchung hingestellt worden.

Da fiel mir etwas Lustiges ein, was auch vom Opa freudig belacht wurde:

Wie wir nämlich die Kohlhausers hoch in den Kirschbaum hinauf schicken, und ihnen dann die Leiter wegnehmen werden. Wenn sie dann um Hilfe rufen, sagen wir nur: „Wir halten uns da raus!" und nennen das Ganze „das Geiseldrama im Kirschbaum!"

Wie dann die Frau Kohlhauser mit Stöckelschuhen und ihrem dicken Po im knisternden Geäst festsitzt.

Donnerstag, 4. Mai

Morgens sonnig,
ab Nachmittag von Streuwolken überzogen

Ich schwenkte die Rede drauf, daß ich heute meinen halbsten Geburtstag feiere. „Wenn ich nochmal so lange leb, dann bin ich schon 75. Aber so alt möchte ich auf GAR KEINEN FALL werden!" sagte ich mit Nachdruck.
Rehlein meinte, daß ich als 75-jährige sagen werde: „Liebes Herr Todchen! Noch einige drei Tage…."
Aber ich sage ja jetzt schon andauernd: „Liebes Herr Todchen! Hole mich!"

Rehlein erzählte mir vom Onkel Eberhard, den sie kennengelernt hat, als er noch ein 12-jähriger Bub war.
Einmal verschwand er ganz lange in seinem Zimmer, um aufzuräumen.
Nach einer Weile betrat das interessierte Rehlein das Zimmer und staunte: Aufgeräumt war noch nicht viel, doch der Eberhard hatte sich mit Hilfe eines bleichen Bettuchs und eines Lorbeerkranz´ in einen Römer verwandelt, und rezitierte vor dem Spiegel.
Später, beim Abendbrot, bastelte er kleine Figürchen aus Käse.
Rehlein war fasziniert, und fand es so schade, daß die Figürchen eben nur aus Käse waren.

Später hat der Onkel Eberhard viele seiner unglaublichen Gaben im Schatten vom bösen Uschilein so mehr oder minder einfach verkümmern lassen.

Am Abend ging der Opa Rehlein plötzlich so schrecklich auf den Wecker, weil er immer nichts verstand, als wir einen spannenden Tornadofilm anschauten, an unpassender Stelle nachhakte und hernach fragend das Gesicht zerknautschte.
Der Opa war plötzlich ganz verkalkt und tat mir so leid.
Er versank in eine freudlose Kälte, und frug ständig das Gleiche.
Dann brachte er die Rede auf das Erbe in Baiersbronn. Gestern hatte ich so nett in Opas Beisein gesagt: „Der Opa hat mir fest versprochen, ab morgen ein Neuer zu werden!"
Doch nichts dergleichen war geschehen…

Freitag, 5. Mai

Wunderschön

Am Morgen ging ich schon vor sieben „auf die Müi". (Die Milch).

Ich traf die braven Bauersleut schon zu so früher Morgenstund beim Schuften an, und erfuhr, daß es ihnen so „wie immer" ginge. Die Arbeit sei jeden Tag die Gleiche, so daß man Mühe haben würde, ein lesenswertes Tagebuch zu führen.
Leider wurde ich von meinem Kontrollzwang gezwickt: Dadurch, daß man mich in die Milchkammer geschickt, und mir erlaubt hatte, selbstständig Milch zu zapfen, bildete ich mir ein, irgendetwas falsch gemacht zu haben, und nun liefe der ganze Raum und schließlich der ganze Hof mit Milch voll!
Wenig später bekämen wir einen Anruf, und Rehlein würde entsetzt zu mir sagen: „Was hast du denn um **Himmels Willen** mit der Milch gemacht?" und mir bliebe nichts anderes übrig als auf Buzens oder Mobblns Erbmasse in mir zurückzugreifen und zu sagen: „Üüüüüch?? Üch hab doch nichts gemacht!"

Rehlein hat sich so gefreut, daß ich bereits Milch geholt hatte, und umarmte mich innig, und so, wie die Omi Mobbl früher immer ganz traurig war, wenn die gemeinsamen Tage abrieselten, so war Rehlein jetzt ganz traurig.
Ich erzählte, daß Frau Vitzthum neulich Folgendes gesagt habe: „…in meiner Verzweiflung hab ich dann den Fernseher eingeschaltet", weil sich abends die Kälte der Einsamkeit und Langeweile in dem hübschen Haus ausbreitet, und weder eine wärmende Decke noch ein fesselndes Buch Abhilfe

zu schaffen vermag, denn die Kälte der Einsamkeit und Langeweile stiehlt sich unter die Decke und zwischen die Buchseiten.

Herr Vitzthum steigt in sein Zimmer unter dem Dach und holt die Kiste mit den gesammelten Fliegen hervor. Jeder Fliege hat er einen Namen gegeben und nun zupft er ihnen in sadistischem Vergnügen mit der Pinzette ihre dünnen Beinchen einzeln aus.

Am Nachmittag kam das Petikürenfräulein zum Opa.
Rehlein weichte Opas verhornte Greisenfüße im Sprudelbad ein und war ganz entsetzt, denn als der Opa die Socken abzog, stäubte es Rehlein ins Gesicht und roch entsetzlich!
Doch der Opa im Ohrensessel lachte nur belustigt.
Überpünktlich kam das nette Fräulein mit dem lieben, glockenhellen Lachen.
Eigentlich hätte ich sagen können: „Mein Mann ist ja leider nicht mehr der Jüngste!" auf daß das Fräulein spitze, daß der Opa einst noch so eine junge, knackige Frau abbekommen hat?
Doch ich traute mich nicht, das Fräulein gleich zu Beginn der Bekanntschaft derart zu veräppeln.
Der Opa wurde warm und nett, da ihn das Fräulein wieder anschürte und aufheizte, und über seine bleichen aber noch gut erhaltenen Füße sagte ich: „Die sind noch zu schade für den Sarg!"

Ich drohte dem Opa, daß wir ihn morgen wieder in der Schule anmelden.
Wir sagen: „Der Opa möchte sein altes Schulwissen auffrischen!"

Samstag, 6. Mai

Ein Wetter wie auf einem ganz besonders gelungenen französischen Frühlingsgemälde

Ich dachte über etwas nach, das mir der Opa gestern erzählt hat: Daß die Mobbl so vieles einfach verbrannt hat, bevor man nach Österreich zog.
„Damit will ich nicht ins neue Haus!" habe sie über Dinge gesagt, die dem Opa doch etwas bedeuteten.
Alte Schulbücher vom Opa und vieles mehr.
Ich wiederum malte mir aus, wie später meine Schwiegertochter zu meinem Sohne sagt: „Ach Gott, die alten Tagebücher deiner Mutter! Die nehmen wir doch wohl nicht ins neue Haus mit?!?"
„Nein, natürlich nicht", sagt mein Sohn hündchenhaft.

Auf den alten Gräterich, der wie alle Tage im Bett schmorte, war ich innerlich nur mäßig zu sprechen.
Ich dachte an Antje und Kläuschen in Bonn:
Wie der Antje das Kläuschen mit seiner Hochbildung und dem Hang, an unpassender Stelle

auf uferlose Art über hochgeistige Themen zu referieren, schrecklich auf die Nerven fällt. (Innerlich) Und doch schreibt sie (äußerlich) in einem Brief an ihre Lieben:
„Was habe ich Klaus da bewundert!"

Rehlein erzählte vom Onkel Viktor, der auch mit 90 Jahren noch immer so gerade lief, als habe er einen Spazierstock verspeist.
Rehlein hatte immer so gehofft, daß er ihr beim Abschied einen Geldschein in die Hand drücke, so wie er es bei Rainer und Dölein stets gemacht hat, doch bei Rehlein tat dies der Onkel leider nie.

Rehlein erzählte mir die Geschichte, wie einst der junge Buz - vor einem wichtigen Konzerte stehend, das unaufhaltsam auf ihn zurollte, - sich vor einem Vorspiel im engen Kreise geduckt und geziert habe.
Schließlich hatte man ihn durch Bearbeitung und Einwirkung bzw. Appellierungen an seine Vernunft zumindest so weit, daß er eines Tages losspielte. Im Hintergrund einen eilig herbeitelefonierten Klavierbegleiter, über den sich nicht mehr sagen lässt, ob es sich dabei um einen Mann oder eine Frau gehandelt hat.
Vor der Kadenz jedoch brach Buz unter dem Vorwand ab, daß man dem Pianisten nicht unnötig Zeit stehlen wolle.
Doch in Wirklichkeit fürchtete Buz die unbarmherzige Nacktheit der Kadenz, und später stellte sich

dann heraus, daß Buz die Kadenz noch gar nicht gekonnt hat!
Er hoffte somit auf ein Wunder.
Rehlein: „Da hören für mich die Wunder auf."

Sonntag, 7. Mai

Wunderschön

Der Opa probt die ewige Ruh´ im Sarg schon vor.
Man sieht ihn nicht, grad so, wie einst das uralte Krokodil im Zoo von Singapur, das immer nur auf dem Grunde des Teiches schlief, und nur ganz gelegentlich zu den Mahlzeiten kurz emporschwappte, um alsbald wieder in die Tiefe zu versinken.
Aber der Opa ist schon so alt, daß er nicht einmal zu den Mahlzeiten auftaucht – nur hi und da sieht man ihn wasserweckerbedingt zum Häusl wackeln, und in einigen Jahren bleibt dann womöglich auch noch dieser vertraute Anblick aus?

Heute liebte Rehlein den Opa sehr, und schaute immer ganz traurig nach ihm.
Zwei sich widerstreiten scheinende Stimmungen liegen in der Luft:

„Wie lang haben wir unseren geliebten Opa wohl noch?" wo ja leider auch der Opa nur eine Leihgabe der Natur ist, und: „Wird dies nun ewig so weitergehen?"

Mir mit meinem geplanten Roman geht es z.Zt. wie einer Schnecke, die sich auf die Autobahn draufrobbt, um von dort bis zum Autobahnende zu gelangen – doch schon zu Beginn der Reise wird sie von der Sonne auf dem Asphalt festgetrocknet.

Mir fiel eine Marktlücke ein:
Ein Picknick-Service!
Wenn eine Familie auf einem Familienausflug an einer besonders zauberischen Wiese angelangt ist, dann könne sie mit dem Handy das Picknick-Service anrufen, und schon liefert eine Firma mit dem Hubschrauber einen Picknickkorb mit einem selbstgebackenen Gugelhupf, einer Flasche Wein, einem kleinen Tischlein-deck-dich mit bunter Tischdecke und Klappstühlchen, und das alles zu kommoden Preisen!
Bloß bei der Hubschrauberrechnung tritt dem Familienoberhaupt dann doch der Schweiß hervor.

Oben im Ashram spielte ich das ganze Bruch-Konzert.
Doch ich spielte das Werk ein wenig süßer als es mir *eigentlich* vorschwebt, weil ich es für Rehleins Ohren besonders schön machen wollte. Ähnelnd vielleicht

einer Schwiegertochter die *zu* viel Zucker in den Kuchenteig gibt, wenn „hoher Besuch" erwartet wird?

Mittags auf der Terrasse in warmem Sonnenschein: Es gab grünen Salat und Rehleins köstlichen Käsekuchen mit seiner knusprigen Kruste.
Rehlein sagte: "Was bin ich froooh, daß wir nicht nach Rooom gefahren sind!" Denn fast wären wir heute nach Rom gefahren, um die Uta zu besuchen.
Ich malte uns aus, *wie die Uta am Abend zehnmal zu Buzen gesagt hätte: „…..hättest doch wahrhaftig Bescheid geben können, daß das Mädchen mitkommt!"* („Das Mädchen" wäre Rehlein – da die Hessen in dieser Hinsicht nicht zu differenzieren pflegen: zwischen 0 und 110 heißen alle Frauen schlicht „das Määädschen".)
Buz wird auf eine bestimmte Weise pampig, die man sich nur unter Geschwistern erlauben darf, und beharrt darauf, daß er ganz klar und deutlich gesagt habe, daß er sein liebes Schätzchen mitbringt. Doch die Uta geht hessinnengemäß nie auf Buzens Worte ein, und sagt stattdessen Dinge wie: „Dann hätten wir für „es" doch ´n Feldbett hinstellen können!"
„Es" das wäre Rehlein.

Montag, 8. Mai

Schön, aber zeitweise mit Dunstschleiern verhangen

Der Opa hat heute geträumt, daß er mit einem roten Rucksack im Aartal spazieren lief. Dies träumt er öfters, und im Traume denkt er stets, es sei wahr.

Rehlein und ich fuhren mit zwei Autos zur Tankstelle Bernhard, weil mein Auto wegen seinen quietschenden Bremsen untersucht werden mußte.
Kaum waren wir angekommen, da ging es zu, wie in einem „Achtung Falle" Film, und hinzu wirbelten die Geschehnisse so schnell auf einen zu, daß man kaum reagieren konnte: Ein junger Mann nahm mir den Schlüssel ab, und fuhr einfach davon, und dabei hatte ich sogar den roten Rucksack aus Opas Traum mit all meinem Hab & Gut im Auto gelassen. Was, wenn der raffinierte Herr ganz einfach nur einen Werkstattpulli trug, und ansonsten in der Tankstelle noch niemals gesehen wurde?
Gestresst, wie ein älterer begriffsstutziger größerer Vogel im Winde - weil ich so dumm war - wartete ich auf mein Auto.
Schließlich kam er dann aber doch wieder, und freudig meinte ich, der Schaden sei behoben – zu früh, wie sich dann später herausstellte, denn die Bremsen quietschten unverdrossen, und Rehlein rief „wissend" aus: „Das war jetzt aber ne schöne Hilfe!"

Auf einem gemeinsamen Spaziergang erzählte mir Rehlein, wie Mobbl sie als kleines Kind einmal gegen den Ofen schmiss, so daß Rehleins zarter, kleiner Po davon angekokelt wurde.
Die gestresste Mutti bat Rehlein, Stillschweigen über diese im Grunde unentschuldbare Verfehlung in der Aufzucht zu bewahren – nun aber steht´s hier in einem Buche.

Dienstag, 9. Mai

Zunächst noch feuchtigkeitsdurchsogen.
Mittags etwas dunstig, dann wunderschön sonnig

Als ich am Morgen in der feuchtigkeitsdurchsogen und verhangenen Wetterlage joggte, schien´s mir kurz vor dem Ortsschild so, als führe die verstorbene Frau Lamberg, die wir ja nur von dem Foto in ihrem kleinen Heimgangstraktätchen kennen, im Auto an mir vorbei. Wer aber wurde dann auf dem Friedhof in Lanzenkirchen beerdigt?

Frühstück mit Irene und Frau Prinz.
Zur Auflockerung erzählte Rehlein kleine Anekdötchen, die sich um das Thema „Ostfriesentee" rankten.

Wenn man hier in Ofenbach sitzt, dann kann man sich kaum einen Ort vorstellen, der noch weiter entfernt sein soll, als die ostfriesische Hafenstadt Emden, und wenn die Irene repetierend „Emder Wölkchen" sagt, dann klingt es so, als spräche man über Gepflogenheiten auf einem fremden Planeten.

Der Opa ist kantig und dünn geworden, und doch wirkte er, neben der Irene sitzend, in seiner Greisenhaftigkeit frühlingshaft, - so, wie ein alter Orang Utan, der soeben aus dem Winterschlaf erwacht ist, und nun von der Sonne beschienen wird.

Am Abend brachte ich dem Opa einen Schokoriegel und hielt ihn so hoch, daß der Opa sich recken und strecken mußte – so als betriebe ich eine Moribundendressur.

Mittwoch, 10. Mai
Ofenbach - Nürnberg

Sonnig und sommerlich

Gegen 23 Uhr 34 traf ich in der Kaulbachstraße in Nürnberg ein.
Als ich mein Auto soeben ungeschickt in einen viel zu engen Parkplatz hineinquetschen wollte, stürmte

die Veronika, die ihr altes Auto am Quietschen erkannt hatte, auf mich zu.
Rührend hilfsbereit wollte mir die Veronika bei der Parkplatzsuche behilflich sein, obwohl sie doch selber gar kein Geschick für dererlei hat.

Später saßen wir gemütlich zusammen, aßen Rehleins Rhabarberkuchen, und ich erzählte, wie Buz morgens zuweilen den Frühstückstisch deckt und glaubt, damit sei ein Drittel der Hausarbeit erledigt.
Ich mußte plötzlich so lachen, und erzählte vom Hit über „das bißchen Haushalt", den ich so köstlich finde.
Dann erzählte ich eine poetische Geschichte über den Opa:
Wie der alte Mann nochmals ein Klassentreffen organisieren will.
Doch die Einladung kann nur noch an einen einzelnen Klassenkameraden geschickt werden: Sich selber.
Trotzdem schreibt der Opa eine feierliche Einladung, adressiert das Kuvert und trägt es auf die Post. Und am nächsten Tag fischt er die schöne Einladung aus dem Kasten, um sie mit feierlichen Gefühlen aufzuklappen…
Zum Schluß lachte ich wie die kleine Feli und sagte: „Mit meiner neuen Kurzhaarfrisur sehe ich doch wahrhaftig aus wie eine richtige ältere Dame?"

Donnerstag, 11. Mai
Nürnberg - Holzhausen

Brütend heiß. Sonnig

Beim Frühstück breitete ich vor der Veronika eine These aus, die auch von meinem Vetter Friedel hätte stammen können:
Daß ich nicht an Freundschaft, sondern nur noch an die Liebe glaube.
Während aber die Veronika nur, oder allenfalls noch an Freundschaft glaubt.
Schaudernd dachte ich uns etwas aus:
Wie es wohl gewesen wäre, wenn ich ein unmöglicher Mensch wie aus den Geschichten von Rehlein und Mobbln geworden wäre? Ich kehre vom Brötchenkauf zurück, schaue in mein Börsl, das ich achtlos auf dem Bett hab liegen lassen, und sage: „Ach, da hast du dir die 100 Mark für Frankreich schon herausgenommen? Die wollte ich Dir ohnedies geben!"
Wenn die Veronika dann ganz erschrocken alles von sich weist, sage ich gönnerhaft und in aufgesetzt begütigendem Verständnis: „Du, ich hätte sie dir doch ooohnehin gegeben!" und dann höre ich auf Hessenart nicht auf Veronikas Worte, und repetiere meine eigenen stattdessen zehnmal!

Die Veronika meinte, wenn ich ihr so käme, dann würde die Freundschaft doch sehr abkühlen.

Um zehn nach zehn strebte die diensteifrige Veronika schon zur Straßenbahn.
Sie erlaubte mir, in ihrer Wohnung zu bleiben, ein bißchen zu üben und die Zeitung zu lesen.
„Aber lies mir nicht alles weg, und laß mir noch etwas übrig!" scherzte meine Freundin Veronika so entzückend.
Dann begleitete ich sie und ihre geschulterte Violine zur Straßenbahn-Haltestelle.
Rehleins Gene in mir gaben mir immer das Gefühl ein, der Veronika beim Geigentragen behilflich sein zu sollen, und ich erzählte schon wieder eine fast surrealistisch anmutende „Eventualität", da ich dies in Veronikas Aura immer mache: Wie ich überhilfsbereit an Veronikas Geigenschnalle herumnestel, und ein vorbeilaufender Herr sagt: „Lassen Sie doch die Dame in Ruhe!"
Auf Art eines gutmütigen Kindermädchens meinte die Veronika, daß das Leben auf Erden sicherlich viel interessanter würde, wenn *ich* anstelle vom lieben Gott die Geschehnisse bestimmen dürfte, da es im Alltag ja meist langweilig und vorhersehbar zugeht.
Aber wenn man die Augen aufspannt, dann sieht man die vielen kleinen Besonderheiten ja doch: Direkt vor uns z.B. wurde ein zirka einjähriges süßes Kind mit einer leuchtend roten Hose von seiner gestressten, gehetzten Mutti, der eine verquetschte

Zigarette im Mundwinkel hing, hektisch an der Hand gezogen.
Quer am Leben vorbei, so möchte man meinen.

Fahrt in den Taunus:
Besonders lag mir mein Geburtstagsbrief an den Omar am Herzen, der noch mit einer Briefmarke beklebt werden mußte, und so bog ich einmal ab, und fuhr einem Postwagen hinterher.
Wir kamen an ein so riesiges Postgebäude, vor welchem ungezählte Postwägen parkten. Ich hätte nie geahnt, daß es so große Postgebäude überhaupt gibt?!
Ein gigantisches Gebäude!
Eigentlich ist es doch wirklich lustig, daß ich ein so riesenhaftes Gebäude betrat, um eine winzige Briefmarke zu kaufen, und dann doch keine bekam!

Freitag, 12. Mai
Holzhausen

Etwas verquollen.
Hi und da regnete es leicht

Ich fuhr nach Holzhausen – jenen Ort, in den die Margarethe mit ihrem Mann und ihrem Kinde gezogen ist, um mit dem Familienleben loszulegen.

Die Margarethe stak in ihrer Schwangerschaftslatzhose und begrüßte mich mit dem kleinen Leopold auf dem Arm.

Kurz darauf trafen in schwüler, leicht elendender vormittäglicher Wetterlage ihre Eltern ein, und in der Wohnung breitete sich sogleich eine anstrengende Enge aus.

„Wie halt ich das bloß aus?!" dachte ich ein wenig unglücklich.

Irgendwie ist hier in Holzhausen alles ganz steil und schräg, und im Nachbarsgarten wohnt ein Hund, und bellt auf's Abscheulichste, da er immer windschief dastehen muß.

Etwas, das ich dann später beim Mittagessen auf dem Balkon zur Sprache brachte:

Man sei aus seinem alten Wohnort hinweggezogen, weil die unter ihnen lebenden Mieter mit Besenstilen hart an die Decke zu klopfen pflegten, und die kleine Familie wegen der musikalischen Lärmereien umzubringen drohte, und nun würde man die neuen Nachbarn selber gerne abmurksen, auf daß der kläffende Köter verschwände und endlich Ruhe gäbe.

Gleich in den ersten fünf Minuten des Wiedersehens frug ich die Margarethe, ob's bei ihnen, gut ein Jahr nach der Eheschließung wohl schon wüste Ehezwiste gäbe?

Ja, die gäbe es:

Erst gestern habe man sich in Tübingen wegen einer Banalität geprügelt! Sonst aber sei es nett.

Die Aussicht aus Leopolds so liebevoll eingerichtetem Kinderzimmer ist leider wenig begeisternd: Man blickt auf einen grauen und öden Parkplatz, auf dem es jedoch plötzlich etwas zu sehen gab: Zwei rabiate Köter die vor Hass aufeinander zu platzen drohten, und sich zerfleischen wollten! Die Besitzer krakelten hilflos herum, und versuchten die Wüteriche unter Kontrolle zu halten….

Abends fand mein Konzert in Holzhausen statt, und hernach saß man gemütlich auf dem Balkon beieinander.
Ich erfuhr, daß der Opa Wolfgang eigentlich Sänger werden wollte, und zirka 25 Jahre lang als Schaufensterdekorateur gearbeitet hat.
Dann dachte ich mir etwas aus:
Daß etwas geschieht, mit dem kein Mensch gerechnet hat:
Völlig überraschend schafft der Konrad mit seinem Orgelspiel den totalen internationalen Durchbruch, so wie einst Udo Jürgens:
Millionen jubeln ihm zu, die Mädchen fallen reihenweise in Ohnmacht, und jetzt findet somit sein letzter Sommer als normaler Mensch statt!
Von dieser elektrisierenden Idee war ich kurzfristig ganz versunken, doch nun tauchte ich aus der Versunkenheit wieder empor, reckte den allgemeinen Plaudereien wieder die Ohren entgegen, und

mittlerweile sprach man über´s Orgeln bei Begräbnissen.

Der Konrad steht diesem Thema, wie nahezu allen anderen Themen auch, etwas grämlich gegenüber.

Er selber orgelt nur selten bei Begräbnissen, und ich wiederum meinte, daß das für die Ehe auch belastend wäre, wenn ein Organist ständig bei Beerdigungen rumorgeln müsse.

Wenn dann zuhause die Frau mal vorschlägt, tanzen zu gehen, dann sagt der Organist eingeschnappt: „Ich habe heute einen 39-jährigen Familienvater zu Grabe georgelt, und du denkst ans Tanzen?! Pfui Teufel!"

„Das Schlimmste ist, wenn man eines Tages spürt, daß die Frömmigkeit nachlässt!" sagte ich naseweiß, und erzählte von einem Pfarrer in meinem Bekanntenkreis, dem genau das passiert sei.

Hi und da sprach man über die Oma der Gegenpartei „Omi Ruth".

Ich verstand aber „Omi Rot", glaubte schon, es sei womöglich politisch gemeint, und die politisch engagierte leidenschaftliche Atomkraftgegnerin Omi Agnes hieße am Ende „Omi Grün"?

Samstag, 13. Mai

Zauberisch schön

Ich nächtigte auf einer Matratze neben dem Klavier, und am Morgen fühlte ich mich durch die hohen Heultöne vom kleinen Leopold, die immer plötzlich und gänzlich unmotiviert abbrachen, molestiert.
Die Margarethe im Windfang übte Töne und Dreiklangsbrechübungen auf dem Cello.
Das Spiel der jungen Hausfrau und Mutti wirkte etwas ungepflegt und wenig eingeschwitzt, doch mit der Zeit wurde es allein vom Üben geschmeidiger und weicher.
Margarethe und Konrad würden heut den ganzen Tag und die Hälfte der Nacht aushäusig sein, weil sie auf zwei Hochzeiten eingeladen waren.
Zu früher Morgenstund´ hörte man bereits Omi und Opi rascheln.
So am Morgen, noch unfrisiert, trug ich Gefühle von meiner Tante Debbi in Übersee, die morgens immer ungenießbar ist, mit mir herum. D.h. ich konnte sie bloß nachempfinden – in dem Sinne, daß man sich ganz am Morgen noch sehr einsilbig bzw. sogar nullsilbig fühlt, da man ja gar nicht weiß, ob die Stimme womöglich ganz pubertär und verkrächzelt klingt, und man am Ende gar Mundgeruch ausströmt?

Zusammen mit Omi, Opi und dem kleinen Leopold besuchte ich die Frühstückspension in der man genächtigt hatte.

Die Privatpension von Frau Nimmfuer steht wie nahezu alle Häuser in diesem Ort ganz schräg am Steilhang, und ich lernte die alte Frau mit der rosig ungesunden Gesichtsfarbe und der wattigen Kopfumrandungsfrisur in ihrem kleinen Schrebergärtchen kennen. Die alte Dame, die gestern im Konzert war, begrüßte mich ganz lieb – auf den kleinen Leopold hat sie aber leider eine ganz schlechte Wellenlänge ausgeströmt: Er bog fast ungezogen seinen Kopf hinweg, als sie ihn begrüßen wollte.
Dann setzten wir uns an den liebevoll gedeckten Tisch, sangen den Kanon „Komm Herr JESUS!" und frühstückten augenblicklich los.
Den kleinen Leopold hatte man auf dem Kachelofen abgelegt, und immer wieder schaute man entzückt zu dem kleinen Bündel hin. Appetitlich mit einer frischen Pfirsichhaut bepolstert, mit einem kleinen mürrisch nach unten verknautschten Mund und großen blauen Puppenaugen von denen eines ein wenig nach innen schielte.

Mittags fuhr der Opa Wolfgang zum Baumarkt und hatte aus Versehen den Zwicker seiner Frau mitgenommen, so daß die hochmotivierte Omi gar nichts tun konnte. Und ihrem Naturell gemäß hätte sie sich doch so gerne nützlich gemacht!

Auf der Fahrt nach Kettenbach zum Konzert dachte ich allerlei: z.B., daß ich es mir doch erlauben müßte, glücklich zu sein und das Leben zu genießen, anstatt erwachsenengemäß immer unglücklich, von Schuldgefühlen geplagt oder gar verärgert zu sein?
Dann dachte ich an die Pfarrersleut in Cremlingen zurück:
Es sind Leute, die überhaupt keine Gefühle zeigen können, doch alles, was sie tun, zeugt von unglaublicher Güte und Aufmerksamkeit: z.B. Geld auf mein Konto zu überweisen, und anzurufen um zu fragen, ob ich auch gut angekommen bin? Die Frau hatte angeboten, mir Butterbrote zu schmieren, und als ich die Plakate hingeschickt hatte, ließen sie mich durch ein Kärtchen wissen, daß sie gut angekommen sind!
Bloß paßt all dies überhaupt nicht zu ihnen und ihrer äußerlichen Art.
Dann mußte ich an die Tante Christa denken, und wie ungewöhnlich und überraschend es gewirkt hat, als sie einst vor vielen Jahren, als ich noch ein Teenie war, aus heiterem Himmel zu mir gesagt hat: „Hast du denn deinen lieben Onkel mit einem schönen Küßchen begrüßt?"

Ich verdiente 212 Mark und 62 Pfennje.

Nach dem Konzert dichtete ich auf meiner Stammbank am Kinderspielplatz. Im Haus neben der Bäckerei hörte man eine junge Frau so häßlich herumkeifen.
Drei Kinder spielten. Ein neuer Typus des deutschen Kindes hat sich herauskristallisiert: Das kühle, vernünftige Kind, das eine gepflegte Streitkultur pflegt und sachlich argumentiert statt sich danebenzubenehmen, wie einst die Generation davor.

Dann fuhr ich heim.
Die Parkerei entpuppte sich als äußerst verzwickt: Hangaufwärts gelang´s mir nicht, mich in meinem Auto in eine enge Parklücke hineinzupressen. Zwar lärmte ich wichtigtuerisch mit meinem Auto herum, blieb dabei jedoch immer gleich schräg. Schließlich parkte ich ganz verschämt direkt hinter Margarethes Haus.
Daheim saßen Margarethes Eltern in der Küche und machten ein Ratespiel.
("Berühmter Mann mit "G"?)

Aus einer Telefonzelle rief ich Rehlein an. Doch Rehlein sagte grad wie der Opa immer nur: "Hallloooh???Ich versteh kein Wort", und nach einer Weile: "Ich glaube, ich leg jetzt besser auf!"
Ich fühlte mich wie jemand, der aus der Tiefe eines Schachts um Hilfe ruft und nicht gehört wird.

Dann setzte ich mich zu Opa Wolfgang und Omi Agnes. Wir sprachen über die vielen Hochzeiten und Geburtstage, die´s bei denen ständig zu feiern gibt – jedesmal mit dem Zusatz „und der Konrad hat georgelt!"

Wie selbstverständlich orgelt der brave Rheinhesse auf jeder Feier.

Dann sprachen wir über die Vorfahren – bzw. wie alt sie wohl geworden sind.

Die Mutter von Omi Agnes lag mit 56 Jahren eines Tages einfach tot da, und Omi Agnes wurde ganz aufgeregt, und färbte sich blassrosa ein, als sie daran zurückdachte.

Die Mutter vom Opa Wolfgang starb bereits mit 26 Jahren an der Kopfgrippe, als der kleine Wolfgang noch ein kleines Wammerl war!

Sonntag, 14. Mai

Atemberaubend schön

Die Margarethe hatte bereits zu früher Stund´ das Haus verlassen, denn in der Kirche wurde heut der 30. Hochzeitstag ihrer Eltern gefeiert. Der Konrad wiederum stak in Hektik, und stürzte seinen Kaffee im Stehen hinab - grad so, wie man´s laut der gestrigen Predigt eigentlich nicht machen sollte.

Und doch wirkte er hierbei so ungeheuer reif und erwachsen, und dies, wo er doch viereinhalb Jahre jünger ist als ich.
„Du bedienst dich, ja?" sagte er in rheinhessischer Gastfreundschaft bevor auch er das Haus verließ.

Mit der Margarethe ist es so, als besuche man die Verwandtschaft in Amerika: Man ist zu Besuch gekommen, und der Gastgeber führt genau das Leben weiter das er immer führt, so daß man praktisch nichts miteinander zu tun hat, und sich somit fragen muß, warum man wohl den langen beschwerlichen Weg auf sich genommen hat?
Aber so, als habe sie meine Gedanken gespürt, kam die Margarethe wenig später mit dem kleinen Leopold auf dem Rücken zur Tür herein, und lenkte leicht zerknirscht die Rede darauf, daß sie sich kaum um mich kümmern würde.
Ich fand den kleinen Leopold ganz süß, schmuste und spielte mit ihm, und einmal zog ich ihm ein Söckchen aus um die prallen Babyschlegel zu bewundern.
„Kaum zu glauben, daß daraus später einmal bleiche Moribundenfüße werden sollen!" sagte ich über seine Füßlein zur Margarethe, und dann fiel mir ein, daß es noch nicht einmal 62 Jahre her ist, seit dem unser Buz mal so süße Haxerln gehabt haben dürfte.
Ich erzählte der Margarethte vom Monsieur Landru, dem Blaubart von Paris, der ganz gewöhnlich und sogar unscheinbar ausgesehen habe, - „und trotzdem

konnte ihm keine Frau wiederstehen!" sagte ich auf eine wache und intensive Art.

Und unter diesen Damen, die ihm nicht widerstehen konnten, befand sich gar eine brave Pfarrfrau!

Dann wiederum erzählte ich schon jetzt – viele Jahre davor - wie es dem Leopold später einmal peinlich ist, eine schwäbische Mutter zu haben, und wie er eilig so tut, als müsse die Margarethe nicht zum Elternsprechtag. Um sich vor der Lehrerin nicht zu blamieren, mietet der Leopold von seinem Taschengeld irgendeine ganz normale hessische Frau, die für ihn zum Elternsprechtag geht, und ganz normale rustikale Dinge sagt, so wie alle hessischen Frauen?

Abends nach dem Konzert in Geisenheim:

Der Konrad saß wie alle Tage am Computer, während sich die Margarethe mit ihren Eltern ins Kuschelzimmer zurückgezogen hatte.

Man hatte den Kandelaber entzündet, die Margarethe sang zarte Gesänge und begleitete sich dazu auf der Klampfe.

Nach einer Weile trommelte uns der Konrad auf den Balkon, wo er das Fernglas schräg nach oben mitten auf den Mond gerichtet hatte.

Staunend schauten wir hindurch.

Montag, 15. Mai
Holzhausen - Mörlenbach

Unglaublich heiß, hochsommerlich und schön

Die Margarethe versucht stets, das bißchen Zeit das einem als Hausfrau und Mutter bleibt so sinnvoll wie irgend möglich zu nutzen. Sie erhebt sich früh, wenn alle noch schlafen, und übt mit klammen Gefühlen, ob dies wohl als störend empfunden werden könnte, im Windfang auf ihrem Violoncello.
Ich malte mir aus, *wie der Konrad von ihren Celloklängen getragen, von einer nackten Cellistin mit Zwicker träumt, die inmitten einer leuchtenden Blumenwiese Cello übt. Traumesunlogischerweise ist es allerdings Frau Hemmrich, die Nachbarin und Besitzerin des Rottweilers, die sich da auf dem Cello abmüht.*

Im Morgengrauen trank ich Unmengen Kaffee und las „*die ZEIT*": z.B. über Christian Klars Mutti.
(„Die etwas andere Reportage zum Muttertag")
Es handelt sich um die 74-jährige Mutter vom Terroristen Christian Klar, der seit 18 Jahren in Karlsruhe im Knast sitzt, so daß seine Mutti den heute 47-jährigen einmal im Monat zu besuchen pflegt.
Schade, daß die depperten Terroristen *jetzt* einsitzen müssen, denn die Welt ist auch ohne ihre brutalen Terrorakte viel freundlicher geworden. Die Städte

sehen nicht mehr so spießig aus, und die Kühe nicht mehr so dumm…schrieb die ZEIT-Reporterin humorvoll.

Nach einer Weile wurde der kleine Leopold wach. Während er schläft, vergisst man ihn fast ein wenig, so leise atmet er. Ist er dann aber wach, so stößt er bisweilen sirenenartige Heultöne aus, während Mutti Margarethe ihm seine Milch wärmt. Und beim Milchtrinken biegt er seine kleinen Finger anmutig um die Milchflasche, als handele es sich um eine Klarinette, die man nur mit großem Knoffhoff beblasen kann.

Nach einer Weile bat ich die Margarethe mir das schöne Lied mit Klampfenuntermalung erneut vorzusingen. Die Margarethe ließ sich nicht zweimal bitten, und es sah so bezaubernd aus, wie die junge Mutter neben ihrem Baby saß und das so warme Lied zupfte und dazu sang. Die schöne Musik machte mich so trunken, daß ich das Werk nie in Würde ausklingen lassen konnte, und es ständig erneut zu hören verlangte. Besonders die Stelle, wo die Margarethe pfiff, bewegte mich so tief, daß ich davon, wenigstens vorübergehend, ein viel besserer Mensch geworden bin.

Ich riet der Margarethe, das Lied für den schwerkranken Celloprofessor, Herrn Hamann auf Kassette aufzuspielen. Auch er würde davon, zumindest vorübergehend, zu einem besseren Menschen. Er sei zwar schon gut, könne sie eifrig dazuschreiben, doch kein Mensch sei soo gut, daß er nicht doch noch besser werden könne. Von der schönen Musik würde auch der Panzer um Herrn Hamanns Seele gelockert, plötzlich würde er spüren, wie er seinen Todfeinden nichts mehr nachträgt und erwischt sich plötzlich dabei, gerührt an seinen Kollegen Herrn Baynov zurückzudenken, mit dem ihn zeitlebens eine erbitterte Feindschaft verbunden hatte, und den er wohl in diesem Leben nicht wiedersehen wird.

Ich erfuhr, daß der kleine Leopold bei seiner Geburt zehn Punkte bekommen hat. (Die Höchstpunktzahl für den Zustand eines Säuglings.)

Doch dies hätte durchaus auch anders kommen können.

Ich malte uns aus, *wie ein arroganter fränkischer Kinderarzt zu einer jungen Mutti sagt: „Ich kann ihm leider nur zwoi Bungde gebe.. Atmung und Hautfarbe sind OK, aber der Rest ist auf deutsch gesagt Scheiße!"*

Dann frühstückten wir mit dem Konrad auf dem Balkon. Opa Wolfgang und Omi Agnes kamen nur um sich zu verabschieden, und wegwarense.

(Aufgerollt von der Zeit.)

Der Konrad war „nur eben mal" zum kopieren gegangen und kehrte nicht wieder, was für die Margarethe ein wenig peinlich war, denn immer wieder rief jemand an, und die Margarethe mußte sagen, ihr Mann sei beim Kopieren. Bloß, wenn dieser Jemand dann nach einer Weile erneut anrief, dann war er immer noch nicht da, und was wäre gewesen, wenn sich das Ganze auf Stunden, Tage, Wochen und schließlich Monate ausgeweitet hätte? Dann hätte sich derjenige doch sicher seinen Teil gedacht?

Für mich selber hatte ich mir auch etwas ausgedacht: Daß ich meine Großkusine Nikola besuche, die hier in der Nähe lebt.
Die Nikola sagt: „Fein, daß du kommsch! Kansch du grad mal eben ein paar Minuten auf die Kinder aufpassö? Ich lauf geschwind in die Bäckerei und hole uns etwas Leckeres und Bekömmliches!"
Dann kommt sie aber nicht wieder und ich sitze mit den Kindern da...

Dienstag, 16. Mai
Mörlenbach - Trossingen

Meist wunderschön und warm.
Auf der letzten Reiseetappe jedoch
hi und da feuchtes Wolkengebräu und Regengüsse

Ich fuhr nach Wilhelmsfeld, weil ich Buzens Idee aufgegriffen hatte, die Haruko zu besuchen. (Die japanische Exe von Buzens ehemaligem Spezi und Klavierbegleiter Paul Dan.)
Dort besuchte ich „Das etwas andere Café" ← nein, so hat es nicht geheißen, aber ich fühlte mich dort

ein wenig so, als hieße es doch so, weil ich mir nämlich „Das etwas andere Frühstück" bestellte: Cornflakes mit Milch, frischgepressten Orangensaft, ein Croissant und eine Erdbeermixmilch und später noch einen Milchkaffee.

Am Nebentisch frühstückte ein junges Ehepaar mit zwei Kleinkindern die lärmten und nervten. Zuerst dachte ich, es säße nur ein kleiner, zirka dreijähriger Junge da, der ganz leicht zu beleidigen ist, weil er so oft jäh aufheulte. Erst nach einer Weile bemerkte ich, daß er unter dem Tisch von einem zirka zweijährigen Mädchen unschön gepiesackt wurde, und die Heulattacken, die ich der Unsensibilität der Erwachsenen zugeschrieben hatte, *darauf* zurückzuführen waren.

Ich selber lärmte allerdings auch: Andauernd mußte ich ungezügelte Nießsalven von mir geben.

In der BUNTEN las ich über Ingrid van Bergen, die mit ihren fast 69 Jahren demnächst einem 35-jährigen Herrn in Dubai das Ja-Wort geben will. („Es hat „Klick" gemacht, so las man auf pressedeutsch.)

Dann fuhr ich weiter und befand mich in freudiger Spannung. Ich stellte mir vor, wie ich gleich läute und mir nach 22 Jahren die mittlerweile verblühte 52-jährige Haruko die Türe öffnet. Ob sie mich wohl erkennt?

Und dann stellte ich mir auch noch vor, ich sei eine Adoptivtochter, die ihre leibliche Mutter sucht.

Die Adresse hatte ich schon, und jetzt mußte ich nur noch das hinzugehörige Haus suchen.

Ich konnte mir nicht vorstellen, wie ich mit der Haruko warm werden sollte? Wahrscheinlich wäre sie, so wie Rehlein an ihrer Stelle auch, nicht sonderlich beglückt über diesen Überfall aus der weitestgehend abgehakten Vergangenheit?

Ich parkte das Auto in Friedhofsnähe und lief dann in die Schulstraße in einem etwas öden Stadtviertel – an eine spießige Mittelschichtssiedlung erinnernd, bevölkert von mißtrauischen und zurückhaltenden Menschen.

Die Haruko wohnt in einer dunkelgrauen Doppelhaushälfte. An den beiden Klingeln stand allerdings je: „Dan Odette". (Das ist die Tochter aus Pauls erster Ehe in Rumänien, die – laut Buz ein wenig verdrossen, verstaubt und fremd sei.) Dann sah ich aber an der schräg in den Garten hinabziehenden Hauswurzel noch einen weiteren Eingang, und dort stand bloß „Dan" auf einer alten Schreibmaschine der Marke „Gabriele" auf vergilbtem Papiere niedergetippt.

Mir wurde geöffnet.

Der Andi war´s (der Sohn von Paul & Haruko), und ich erkannte den inzwischen 23-jährigen mit seinem Zwicker auf der Nase sofort, auch wenn ich ihn zuletzt gesehen hatte, als er noch in der Wiege lag! Etwas stammelig vor Ergriffenheit – (aber wahrscheinlich war es nur eine Vorstufe der Ergriffenheit, weil ich den ja praktisch gar nicht kenne) frug ich ihn nach der Haruko aus, und er antwortete sehr nett auf „Höhö-Basis": Seine Mutter sei aushäusig. Sie unterrichte heute in der Musikhochschule.

Im Hintergrund sah man lautlos ein Betthäschen in schwarzem Mieder durch´s Zimmer huschen.

„Meine Schwester!" sagte der Andi schnell, um mich von jeglich falschen Gedanken abzubringen, bevor sie Wurzeln schlagen könnten, wie man es von alten Klatschweibern kennt.

Seine Schwester ist Tänzerin von Beruf und sieht aus wie eine rumänische Turnerin: Gertenschlank, wunderhübsch und biegsam.

Ich entschloss mich, ganz spontan nach Mannheim zu fahren, wo die Haruko wie die typischste Professorenexfrau, die man sich überhaupt nur vorstellen kann, bis zum Abend irgendwelche Nebenfächler im Tastenspiel unterwies.

Mühsam gelangte ich in die Stadt, die man nach Art eines Planeten ständig diffus umkreisen muß, um doch keinen Parkplatz zu finden, und im Parkhaus schrammte ich mein Auto leider an der Parkwand an. Das schwarze Schutzblech aus Plastik über dem Reifen ist davon leicht angeschabt worden.

Dann hatte ich große Angst, dem Parkhausmörder in die Arme zu laufen. Doch der Herr, der mir durch die Ausgangstüre entgegentrat, war nur ein fahriger Geschäftsmann.

Die Stadt schien mir so unübersichtlich und unfreundlich, und so fuhr ich bald, und ohne die Musikhochschule überhaupt gefunden zu haben, wieder weg.

Abends in Trossingen telefonierte ich mit Rehlein und Buz. Buz, von echter menschlicher Wärme erfüllt, hatte die Haruko bereits angerufen, und sie hätte sich sehr gefreut gehabt!
Nachtrag 2020: bis heute nie wieder gesehen.

Rehlein wurde in ihrem Bett von einer handtellergroßen Spinne attackiert und in den Hals gebissen. Nicht auszudenken wär´s gewesen, wenn Rehlein eine Spinnenphobie hätt!

Mittwoch, 17. Mai
Trossingen

Zuerst schön. Dann zog eine zarte Windhose,
und mit ihr düstres Wolkengebräu auf

In Lindas Briefabbo gestern stand zu lesen, daß sie es unendlich genösse, allein zu sein – zwar wird einem kurz alle Aura hinweggesogen, doch dann füllt sich das Haus ganz neu mit der eigenen Aura.
Und genau so erging es mir.

Draußen sah man so unverschämt schön die Sonne scheinen, *obwohl's* doch geheißen hat, man erwarte Regen.

Mir kam´s vor, als müsse man mit dem Gefühl leben „das dicke Ende käme noch". Doch es bleibt immer ungefähr so, und der düstere Gedankenwulst hängt völlig überflüssigerweise über allem?

Mit einigem Schaudern dachte ich mir aus, wie trostlos mein Leben verlaufen wäre, wenn ich damals die Stelle im Bodensee-Symphonie-Orchester in Konstanz, oder aber die Musikschulstelle in Nürtingen bekommen hätte, denn weder zur Tuttigeigerin noch zur Geigenlehrerin fühle ich eine Berufung.

Am Morgen war ich müd, und fühlte mich wie der 90-jährige Opa, über den ich doch schon öfters allerlei gedacht hatte. Ich hatte z.B. gedacht, wie das wohl wäre, wenn ich in seiner Haut stüke? Daß ich mich da doch wohl mal zusammenreißen würde? So riss ich mich halt selber zusammen, obwohl niemand da war, der dies hätte bemerken können.

Insgesamt drei Stunden heute schuftete ich an meinem Wohnzimmer. Ich mußte an jene Dame mit dem Putzfimmel denken, über die ich mal im „*Stern*" gelesen hatte: Eine Dame, die zwanghaft immer putzen mußte, und demgemäß war bei ihr immer alles blitzblank. Bei mir hingegen hat man bei fast jedem Gegenstand und hinzu bei fast jedem

Quadratmeter Wohnfläche das Gefühl, daß er noch niemals putztechnisch bewedelt worden ist.

Auf dem Heimweg vom Gaugersee dachte ich über Ute M. nach, die auf ihrer Hochzeitseinladung so rührend gedichtet hatte:

**Ein Traum wird wahr.
Wir schreiten zum Altar!**

Donnerstag, 18. Mai

Am Morgen sonnig, dann etwas düster und verquollen.
Kühl und windig ist es geworden

Als der Wecker tönte, hatte ich gerade so unglaublich schön geschlafen. Geträumt hatte ich folgendes: *von einem Herrn, der in Amerika zum Tode verurteilt worden war, obwohl er eigentlich gar nichts gemacht hat! Er war zwar fremd gegangen, und dann hatte er eine Aufforderung erhalten, sich bis dann und dann bei den Behörden zu melden, und das hatte er doch auch getan!* Dann wiederum träumte mir, daß *ein räuberhotzenplotzartiger Herr mir ein inzwischen vergriffenes Buch vom Räuber Hotzenplotz schenkte, und sogar eine Widmung hineingeschrieben hatte.*

Von meinem dreitägigen Frühjahrsputz war heute erst der erste Tag um, was bedeutete, daß wenigstens mein Wohnzimmer ganz heimelig und schön ausschaute.

Ein bißchen brütete ich innerlich an der Idee, mir „die ZEIT" zu kaufen. Buz wäre morgen vielleicht verblüfft, bei mir die ZEIT vorzufinden? „Mein Fräulein Tochter scheint nun auch geistig flügge zu werden?" würde er freudig denken – bloß hätte ich die ja nur wegen den Heiratsgesuchen gekauft, die oft so blöd sind, daß man lachen muß.

Dann begann ich mein Bad zu putzen. Dazu hörte ich die Aufnahme von Buzens Brahms A-Dur Sonate mit der Xie Lipi und war fasziniert. Am liebsten hätte ich Buz gleich angerufen – denn wann bekommt der süße Buz schon einen derart aufbauenden Anruf?

Im Mittagsmagazin hat man heut erfahren, daß der Papst heut den 80. Geburtstag feiert. Doch er ist alt und gebrechlich geworden.

Ich blieb allerdings nicht sehr lange vor dem Bildschirm sitzen und nutzte die Zeit lieber sinnvoll.

Heute habe ich schon wieder drei Stunden lang im Haushalt gewütet.

Joggen war ich gegen 16 Uhr 19 auch, und unterwegs versuchte ich <u>allen</u> Leuten mit Wärme und Freundlichkeit zu begegnen. Die kleinen Kinder

lächelte ich alle an und sagte warm: „Hallo!" und sie grüßten höflich zurück.
Auf der Brücke sagte ein Herr, der mit seiner Mutter oder Ehefrau unterwegs war: „Langsam, langsam!" und ich als vorbei Hoppelnde lachte freundlich und verbindend.
Auf dem Heimweg saßen die beiden auf der Justus-Frantz-Bank* am See, und ich sagte im Bestreben, neue Freunde gewinnen zu wollen: „Jetzt bin ich langsam geworden!" und daraus resultierten ein paar, wenn auch vielleicht unverbindliche, so doch zwischenmenschliche Worte.
*Die heißt nun einfach „Justus-Frantz-Bank", weil ich auf dieser Bank einmal mit Buz über Justus Frantz geplaudert hab.

Morgen muß nur noch Gunnars Zimmer geputzt werden. (Auch wenn mein Vormieter – ein Herr namens Gunnar, der immer so würzige Dinkelfürze ließ, seit sieben Jahren nicht mehr dort lebt, so heißt´s doch immer noch „Gunnars Zimmer") und wenn meine Wohnung dann ein kleines Schmuckstück ist, will ich so leben wie einst die Omi-Mobbl, bei der es stets gemütlich war, und die jedem Wochentag ein putztechnisch zu bearbeitendes Zimmer zuzuordnen pflegte.
Beim Wörtchen „Schmuckstück" muß ich immer an den Onkel Eberhard denken der, laut Buz, aus seiner Ehe mit dem Uschilein ein „Schmuckstück" hatte

machen wollen, und das stimmt mich immer so traurig.

Am Abend schaute ich „Achtung Falle":
Eine raffinierte Frau brachte ein Tonbandgerätchen an einem EC-Automaten an. Tätigte jemand eine Abhebung, so sagte eine Automatenstimme streng und förmlich, so daß man sich schuldig fühlen mußte: „Ihre Karte muß eingezogen werden! Bitte begeben Sie sich unverzüglich zum Hauptschalter!" Dann begab man sich in die Bank, reihte sich in die Schlange der Wartenden ein, während das Kärtchen selber von diebischen Fingern genutzt wurde.
Am Abend rief ich die Omi an. Ich wollte ihr erzählen, daß ich gestern geträumt habe, sie sei fuchsteufelswild geworden, weil ich schon so lange nicht mehr zu Besuch gekommen bin. Doch beim ersten Mal erzählte ich die von mir selber umstrittene Geschichte ins Leere, weil die Omi sich erst setzen mußte.

Freitag, 19. Mai

Mal Regen, mal Sonne

Nachzutragen wäre noch, daß gestern mein Hauskäfer gestorben ist. Das kam so: Als ich vor einigen Tagen nach meiner Reise ins Zimmer trat, hörte man es rascheln. Ein Käfer war´s. Am nächsten Tag, als die Sonne so schön schien, sah man seine Silhouette leicht vergrößert durch den Vorhang schimmern. Es schaute faszinierend aus, und ich öffnete dem Käfer das Fenster. Einmal half ich dem auf dem Rücken Liegenden auf – doch sonst habe ich nichts für den kleinen Käfer getan, und am nächsten Tag lag nur noch seine Hülle da – Exitus! Ihm erging es somit wie Mobbln.

Am Vormittag rief mich überraschend die Mireille an.
Ich erfuhr, daß Mireilles Mutti, Frau Akaike, wieder nach Japan zurückgezogen ist. Früher lebte sie am Meer, und nun lebt die romantisch Veranlagte in den Bergen. Einen Freund hat sie auch: Einen Herrn aus Kanada mit einem bleichen Schmerbauch, der teilentblöst am Rande eines Swimmingpools saß, als die Mireille ihm vorgestellt wurde. Jetzt ist die Mireille ständig in die lästige Sprachbarriere verwoben, wenn sie ihre Mutti besucht.
Möchte sie ihrer Mutter etwas erzählen, so sagt Mutti Akaike mit starkem deutschen Akzent, und ohne in irgendeiner Weise auf die Erzählung einzugehen: „Mireille, please speak english!"

Da war ich sooo froh, daß es mir mit Rehlein nicht eben so geht.
Ein Teilgebiss hat Mutti Akaike leider auch bereits: Oben.

Ich hörte die erste Symphonie von Brahms, und die Musik erfüllte mich mehr, als es jede Zweisamkeit geschafft hätte. Ich als notorische Einzelgängerin hatte gar das Gefühl, daß man dererlei Gefühlsintensitäten mit niemandem teilen kann.

Kurz nach 18 Uhr kam der süße Buz.
Buz sah sehr gut aus, und war so warm und freundlich. Wir begrüßten uns mit einem derart herzlichen Überschwang, daß es auf den Japaner nebenan vielleicht so gewirkt haben mag, als empfinge ich meinen Liebsten, der nach sieben Jahren aus dem Knast entlassen worden ist!
„Zum ersten Mal sehe ich dich als rüstigen 62-jährigen!" rief ich aus, da dieses doch gehobene Alter eigentlich gar nicht zu Buzen passen will.

Am Abend besuchten wir den Klassenabend vom Prof. Amiras. Ein Konzert auf das sich Buz schon vorgefreut hatte, da zunächst sein Schwiegerschüler Schang-Song, und etwas später als krönender Abschluß die rumänische Meisterpianistin Amalia spielen würde. Buz ist derzeit in mehrere Leute leicht verliebt und wirkt daher so glücklich und bezaubernd.
Wir hörten Folgendes:
Schang-Song mit Prof. Amiras leicht dilettierender Begleitung mit dem dritten Klavierkonzert von Beethoven.

Ausschließlich Werke von Beethoven füllten das Programm.
Hernach spielte eine Schöne (aus Georgien) die Opus 109, eine sumokämpferartige Koreanerin die Opus 110 und zum Schluß die Amalia sehr schön die Opus 111. Ich saß neben Buzen und geriet in eine seltsame Stimmung, indem ich mir alle möglichen Leute tot im Sarg vorstellte. Man beugt sich über den Verstorbenen in seinem schönen Gewande in welchem er sich nun in die lange Schlange vor der Himmelspforte einreihen möchte – Tränen tropfen in das Innere des Sarges und verwandeln sich in kleine Diamanten.

Am 29. Mai wird Buzens Schläfenhorn, ein Grützbeutel der mittlerweile so groß ist, daß man einen schweren Wintermantel daran aufhängen könnte, entfernt, und was, wenn Buz daran stirbt?

Samstag, 20. Mai

Meist sonnig

Um Punkt 10 Uhr 22 holte ich die Veronika am Busbahnhof ab.
Freudig bewunk ich die am Fenster sitzende Veronika im einrollenden Bus.

An der Haltestelle verabschiedete die Hochschulsekretärin Frau Weisser an einer weißhaarigen Dame herum, und ich hatte vor, Frau Weisser zu erzählen, die Veronika sei meine Mutti. Stattdessen frug ich sie aber, ob das eben *ihre* Mutti gewesen sei?
„Nein, meine Tante!" sagte Frau Weisser, „meine Mama lebt nicht mehr."
Worte, die mich traurig stimmten und rührten.

Dann lief ich mit der Veronika zum Hotel Schoch, und als ich im Foyer zeitungslesend auf die Veronika wartete, bildeten sich in mir bereits Worte, die ich gleich anbringen wollte: „Du bist die besterhaltenste Frau um die 50, die ich jemals kennengelernt habe!"
Etwas, das die Veronika mit ihrem Auto gemein hat. Neuwertig ab dem dritten Gang, so scheint´s!
Man kann sich gar nicht vorstellen, daß sie mal alt wird, und immer „Hhä??" und „biddö?" sagt?
Von hinten schaut sie aus wie Onkel Dölein, und somit dachte ich, als wir über den Supermarktsparkplatz schlenderten, wehmütig an Onkel Dölein, und daß ich einen Aspekt seiner Persönlichkeit geerbt zu haben scheine: Jenen, daß ich in den Ferien am liebsten gar nichts unternehme, sondern stattdessen ganz lange beim Frühstück kleben bleiben würde um zu plaudern!

Wir liefen durch den Park, der sich stellenweise an das grobe Gebäude der Musikhochschule anschmiegt, und bewunken Buz in seinem Unterrichtsglaskasten, in welchen man vom Park aus hineinblicken kann wie in ein Aquarium.

Die Veronika hält ihre Taschen nicht nur mit Fruchtschnitten gefüllt, wie einst der junge Opa, sondern auch mit interessanten Zeitungsartikeln.
Ein Interview mit Anne-Sophie Mutter über ihr Festival „Back to the future" hatte sie extra für uns ausgeschnitten.
„Ich bin auch Mensch", so war es übertitelt.
Ferner hatte die Veronika einen Brief von der anderen Veronika aus Australien dabei. Die andere Veronika schrieb ihrer Art gemäß leider sehr schütter – hatte aber zwei kleine Seiten mit Schütternissen gefüllt, und ferner vier Fotos beigelegt – so wie man es gemeinhin mit Briefen aus fernen Kontinenten zu betreiben pflegt! Man sah sie z.B. gütig wie eine Pfarrfrau inmitten ihres Streichquartetts.

Sonntag 21. Mai

Leicht weißwölkig.
Am frühen Morgen war´s jedoch noch sonnig

Auf dem Weg zum gemeinsamen Frühstück im Hotel Schoch dachte ich über zweierlei nach:

1.) daß ich so gerne an dem Bestattungsinstitut vorbeilaufe, und 2.), daß der Frauenmörder von Kehl sicherlich ganz woanders lebt, und nach außen hin mit Kehl überhaupt nichts zu tun hat? Dort reist er nur zuweilen hin, um in den frühen Morgenstunden einen Mord zu begehen, der eine Weile lang für Schlagzeilen sorgen soll.

Und auf diese Weise wird er womöglich nie geschnappt?

Die Veronika hatte einfach schon mit der Frühstückerei angefangen, weil sie dachte, ich komm vielleicht doch nicht, und leider muß ich immer wieder konstatieren, wie schlecht die Veronika sich in mich hineinversetzen kann.

Bin ich denn nicht bekannt für meine Zuverlässigkeit und Pünktlichkeit?

Ich erzählte der Veronika jene poetische Geschichte, wie der Opa einst in einer bösen Ehekrise stak, wo sogar von Scheidung die Rede war. Und hierzu mußte ich direkt ein bißchen ausholen:

Ich schilderte, wie Opas jüngster Sohn Andi im Schatten seiner vielen älteren Geschwister aufwuchs, die man einfach viel besser gewöhnt war als ihn. Plötzlich war auch er flügge geworden und hatte leider nichts gelernt. Aus Lebensangst schlief er jeden Tag bis um 12 Uhr, um seinen Kopf vor den Alltagssorgen wenigstens vorübergehend in den Sand zu tunken.

Mobbl wurde von dieser Langschläferei ganz mürbe, und der Opa hat dieses freudlose Leben mit Frau &

Sohn schon lange nicht mehr ertragen können, und träumte seit geraumer Zeit heimlich davon, zu Rehlein nach Taiwan zu ziehen, weil's dort in seiner Fantasie paradiesisch zuging.
(Ging's ja auch.)
Und so reiste der Opa eines Tages los, und kehrte eine ganze Weile lang nicht wieder.
Opa in seinen unzähligen Briefen aus dem Schlaraffenland: „Hier werde ich den ganzen Tag geküsst…"← (Von uns Kindern wohlgemerkt.)
Anfangs schmurgelte Mobbl noch sehr in ihrem Groll, doch dann wurden ihre Briefe wärmer, und zum Schluß schrieb sie: „Liebster! Ohne Dich ist alles nichts!"
Diese Geschichte gefiel der Veronika sehr, und sie sagte: "Die besten Geschichten schreibt doch das Leben!"

Telefonat mit Rehlein:
Rehlein wußte auch schon, daß der Opa heut seinen halbsten Geburtstag feiert, (90 ½) und hatte vor, Pfannkuchen zu backen.
Ich erzählte Rehlein, daß Buz derzeit so entzückend ist, und Rehlein mutmaßte wertungsfrei, daß er vielleicht verliebt sei?
„Vielleicht in einen Herrn! – haha!" mutmaßte Rehlein sogar.

Buz unterwies im Zimmer 132 die neue rumänische Schülerin „Michaela", von der es heißt, sie spiele zu laut.

Am Nachmittag brachte ich die Veronika zum Bus.
Die Veronika war sehr nervös, so wie ihre Mutti zuweilen, und schrieb eilig „Wolfram" auf ein Kuvert, in welches sie ein paar Hospitierungs-Geldscheine hineingebettet hatte.
Ich stopfte es ihr allerdings im Sinne Buzens fast schroff in ihre bleiche Jackentasche zurück.

Am Nachmittag holten Buz & ich die Amalia aus der Jugendherberge in Bad Urach ab.
Wir erfuhren, daß ihre Reise zum Unterrichten in Pliezhausen stets zweieinhalb Stunden dauert, und man sechsmal umsteigen muß.
Zweimal in der Woche muß die Amalia an ihren insgesamt 17 Schülern herumunterrichten (Di und Fr).
Da denkt man doch, daß die restlichen fünf Tage besonders kostbar sein müssen, doch in Wirklichkeit sind Mo und Do ja auch verdorben, weil man den ganzen Tag denken muß: „Ach ja, morgen ist's wieder so weit!"
Einmal frug die Amalia in leicht ironisiertem Tonfall: „War was los in Trossingen?"
„Nichts!" sagte Buz, doch ich widersprach dem, weil man doch die Sinne für die vielen kleinen Vorkömmnisse schärfen sollte.

Dann erzählte ich Buzen brühwarm, daß der Arno bei seinem Telefonat mit ihm, im Hintergrund eine Frauenstimme vernommen haben will.
„Wahrscheinlich war´s der Fernseher, aber der Arno glaubt natürlich, es war ein Betthäschen!" sagte ich leichthin.
Wir besuchten die Burg Hohenzollern, die man als krönende Zierde mitten auf einem Berg stehen sehen kann.

Montag, 22. Mai

Deutlich kühler. Herb bewölkt

Dem Arno schrieb ich u. a., daß mir Deutschland, seit dem ich Auto fahre, so winzig vorkommt. Meine drei bis vier Wohnsitze kommen mir vor wie Zimmer in einem riesigen Haus, und die Autobahnen sind die Flure, die zu den vereinzelten Zimmern führen.

In der Stadt traf ich die Witwe in spe Frau Hamann, die in die Kreissparkasse strebte. Wir lächelten uns warm an, d.h. Mutti Hamann wirkte zwar nach Außen hin gefasst, doch das liebe skandinavische Gesicht sah ein wenig verquollen aus, so als habe sie viel geweint. Sie blieb auch nicht stehen, weil sie im Geiste schon voraushören zu glauben schien, was sie

gleich zu hören bekäme: „Wie geht es ihrem Mann?"
Doch diese fehlgeglaubt vorzuhörenden Worte wird sie von mir nicht zu hören bekommen.
Mein einer Zeigezeh fühlte sich plötzlich so widerlich verrenkt an.

Ich fühlte mich so müd, daß ich sogar beinah im Schaukelstuhl in einen Schlummer verfallen wäre, bis ich durch Buzens Geklingel wieder aufgeschreckt wurde. Höchstens fünf Minuten waren vergangen, und doch schien ich aus einem anderen Leben emporgeschrillt worden zu sein, und konnte mich kaum noch aus meiner Benommenheit lösen.
Buz brachte die Petra mit, und für das junge Ding wurde ein Traum war, denn eine Reise mit ihrem Guru über Omi in Grebenstein nach Ostfriesland stand bevor.
„Jetzt wird mir die Aura entzogen!" sagte ich warm, und rannte dem Auto noch winkend hinterher.
Dann aber joggte ich etwas narkotisiert am See.
Kurz hinter den Rehkäfigen gewahrte ich den Hermann, einen tränenbesäckelten alten Mann, der einen immer sehr in Beschlag nimmt, so daß ein normaler zielstrebiger Mensch, der in seine Fänge gerät, sich fühlen muß wie in der Mausefalle.
Er wackelte neben seinem dahintrippelnden Hündchen am See entlang, und ich überlegte, ob ich wohl lieber umkehren solle? Doch stattdessen joggte ich grüßend an ihm vorbei, ohne anzuhalten.
„Leböt Sie au no?" brummte er geistlos.

Auf dem Heimweg, als ich wieder langsam lief, hatte ich das Gefühl, ihn beleidigt zu haben. Er schaute sich, vor mir herlaufend, nur hi und da verdrossen nach seinem Hündchen um, und beachtete mich nicht weiter.
Wenig später saugte er sich mit seinem Geschwätz an einem neuen Opfer fest: Einer Omi mit Kinderwagen – und zu mir sagte er nur kurz angebunden: „Grüß Gott."

Telefonat mit Rehlein:
Ich erfuhr, daß Onkel Dölein seinen Besuch in Europa aus einem ganz und gar ungewöhnlichen Grunde abgesagt habe:
Sein jüngster Sohn David will nämlich allein zu Hause bleiben, und Onkel Dölein traut der Jugend nicht. (Orgien, LSD-Partys u.a.) ← „Alles schon dagewesen!" wie „der Erwachsene" seinen bitteren Erfahrungen grämlich freien Lauf lassen will.

Etwas nervös stimmte mich, daß ich um 22 Uhr 4 die Amalia vom Bahnhof abholen sollte.

Ich sehe es noch vor mir, wie ich bei Dunkelheit im matten Schein der Lampe auf dem einsamen Bahnsteig auf sie wartete. Mit leichter Verspätung kam sie dann, und machte Worte drum, daß sie leicht krank sei.

Dienstag, 23. Mai

Meist sonnig. Allerdings auch mit Wolken

Mein Leben verläuft derzeit sehr unbefriedigend, denn alles was ich mache – sogar das Üben, das ja bis vor kurzem eine Art Eskapismus vor dem sauren Alltag sein sollte, strengt an und bereitet nur wenig Vergnügen.
Und sitz´ ich dann da und pausiere, dann fühle ich mich ganz besonders untauglich, unnütz und unbefriedigt.
Vor Müdigkeit ist mir meist regelrecht schwindelig.
Trotzdem versuche ich die bedrückende Lahmheit mit angestrengt aufgeschäumtem Fleiß zu kompensieren.
Im Morgengrauen schaute ich „Leute heute", und erfuhr, daß die pinkfarbene Dichterin Barbara Cartland im Alter von 98 Jahren verstorben ist, so daß dieser Beitrag, doch besser in der Sendung „Leute gestern" hätte gesendet werden sollen?
Die Dichterin schrieb einen Liebesroman nach dem anderen und verkaufte eine Milliarde Bücher!
In der Bäckerei benahm ich mich leicht wirr und weltfremd. Ich hatte gedacht, die Verkäuferin hätte gesagt: „Was?" und sagte somit nochmals: „Ein Laugenweckle!"
„Noch eins?" frug die Verkäuferin verstört.

Ich übte Eugène Ysaÿes zweite Sonate, die ich nächste Woche in Lübeck spiele, und machte somit jene Arbeit, die mir am allerwenigsten Spaß macht: Ein Stück, das man im Prinzip schon kann, in der Mikrowelle aufzuwärmen.

Herr Walter, mein Vermieter erzählte mir, daß er zu Frau Kehrwald in die Klavierstunde zu gehen pflegt. Allerdings spielen sie immer bloß vierhändig, und trinken hernach Tee, und außerdem geht es Herrn Walter hauptsächlich darum, zu plaudern und Aura zu tanken. So, wie es ja auch Männer geben soll, die eine Nutte zweckentfremden, und nur zum Reden nutzen, weil sie daheim nie *das* sagen dürfen, was sie wirklich denken.

Abends rief ich die Tante Irma zum Geburtstag an. Über meinen seltsamen Brief hat sich die Irma sehr gefreut – d.h., sie ließ sich nicht anmerken, daß sie ihn seltsam gefunden habe. Im Moment war gerade der Frank bei ihr zu Gast, und hatte ihr einen Blumentopf mitgebracht.
Ich erfuhr, daß Opas kleine Großnichte, das Luzilein, leider ganz nach der Gegenpartei schlägt. Weder ähnelt sie der Irmi, noch den Rothfußens. Ein Jammer sei, daß der Onkel Otto seine Enkelin nicht mehr kennenlernen durfte, denn er mit seiner Gabe auf Kinder einzugehen, hätte gewiss eine Riesenfreude gehabt.

Vor vielen Jahren lernte er einmal ein kleines Mädchen kennen, und die Kleine fasste sofort Vertrauen zu dem alten Mann, und nach einer Weile spielten sie einträchtig mit Wäscheklammern.
Ich finde es so schön, daß es in Kiel jemanden gibt, der sich mit „Rothfuß" meldet, und dieser Jemand gehört zu uns.

Dann rief ich die Hilde an. Der kleine Yussuf auf ihrem Arm lachte vergnügt und ungläubig, weil er es nicht fassen konnte, daß aus dem Telefonhörer eine Stimme tönt. Ans Ohr halten, wie ihm nun geraten wurde, mochte er den Hörer allerdings nicht, - nur in den Mund stopfen.

Ich wurde so müd, daß mich das Gefühl umhüllte, mich nun aus dieser Welt verabschieden zu müssen. Abends saß ich todmüde im Schaukelstuhl und ließ mich vom Televisor berieseln.

Mittwoch, 24. Mai

Wunderschön sonnig.
Nur Mittags zeigte sich kurzzeitig graue Bewölkung

Ich spielte Ysaÿes zweite Sonate fünfmal in Folge mit geschlossenen Augendeckeln, - mir dabei vorstellend, in einem riesigen Konzertsaal zu stehen. Danach rief ich die Omi an, um mein morgiges Kommen anzukündigen. Die süße Omi stak – aller Klapprigkeit zum Trotze – auf der A-Seite, und nannte mich ganz oft „mein liebes Schätzchen!"
Das freute mich ungemein.

Am Nachmittag schaute ich mir einen Film über die Geschwister Haas an (Tommi und Sabine), die als Tennisstars ganz groß herauskommen sollen, so daß der Tommi extra zum „Kämmerling der Tennislehrer", Nick Bollettieri, fernab der Heimat in Florida in die Lehre gegeben wurde.
Etwas großspurig wurde er dann nach einer Weile von Florida zum Jugendturnier in Oldenburg eingeflogen, doch dort verlor er bereits in der ersten Runde gegen einen ganz alltäglichen jungen Tennisspieler, und dieser sagte hernach: „Er spielt genau wie früher. Kein Unterschied zu bemerken."

Donnerstag, 25. Mai
Trossingen - Grebenstein

Düster bewölkt – hi und da prasselnder Regen

Im Morgengrauen reiste ich zunächst nach Rottweil. (Meiner ersten Station Richtung Schleswig.)
Im Radio wurde soeben ein typischer Schwabe parodiert, und sogar das Wort „b´schoisse", von schwäbischer Zunge doppelt widerlich klingend, fiel.

Ich besuchte Ute B. und ihre Familie, und Utes Stimme hörte sich zu dieser frühen Morgenstunde noch ganz verkrächzelt und unaufgetaut an.
Die Feli indes war schon ganz lange wach, weil sie sich schon so auf mich vorgefreut hat. Die kleine Rosalie krabbelte herum und hat so süße kleine Füßlein! Außerdem sprießen erste Löckchen auf dem goldigen Kinderhaupt. Bloß küssen lässt sie sich leider nicht, und wirkt überhaupt viel erwachsener und reifer als die Feli, die ein vergnügtes kleines Töchterlein ist, so wie dereinst ich.
Die Ute hätte wohl gern noch einige Kinder mehr, bloß frägt man sich, wo man die zusätzlichen Mühen der Aufzucht unterbringen soll, zumal es täglich zirka eine Stunde lang dauert, die Feli für den Kindergarten anzukleiden, da das unbekümmerte kleine Kind den Ankleidebemühungen beständig entwischt, um etwas anderes anzufangen.

Die Feli hupfte in ihrem Nachtgewand herum und ging auf Utes Vorschläge zur Ankleidung überhaupt nicht ein! Stattdessen zog sie zwei verschiedene Spieluhren auf, und wenn die Musik verklungen war dann zog sie die von neuem auf, auch wenn sich die verschiedenen Klänge empfindlich bissen.
Beim Anziehen selber heulte die Feli laut, und benahm sich durch und durch daneben. D.h. zwischendrin wurde sie wieder lustig und versteckte sich kichernd hinter dem Sofa, oder kroch uneinfangbar unters Bett.

Einmal mußte die Ute direkt ungemütlich aufbarschen.
„Nein! Das habe ich jetzt der Rosalie gegeben!" schäumte sie geradezu bedrohlich.
Die Rosalie saß nur so da, als könne sie es nicht fassen, daß jemand so infantil sein kann – doch im Grunde gehe sie das ja alles nichts an.
Nach einer Weile kam Vati Hubert um die Vormittagspause ein wenig dazu zu nutzen, den gutmütigen Familienvater hervorzukehren.
Wir schauten uns Fotos vom Jazzfest an, wo Utes Schüler musiziert haben, doch die jungen Geigeneleven sahen steif und unbegabt aus.

Nach diesem Besuch setzte ich meine Reise nach Stuttgart fort.
Unterwegs hörte ich mir eine Kassette mit irischer und französischer Volksmusik an, auf welcher

allerdings auch Tschaikowskis b-moll Konzert, Beethovens Fünfte, der türkische Marsch und Bach´s Air in verpoppter Form widergegeben wird – u.a. mit peppigen Schlagzeuguntermalungen, so daß einem das Original hernach wie gerupft vorkommen dürfte.

In Stuttgart verfuhr ich mich leicht:
Ich hatte Hildes Anweisung, nach der Esso-Tankstelle links abzubiegen eine Spur zu wörtlich genommen, bog links ab, und gelangte an die Pforte eines Parkhauses. Und so bog ich wieder ins sprudelnde Stadtgeschehen ein, und spürte dabei Buzens Gene in mir, indem ich mir dauernd hoffnungsfreudig sagte: „Hier wird´s wohl sein?"
Ganz Stuttgart sieht so stuttgartelig und vertraut aus, daß man immer vom Gefühl begleitet wird, gleich käme man an.

Und tatsächlich!
Kaum hatte ich einen Parkplatz ergattert, da spürte ich schon wieder Buzens Gene in mir, indem´s mich nämlich zum Brötchenkauf hinwegzog.

Mit einer warmen Brötchentüte bepackt schellte ich freudig an der Türe. Mutti Hilde öffnete mit dem kleinen Yüsslein auf dem Arm, und der „allerliebste Junge" (so Omi Ella) trägt jetzt eine in die Höh´ getürmte Brombeerfrisur, die auf der Hauptes-oberfläche in Form unzähliger bezaubernder

Wuckerln sprießt. Bloß am Steilhang vom Hinterhaupt bis zum Hauptesgipfel wirkt die Frisur ein wenig kahl und aper, weil er als Säugling viel zu viel liegt. Nur selten findet jemand von den Erwachsenen mal Zeit, ihn aus der Wiege emporzuheben.

Zunächst schien mir der kleine Yussuf ganz dunkel so daß er in Afrika vielleicht gar nicht auffallen würde? Die Hilde aber meint, dort würde er sehr auffallen, und die Kinder würden „Tubap! Tubap!" hinter ihm herrufen. Dies bedeutet: „Dopia! Dopia!" und dies wiederum ist taiwanesisch und bedeutet: „Langnase! Langnase!"

Ich riet, daß man ihn ab jetzt immer Tubap nennt, so daß er denkt, er hieße so, und wenn dann die Kinder in Afrika „Tubap" rufen, dann wundert er sich, woher die wissen, wie er heißt?

Aber in Wirklichkeit gehört der kleine Schelm nirgendwo hin, auch wenn Schokobabys im Moment vielleicht voll im Trend sind?

Als der kleine Yussuf im vergangenen November in Stuttgart auf die Welt kam, da dachte Mutti Hilde noch: „Mein Baby kann schon mal nicht verwechselt werden, denn mein Baby ist schließlich ein halber Mohr!" Daß aber damals in Stuttgart nur halbe Mohren geboren wurden, sei der Kuriosität halber erwähnt.

Die Hilde wollte den kleinen Yussuf heut schon im Kindergarten anmelden, weil dort so lange Wartezeiten usus sind.

Nach einer Weile kam der Omar, der sich entschlossen hat, sein Leben vorerst als Schüler fortzusetzen, und sein Abitur nachzuholen.
Ähnelnd Ute und Hubertchen sind Omar und Hilde mittlerweile auch davon abgekommen, sich mit einem Kuss zu begrüßen. („Das ist vorbei!")
Durch gemeinsame Kinder tritt man in eine Art Verwandtschaftsstadium ein, wo sich Küsse als Stempel der Zugehörigkeit im Großen und Ganzen weitestgehend erübrigen.

Die Hilde wird oft und immer öfter von leisen Panikwellen umspült, weil man mit Kind womöglich zu nichts mehr kommt?
Zum Trost erzählte ich ihr, daß man sowohl mit dem Opa, als auch mit Buzen und überhaupt mit fast allen Menschen – aus unterschiedlichen Gründen – zu nichts mehr käme, und wenn man, so wie ich, ganz alleine lebt, dann wird der Energiepegel auf Sparflamme geschraubt, so daß man derothalben leider auch zu nichts mehr kommt.

Die jungen Leute begleiteten mich noch zu meinem Auto, wo ich mich etwas ungeschickt aus der Parklücke herauswrang, und als ich dann die Bebelstraße wieder hinauffuhr standen sie mit ihrem Säugling nett und winkend am Wegesrand.

Mir fiel ein Schüttelreim ein:

Lieber auf ewig in der Hölle schmoren, als
noch länger den Anblick deines Ohrenschmalzs!

In Grebenstein:
Die Omi sitzt meist mit geschlossenen Augen im Rollstuhl.
Einmal telefonierten wir mit der Tante Uta.
Das Utelchen war sehr nett, doch es schimpfte ein bißchen auf Rom, weil es heut auf Parkplatzsuche bereits 150 km (!) durch die Stadt gefahren sei, und außerdem waren so viele knatternde Motorradfahrer unterwegs, die ihr die Nerven kaputtgemacht hätten!
Ich erzählte der Omi heut gleich zwei Gute-Nachtgeschichten: Zunächst eine poetische Opageschichte, da ich glaube, daß der Mensch am liebsten Geschichten über Art- und Altersgenossen hört:
Alle sterben so nach und nach, und eines Tages ist auch Opas letzter Enkel hinweggestorben. Nur der Opa selber ist noch da.
Es ist Silvester, und draußen hört man die Feuerwerkskörper krachen. Der Opa gießt sich ein Glas Sekt ein, stellt sich vor den Spiegel, prostet sich selber zu und sagt: „Prost, Pannonius! Ich wünsche Dir ein schönes neues Jahr! Weiterhin Gesundheit und Erfolg…."
Und die andere Geschichte, die ich erzählt habe (über Opas Klassentreffen) steht ja hier bereits irgendwo in diesem Tagebuch.

Dann rief Rehlein an, und war so nett!
Buz in Aurich sei heute im Konzert.
Die Han-Lin spielt unter der Stabführung eines Hans-Joachim Siebert Beethovens Violinkonzert.

Freitag, 26. Mai
Grebenstein – Kiel

Schön sonnig im Hessenland -
in Schleswig-Holstein wiederum
trotz verborgener wetterlicher Schönheiten
Wolkenbänke

Am Morgen joggte ich spiralförmig um den Burgberg herum, und sogar mein Hupfseil nahm ich mit und hupfte 4 x 50 x! Schöner wäre es natürlich gewesen, ich hätte mir einen Picknickkorb zurechtgemacht, und würde dort oben ein wunderschönes Frühstück einnehmen!
Aber nein: Meine schwäbischen Gene vereiteln dererlei: Erst die Arbeit – dann das Vergnügen, bloß, daß nach der schweißtreibenden Arbeit meist gar keine Zeit mehr für das Vergnügen bleibt.
Wieder nahm ich dem Tag gleich zu Beginn „die Chance, der Schönste meines Lebens zu werden" und plagte mich stattdessen mit der Hupferei ab!
Hernach frühstückte ich mit Omi und Edith.

Ich erfuhr, daß der Dr. Luthardt in die Ferien gereist sei. Doch ähnelnd Buzen ohne die Schülerschar, wird dem Doktor der Urlaub ohne seine Patienten schon nach einem Tag schal. Er sehnt sich nach Grebenstein zurück, und befüllt die Vakanz nur seiner Frau und den Kindern zur Huld mit anstrengenden Schönfindereien irgendwo.

In Wirklichkeit jedoch dürstet es ihn zu erfahren, wie es der alten Frau König geht, und der Familie gegenüber ist der urlaubsüberdrüssige Doktor die ganze Zeit über unleidlich und mißgestimmt.

Dann erzählte ich der Edith zwei interessante Geschichten, die beide einen aktuellen Bezug zu *ihrem* derzeitigen Leben haben: Jene von dem Ehepaar, das schweigend seine Suppe löffelte, bis der Mann plötzlich aus heiterstem Himmel sagte: „Ich liebe Dich!"

„Hä? Warum sagst du denn so was?? Man sagt doch nicht einfach: „Ich liebe Dich!" und du schon gar nicht!"

Daraufhin hat er ihr eine gelangt. Die Frau wollte erst wutschnaubend den Raum verlassen, dann besann sie sich jedoch um, setzte sich wieder hin und tätschelte in einer jäh aufwallenden Begütigungslust seine Hand.

Dann erzählte ich den bewegenden Film „Ediths Tagebuch", und dies, obwohl ich doch immer zu sagen pflege, daß es kaum etwas anstrengenderes gäbe, als sich einen Film erzählen zu lassen?

Doch ich erzählte ihn aus jenem Grunde, weil auch Ediths Sohn Thomas noch nie ein Mädchen mit nach Hause gebracht hat, und an ein Enkelkind im Grunde gar nicht zu denken ist.

Ich erfuhr, daß sich die Edith mit ihrem Mann Hans einfach auseinandergelebt habe, und doch sei´s schön, die große angeheiratete und so herzliche Verwandtschaft zu haben, denn als die Edith einmal an schweren Depressionen litt, da haben sie die Schwägerinnen durch liebevolle Beharrlichkeit wieder aus dem düsteren Sumpf herausgeholt!

Als die Edith sich empfohlen hatte, unterhielt ich die Omi weiter:

Ich erzählte von Ute M., deren bevorstehende Hochzeit der schönste Tag ihres Lebens werden soll.

Ute M. hat lauter Biertische auf eine blühende Wiese schaffen lassen, und die Bäume mit bunten Lämpchen vollgehängt – doch dann regnet es vielleicht?

Ich machte einen konversatorischen Hasenhaken und frug die Omi, ob Frau Kionczyk wohl derothalben für sie koche, um später in den Himmel zu kommen?

Denn viele von uns fangen mit etwa 72 Jahren plötzlich an zu denken: „Ewig wird´s nun wohl nicht mehr weitergehen. Was könnt´ ich schnell noch Gutes tun?"

Denn es *könnte* doch zumindest sein, daß Petrus beim Einlaßbegehr durch die Himmelspforte sagt:

„Jetzt nennense mir mal EINEN Grund, warum ich Sie hier hereinlassen soll?"
Frau Kionczyk sagt: „Ich war ganz oft in der Kirche!"
„Und?" sagt Petrus verständnislos, „damit kann man mir nicht imponieren!"
Da fällt Frau Kionczyk gottlob noch rechtzeitig ein: „Ich hab fast jeden Tag für die alte Frau König gekocht!"
„…na gut, kommense rein!" seufzt Petrus ergeben.

Ich berauschte mich regelrecht an dem Gedanken, wie es wohl gekommen wäre, wenn sich das Utelchen damals nicht zu fein für den Eichenwirt, das Hänschen Israel gewesen wäre? Sie wäre heut die dralle Wirtin der „Eiche", wir würden jederzeit umsonst einen Eisbecher bei ihr bekommen, und abends könnte man ihr beim Bierzapfen zusehen. Sie kennt alle Gäste beim Vornamen, manche würden sie zuweilen neckisch in den Po zwacken, doch sie würde es nicht weiter krumm nehmen, da die Grebensteiner zusammenhalten wie Pech und Schwefel.
Überhaupt würde sich die Omi wahrscheinlich viel sicherer und fröher fühlen, wenn all ihre Kinder in Grebenstein lebten. Hambum und Ebi sogar im selben Haus!
Hi und da würden sich die Brüder vielleicht zoffen:
„Hast du denn mal nachdrmuddr geschaut??"
„Ich war erst gestern!"

Buz wäre Geigenlehrer an der städtischen Musikschule in Obervellmar und Primarius des Grebensteiner Kammerorchesters, Onkel Ebi würde als Kunstlehrer in der Schule arbeiten, und der Onkel Hartmut hätte eine feine Kanzlei am Marktplatz.

Zum Abschied liebte ich die Omi unglaublich und fand es plötzlich beklemmend, überhaupt abzureisen. Viel schöner wäre es doch, wenn ich jetzt einen Gugelhupf gebacken hätte, ihn in ein Picknickkörble gepackt, und die Omi auf den Burgberg zu einem schönen Picknick geschleppt hätt!
Dann reiste ich allerdings doch ab.

Leider ist die Reise über Hann. Münden so ekelhaft: Spillerige Sträßchen mit ganz viel Gegenverkehr und manchmal muß sich der furchtsame Autofahrer ganz steil bergauf oder bergab mühen und quälen.
In den Hauptstraßen der Kleinstädte herrscht praktisch ununterbrochen Kollisionsgefahr.
Schon nach kürzester Zeit bekam ich Lust, einfach auszusteigen und mich irgendwo ins Gras zu legen, bzw. vielleicht irgendwo auf einem kleinen Friedhof zu dichten. Manchmal wurde ich von wilden Wogen gepackt, einfach zurück zur Omi nach Grebenstein zu fahren. Ich fand die Omi im Nachhinein so inspirierend, und es störte mich nicht mehr, wenn sie „Mädchen" oder „biddö??" sagt.

Auf einem einsamen Parkplatz übte ich ein wenig Geige, und meine Klänge mischten sich in den Gesang der Vögel.

Am Rasthof Göttingen mußte ich mich über zwei kläffende Köter in einem Schweizer Auto erbosen, und drohte denen wütend mit der Faust, da ich es hasse, angekläfft zu werden.
Das steigerte ihren Zorn ins Unermessliche, und meine Wut über das Gekläffe stieg ebenfalls an, so daß sich die gegenseitige Feindschaft spiralförmig hinaufschraubte – so, wie zwischen Serben und Kroaten.

Heut hat man in den Zeitungen vom „Pannenmörder" gelesen:
Einem Herrn, der drei Damen ermordete.
Er habe sich in seiner Zelle in Lübeck mit einer Paketschnur erhängt.

In Kiel bei der Tante Irma:
Es gab Apfelkuchen und Tee und ich fühlte mich sehr wohl. Die Irma erzählte von ihren Quincke Ödemen und wie hoffnungslos es sei. In ihrem Hirn scheint eine Quinckeuhr abzulaufen.
Einmal wäre die ansonsten Gesunde schon beinahe erstickt, so daß man den Notdienst bemühen mußte!

Samstag, 27. Mai
Kiel

Sehr herb und windig.
Am Spätnachmittag zarter Sonnenschein.
Als wir im Lokal saßen, kam ein Duschregen auf

Am Morgen war die Irma zunächst nicht da, doch auf dem Tisch ließ sich ein so wunderschönes Frühstück – mit einer feinen Decke zart abgedeckt – erahnen. Die Käseplatte hatte die rührende Irma mit einem kleinen Petersilienbusch verziert, um es mir so schön wie <u>irgend</u> möglich zu machen.

Ich schaute aus dem großen Fenster im Gästezimmer auf die Straße hinaus.
Ich blickte auf rote Backsteinhäuser hinter grünen Hecken drauf, und schon sah man die Irma mit der Brötchentüte herbeilaufen.
Vor einer Garage standen drei hölzerne und torfige Holsteiner, und man begrüßte sich durch emsig und eilig wirkendes Kopfgenicke im Vorübergehen, bar jeglicher Herzlichkeit, weil die Irma jetzt in einem Alter angelangt ist, in welchem man mit seiner leider gewelkten Aura niemandem mehr zu gefallen trachtet und nicht mehr angeschaut, bzw. so rasch als möglich wieder vergessen werden möchte, - somit schnell weiterziehen will.

Wir setzten uns zum Frühstück nieder, welches so etwa bis 14 Uhr 10 andauern sollte.
Die Irma erzählte mir, daß ihr Schwiegersohn Christoph, der auf dem Hochzeitsfoto wie ein junger Kaplan ausschaut, immer ganz förmliche Antworten geben würde, so daß man ihm eigentlich auch einen Ankreuzbogen reichen könnte.

Einmal schenkten ihr die jungen Leute eine Meditationskassette, worauf eine Stimme mit Suggestionskraft die ganze Zeit ganz langsam und beschwörend auf einen einspricht. Es erklingen buchstabiert und anstrengend anzuhörende Sätze wie beispielsweise:
„M-i-r g-e-h-t e-s g-u-h-u-t!"
Bloß genützt habe es leider nichts.

Die Irma geht zum Englischkurs, und nach den Ferien mußte ein jeder auf Englisch erzählen, was er in den Ferien so gemacht habe.
Im Stillen dachte ich mir aus, *wie die Irma auf Englisch eine ganz unglaubliche Geschichte erzählt: „In den Ferien erhängte sich mein Schwiegersohn mit einer Paketschnur!"*

Ich erfuhr, daß Irmas Tochter Silvia einst ein ganzes Jahr lang nichts von sich hören ließ, und man wußte auch gar nicht, wo sie sein sollte!
Die Irma als Mutter ist davon vor Sorge ganz verrückt geworden.

Erst kurz vor Weihnachten fischte sie völlig überraschend eine Karte von der Silvia, die sich gar nichts dabei gedacht hatte, aus dem Postkasten.

Das Ganze – ein tiefer Riss im Vertrauen in ihre Tochter, ließ sich bis heute nicht mehr aus der Welt wischen. Auch nicht mit beschwichtigenden schönen Worten wie diesen hier: „Mamilein! Ich hab doch jeden Tag an Dich gedacht! Hast du das denn nicht gespüüürt???"

Das vorletzte Weihnachtsfest das der Onkel Otto noch erlebt hat, sei so häßlich gewesen! Bis zum Schluß ließen Silvia und Egon die Eltern im Ungewissen, ob sie überhaupt kämen.

Dann kamen sie aber doch.

Allerdings völlig gestresst, hinzu schwer erkältet, grätig gestimmt und vor sich hin schnupfend!

Die Irma wunderte sich, von was die jungen Leute wohl so gestresst gewesen sein könnten, wo doch die Vorbereitungen wie stets nur an *ihr* hingen?

„Und dies wundert mich auch immer!" hakte ich ein, „von was die prominenten Musiker wohl so gestresst sind, daß sie prinzipiell nie einen Brief beantworten?"

Ohne auf meine Worte einzugehen, fuhr die Irma in ihren Ausführungen fort:

Beim Essen, wo sich die Irma so eine Mühe gemacht hatte, hat sich der Egon so abscheulich benommen, daß die Irma hernach heulend durch den Schnee in den Wald rannte.

Aber ihr mitfühlender lieber Sohn Martin rannte hinter ihr her, um sie zu trösten.

Am nächsten Tag sagte der im Morgenrock steckende Egon in der Küche: „Hier ist ja auch alles verseucht!"

Da war für die Irma das Maß voll, und sie schmiss die jungen Leute wieder hinaus.

Etwas, was ihr als Mutter fast das ♥ abschnürte.

Bevor wir am Nachmittag zu einem Nachmittagsausflug aufbrachen, hat die Irma nochmals Kaffee gekocht, und für den schönen Apfelkuchen hatte sie gar eine Vanilletunke vorbereitet, auf daß das feine Gebäckstück noch köstlicher würde.

Bei der Zubereitung passierte jedoch ein Malheur: Der rasende Quirl sprang aus der Verankerung, und fegte den Filter mit dem Kaffeesatz hinweg, der quer durch die Küche wirbelte und Irmis Beinkleider besudelte.

Das Küchenschränkchen sah hernach aus, als sei ein Mord passiert, und dabei hatte sich die Irma doch extra ein wenig herausgeputzt.

Etwas erfuhr ich auch noch, und dies fand ich sehr interressant:

Daß Irmas Vater eine magische Sogwirkung auf Frauen ausgeübt hat. Denkt man da nicht an einen gewissen Jemand? (Buz)

Einmal wurde eine Fürsorgerin aus dem Fürsorgeamt in Husum ausgesandt, um ihm ins Gewissen zu

reden, da er doch ein Familienvater mit fünf Kindern war! Doch die wurde dann einfach seine nächste Freundin.
Irmas Mutti nahm sich im Jahre 1967 das Leben, und über ihren Vater, der bis zu seinem Tode vor einigen Wochen in irgendeinem Altersheim herumdümpelte, spricht die Irma mit Bitternis.

Ich erfuhr, daß die Irma extra bei den Mitmietern angerufen habe, um selbige darüber in Kenntnis zu setzen, daß ich Violine spiele. Theoretisch hätte sie aber auch sagen können: *„Ich wollte Sie darüber in Kenntnis setzen, daß ich jetzt Geigenstunden nehme. Die Lehrerin hat leider angeordnet, daß ich täglich vier Stunden zu üben habe. Da müssen Sie nun durch, ob Ihnen das passt oder nicht!"*

Dann erzählte sie, daß unser Onkel Hagi mit auf ihrer Hochzeitsreise war, und sogar im gleichen Zimmer nächtigte, wie das Brautpaar.
Man hatte ihm erlaubt mitzukommen, da er immer still und höflich gewesen sei.
Doch ich wußte es besser:
In Wirklichkeit hatte er sich nur seine eigene Traumwelt aus den Büchern von Karl May zurechtgezimmert, und alles andere nahm er nur durch einen Schleier wahr.

Wir sprachen über Küsse, Grüße und sonstige Gunstbezeugungen, und ich erfuhr, daß die Irma

ihren eigenen Kindern bei der Begrüßung nur die Hand zu reichen pflegt.
(„Ich bin so frei, und reiche ihnen die Hand!")

Sonntag, 28. Mai
Kiel (Schleswig)

Stürmisch und sehr grau.
Hi und da leichter Regen

Ich fühle mich hier sehr wohl, und bin gerührt, wie schön es mir die Irmi macht. Doch leider reagiert sie nicht so freudig auf warme Dankesworte wie sie würde, wenn sie nicht durch veraltete Erziehung und schlechte Erfahrung leicht vorgeschädigt wäre. Man macht ein heißes Kompliment, doch es bleibt unkommentiert im Raume stehen, und fühlt sich an, als wäre es lieber unausgesprochen geblieben.
Dies versetzte mich in Verlegenheit.
Die Irma werkelte in der Küche herum, und ich murmelte verlegen irgendwelche Dinge, die ich selber kaum verstehen konnte, vor mich hin.

Nach einer Weile drehte sich die Irma, die mit hektisch unschönen Bewegungen verdrossen vor sich hingeschuftet hatte langsam um, und man sah das Unfassliche:

Das eine Auge war knallrot, und ganz dick zugeschwollen.
Die Quincke-Uhr! Es war wieder so weit.
Damit war für die Irma der Ausflug nach Schleswig gestorben!
Und so waren wir beim Frühstück leicht betreten.
Nach und nach wurde die Stimmung dann allerdings etwas besser.
Die Irma versteckte das kranke Auge hinter dunklen Brillengläsern, und ich fühlte mich verlegen, zumal alles Tröstende, was man hätte sagen können, so floskulös geklungen hätte. Besser wäre es vielleicht gewesen, zu sagen: „Mit 63 Jahren ist der Rest des Lebens absehbar geworden..." doch dererlei schickt sich ja ebenso wenig.
Wortkarg und verstockt möchte man aber auch nicht rüberkommen. Und so erzählte ich eben von Buzens derzeitigen Sorgen:
In der Musikhochschule hat sich ein unerhört strenger und unbeugsamer Musikgeschichtsprofessor eingenistet, und man glaubt wohl kaum, daß Buzens „Spice girls" aus Korea es über die Hürde der Musikgeschichtsprüfung schaffen werden?
Es sei mit dem Prof. Kebap ein wenig so, als habe man den Opa als Literaturprofessor engagiert: - Der Opa würde seinen Neffen Uli, der Gedichte schreibt, auch durchfallen lassen, während der Uli an anderer Stelle für seine „kleine Sammlung" an Gedichten sicherlich viel Lob bekäme?!

Schleswig am Nachmittag:
Ich schoss ein Foto von jener Bank, auf welcher ich vor zwei Jahren einen Brief an die Omi Mobbl geschrieben habe. Jetzt stand die Bank nur noch leer im Regen da, doch damals stand sie gefüllt (mit mir) im Sonnenschein.
Konzert in Schleswig:
Im Künstlerzimmer hing ein blütenweißes Pfarrgewand und ich malte mir aus, *wie ich es heimlich mit Lippenstiftspuren verunziere.*

Abends in Kiel:
Ich erfuhr, daß Irmas Erstling Frank zwar in Kiel lebt, seine Mutti aber noch nie in seine Wohnung eingeladen habe.
Dies erinnerte mich leicht an den Dahmer, einen Serienmörder aus Amerika, der zwar oftmals am Wochenende bei seinem Vater und dessen seelenguter wunderbarer zweiter Ehefrau abhing, doch wenn der Vater Dinge sagte wie: „Jeff, ich würde sehr gerne einmal sehen wie du lebst!" so wiegelte er einfach ab. „Bei mir gibt es nichts zu sehen!" sagte er schlicht, und dabei war der Kühlschrank voller Leichenteile!

Montag, 29. Mai
Kiel

Düstre graue Bewölkung. Windig.
Regenperlen – kurze Sonneneinblendungen

In einer Schublade hat die Irma die gesamte Trauerpost zu Onkel Ottos Heimgang verstaut, und die wollte ich nun lesen.
Ich las aber nur einen Brief:
Irgend jemand schrieb etwas gewollt:
„Liebe Irma! Denk immer an die schönen Jahre zurück, die Du mit Deinem Mann verbringen durftest!"
Kein großer Trost für die Irma, die doch im hier und heute lebt, denn das ist ja Vergangenheit!
Und doch hatte die Irma die Briefe so liebevoll gebündelt und mit einer blauen Schleife zusammengebunden.

Dann schrieb ich dem Jörg einen Brief zum Geburtstag, und verlor mich dabei fast eine ganze Seite lang in Philosophien über das Bewünschen:
Schon vor hunderten von Jahren haben die listigen Menschen gemerkt, daß meist das Gegenteil von Dem eintritt, was man sich wünscht, und so wünscht man sich eben „Hals- und Beinbruch!"
Peinlich sei´s dann natürlich gewesen, wenn genau dieser Wunsch wörtlich in Erfüllung gegangen ist.

Doch das war selten der Fall, ebenso wie die Erfüllung frommer Wünsche nach Reichtum, Glück und Gesundheit, welche ja von der Post tonnenweise herumgefahren werden.

Beim Frühstück frug mich die Irma, ob ich glücklich mit meinem Leben sei, und ich wußte gar nicht, was ich darauf antworten solle? Mit einigen Aspekten bin ich sehr glücklich, wie beispielsweise den Verwandten, und darüber, daß ich schon so viele Tagebücher vollgeschrieben habe – scheinbar abgelebte Tage somit nicht ganz verloren sind. Bei anderen Dingen habe ich verlernt, den Schmerz zu fühlen. Außerdem sehne ich mich nach dem Tode *obwohl* ich gerne lebe! (Im Grunde seltsam.) Doch im Tod würde mir, so wie im Schlaf, das Leben noch besser gefallen, weil die ganzen Verdrießlichkeiten wegfielen.
Ich erzählte von der Wiener Neustädter Dichterin Annemarie Moser, die ein neues Dichtkonzept erfunden hat: Einen Vornamen als Überschrift, und darunter lauter Verdrießlichkeiten.

Roswitha
Bleich und alt
Vom Ehemann verdroschen
Perspektivlos

Und mit dererlei füllte sie einen ganzen Gedichtband und hatte viel Spaß dabei, auch wenn sie sich am Telefon immer so verdrossen meldet.

Dann zeigte ich der Irma das Erziehungsbuch von Alice Miller, wo gleich zu Beginn Ausschnitte aus einem historischen Erziehungslehrbuch eines Herrn mit Namen Schober zu lesen sind, dessen Söhne später in der Irrenanstalt landeten.
„..das wäre gut für die Silvia!" murmelte die Irma mit etwas schwer in Gang kommendem Interesse. Irrtümlich hatte sie gemeint, der Schobersche Aufsatz zu Beginn sei die Kernaussage des Buches?
…zunächst ein drohender Blick, ein strenges Klopfen an die Bettkante, später ein Schütteln…. und man ist Herr des Kindes – für immer!

Die Irma erzählte, wie sie einmal durch ihre ungewöhnliche Großzügigkeit und die Neigung immer die teuersten Karten zu kaufen, bei einem Konzert in der VIP-Loge landete: Bürgermeister Gansel, der ein prominentes Ehepaar per Handschlag begrüßte, begrüßte die Irma gleich mit, und speicherte sie in seinem Hirn als Prominente, so daß er sie bei nächster Gelegenheit ganz eifrig wiederbegrüßte! So geriet die Irma unbeabsichtigt in den Strudel der engsten Bekannten vom Bürgermeister, auch wenn dieser vielleicht innerlich verzweifelt an ihrem vergessen geglaubten Namen herumrang?

Die Irma sieht genau aus wie die Callas, und *eines Nachts fällt es dem Bürgermeister wieder ein, woher er sie kennt. Er rüttelt seine Frau wach:*
„Mir ist wieder eingefallen, wo ich dieser Dame mal begegnet bin..."
„Sach mal spinnst du, ej?!?! Es ist vier Uhr nachts!"
„Bei Onassis auf der Yacht!"

Die Irma erzählte, daß sie nicht gerne einsam sei. Als viertes von fünf Kindern war sie leider so überaus ungeschickt in einen Wurf hineingebettet, - der nächst ältere Bruder fünf Jahre älter, der nächst jüngere und Jüngste fünf Jahre jünger, so daß nie jemand mit ihr spielen mochte. Und Herumstreunen als junges, einzelnes Mädchen galt allgemein als unschicklich.

Dienstag, 30. Mai
Kiel - Lübeck

Manchmal - vorallem in Lübeck – schön sonnig.
In Kiel mal sonnig, mal düster bewölkt.
Auf Ottos Grab ein Regenguss

Am Morgen schrieb ich dem Lindalein einen netten, plaudersam klingenden Brief.

Ich schrieb von der Irma und ihrem schönen Frühstück, und verlor mich in Details solcherart wie ich, am großen Fenster stehend, ins windverblasene Schleswig-Holstein hinausschaute, und es miterlebte, wie sich die Tante mit ihrer modischen Brombeerfrisur mit der riesengroßen Brötchentüte, die Brötchen für etwa sieben hungrige Mäuler barg, in mein Blickfeld schob.

Als ich dann heut selber Brötchen holte, konnte ich gar nicht normal laufen, sondern nur hupfen, weil ich mich so freute, daß das Lindalein bald Post von mir bekommt.

Beim Frühstück griff ich gleich ein Thema aus der Zeitung auf, weil ich gemeint habe, man müsse auch mal über etwas Zeitkritisches reden:

Gestern stand nämlich in der Zeitung zu lesen, daß auf der Autobahn zwischen Gotha und Kassel eine Ehefrau entführt wurde. Der verdatterte Ehemann hatte gar keine Zeit, sich das Kennzeichen von der dunklen Limousine zu merken, in welcher seine Frau einfach gekidnappt wurde! In den nächsten Tagen wird ihn wohl eine Lösegeldforderung ereilen.

Aber so viel hat er eigentlich gar nicht auf dem Konto.

Was aber, wenn das Ehepaar gerade in einem häßlichen Zwist stak, als das Verbrechen geschah, und der Mann seine Frau vielleicht gar nicht wiederhaben *will?*

Die Irma erzählte Betriebsgeschichten, und mir ging´s ein wenig so, wie wenn ich in einem Buch lese: Daß ich leider kurzzeitig an andere Dinge dachte, so daß Irmas Geschichten nun mit weißen Flecken in meinem „Irmen-Doc" gespeichert sind.

Dann referierte die Irma darüber, daß es für sie unerheblich sei, wie die Kinder früher gewesen seien. Für sie zähle nur, was sie jetzt, als Erwachsene hergeben, und bzgl. ihrem Erstling Frank muß sie diesbezüglich leider in einen dumpfen Kummer versinken.

Zu diesen traurigen Worten zupfte die Irma ein wenig an verschiedenen Blütenblättern in ihrem Garten herum, und wirkte sehr einsam.

Dann fuhren wir zu Onkel Ottos Grab.

Zuerst besuchten wir den Blumenschop am Friedhof, weil die Irma dem Otto posthum zum Geburtstag ein kleines Sträußlein kaufen wollte. Ich kaufte ganz spontan zwei schöne, wenn auch zierliche Sonnenblumen.

Wir liefen bis zu Onkel Ottos kleinem, unscheinbaren schwarzen Grabstein, mit vom Wetter gebleichten Schriftzügen, da der Otto nurmehr in Form einer Urne und in unseren Erinnerungen existiert.

Als wir vor Ottos Grab standen, ging ein englischer Sprühregen los, und als die Irma kurz verschwand, um Wasser zu holen, sagte ich schnell: „Du hast es gut, Onkel Otto. Du hast endlich Ruhe!" Meine eine Sonnenblume steht jetzt da, und senkt ihr Haupt zart auf Ottos Grabstein hinab, - so, wie Mobbls Vater auf dem Familienfoto rührend besorgt auf Mobblchen in der Kinderkarre hinabschaut – und meine andere Blume hab ich der Tante Irma geschenkt.

Mir war schwer ums Herz, daß man die alte Dame nun so allein zurücklassen mußte.

Ich versprach zu schreiben, mich zu melden, nächstes Jahr wiederzukommen und vieles mehr, und dann fuhr ich ab und weinte fast. Aus Schmerz, daß wir keinen Onkel Otto mehr haben, und weil man die Toten nochmal so liebt – denn wie wär es wohl gewesen, wenn der Otto als klappriger Tatterich, welcher der mittlerweile 87-jährige nun wäre, noch immer auf dem Knivsberg lebte?

Ich fuhr nach Lübeck.

Im Auto mußte ich an jenen 15-jährigen Wiener Neustädter Schüler Helmut Z. denken, der seine Lehrerin erschossen hat, und dafür – wie's bei der Irma in der Zeitung zu lesen stand - 7 ½ Jahre Knast aufgebrummt bekam. Mit 22 ½ ist er somit wieder frei, und *später als Opa wird er seinen Enkeln berichten, wie er seine Lehrerin, das dumme Luder, „derschoussen hout".*

Mittwoch, 31. Mai
Lübeck - Boltenhagen

Sonnig und wunderschön

Brüdi und Gertrud berichteten von einer Neuerfindung auf dem Rasenmähermarkt: Einem Rasenmäher, der nahezu geräuschfrei nach Art eines Käfers selbstständig über den Rasen wackelt. Gibt´s so etwas erstmal als Rasenmäher, so dauert es gewiss nicht lang, und es gibt dererlei auch als Staubsauger, frohlockte ich, zumal ich zuvor erzählt hatte, daß Rehlein einen 50 Stundentag brauche, wenn sie all das unterbringen wolle, was sie sich vorgenommen hat, so daß sich täglich ein Unterschuß von 26 Stunden bilde.

Mit dem Brüdi fühle ich mich ein wenig wie eine kleine Nichte mit ihrem Lieblingsonkel. Ich folge ihm überall hin, und finde selbst Themen, die mich sonst immer eher öden (Geigen & Bögen) packend und aufregend – was größtenteils an Brüdis lebendigen Erzählungen liegt.

Ein daliegender, ausgeschlachteter Kontrabass sah aus, als sei er einem brutalen Mordanschlag zum Opfer gefallen.

Der Brüdi bot Kostproben seiner Schallplattensammlung:

Ich war überrascht, daß der Heifetz die C-Dur Sonate von Bach so aufdringlich intensiv und mehr so „Ton für Ton" spielte.
Ich tat aber so, als fände ich es gut, weil ich nett und tolerant bin, und mir sagte:
„Wenn ich mich erst daran gewöhnt habe, dann gefällt´s mir gewiss!"

Abends dachte ich darüber nach, daß ich meinen Eltern und Ming jenen Platz in meinem Herzen eingeräumt habe, den andere wiederum für JESUS CHRISTUS reserviert haben. („Soll niemand drin wohnen, als JESUS allein!")
Ich wunderte mich ein wenig, warum man so gerne Sätze sagt wie: „Man sollte sich beizeiten von den Eltern lösen…"
Netter wär es doch wohl zu sagen: „Man sollte den Eltern den Platz JESU in seinem Herzen einräumen."

Juni 2000

Donnerstag, 1. Juni
Lübeck - Mölln

Bis mittags sonnig,
doch hernach grau und dick bewölkt

Am Morgen wurde der Brüdi, wie Millionen andere Ehemänner auch, zum Brötchenholen ausgesandt. Doch nach einer Weile kehrte er ohne Brötchen zurück (Himmelfahrt) und wir setzten uns zu einem brötchenfreien Frühstück nieder.
Wir sprachen über die Vertreterzunft, wie beispielsweise Zeitschriftenaufschwatzer. Einer wurde mal vom schimpfenden Brüdi hinweggejagt!
Ob es auch Cellovertreter gäbe? (wollte ich wissen.)
„Das ist sehr interessant, doch wir machen leider keine Musik!" würden viele Leute bedauernd sagen.
„Na, warten Sie ab! Wer ein Cello kauft, bekommt zehn Cellostunden gratis beim ersten Cellolehrer vor Ort: - Geringas!*" Da kann dann niemand mehr widerstehen….
*Bedeutender Cellokoloß aus der Sowjetunion, der vermutlich noch „mit dem Riemen lehrt"?

Wir erzählten einander Eisenbahngeschichten:
Der Brüdi erhaschte einst in letzter Sekunde einen Zug, und dann war´s der falsche (nämlich jener in die entgegengesetzte Richtung - nach Kiel.) Spät

Abends kam er dann in Kiel an, und mußte die Nacht mit Pennern im Wartesaal verbringen, statt daheim in seinem gemütlichen und von der liebenden Hand einer Ehefrau bezogenen Bett.

Wir fuhren nach Nienburg an der Ostsee zum Fischessen. Dort sitzt man an Plastiktischen im Freien, und auf Schiefertafeln liest man mit Kreide hingeschriebene Namen vereinzelter Fische.
In bunten Badehosen steckende Familienväter reihen sich scharenweise in lange Schlangen ein, um für ihre Lieben etwas Leckeres zu besorgen.
Ich weiß gar nicht genau, wie unser Fisch geheißen hat, auf jeden Fall aber war er unglaublich groß – so wie ein Land auf einer Landkarte in groß, und hinzu ganz platt. Zu jenem Zwecke, daß man es vielleicht nicht so merken solle, daß er aus der verseuchten Nordsee stammt, hatte man ihn, der ein solch jämmerliches Ende gefunden hat, in ein dickes Panierungsmäntelchen hineingezwängt.
In unserem Blickwinkel saß ein häßliches zirka einjähriges Kind und plärrte nervtötend. Eine Atmosphäre wie auf einem Badebild von Heinrich Zille.

Wir sprachen darüber, daß der Anton (einz'ger Sohn von Brüdi und Gertrud) in Kopenhagen im Hochschulorchester spielt. Da er leider kein Dänisch versteht, spielt er immer gleich – bzw. über die

Worte des Dirigenten hinweg nach eigenem Gutdünken.
Der Anton spielt ja sehr schön, aber ein wenig „Ton für Ton", was vielleicht darauf zurückzuführen ist, daß er meist auf Instrumentenausprobierungsbasis zu spielen pflegt.

Wir kehrten in einer Konditorei ein und aßen je ein Stück Kuchen mit dickem Marzipanüberzug, auf dem auch noch eine halbe Walnuß inmitten einer Sahneverzierung stak, wobei die Sahne mit Likör durchtränkt war.
Dann liefen wir noch an den Strand.
Ein schwarzer Hund schwamm bibbernd und jaulend durch´s Wasser, weil es so kalt war.

Der Gertrud war von den vielen Speisen leicht übel geworden, doch ihrem holsteinischen Naturell zufolge machte sie kein großes Gedöns drum.
Die Themen, über die wir sprachen waren indes allesamt nicht dazu angetan, die an leichter Übelkeit laborierende Gertrud zu erbauen: Fettleibigkeit und Bungispringen.
Einmal sprang einer, und das Seil sei eine Spur zu lang gewesen, - so, wie die Begleiter vom Yossi immer eine Spur zu laut spielen.

Freitag, 2. Juni
Mölln - Aurich

Warm und sonnig,
wenn auch vielleicht nicht auf die allerschönste Art:
zu heller, weißwölkiger Himmel

Einmal dachte ich schmunzelnd über einen Passus nach, den ich dem Lindalein geschrieben hatte. Ich hatte von Herrn Blosers Regenschirm geschrieben, und schrieb einfach: „..und lässt ihn nirgends einfach stehen, wie ein gewisser Jemand!" Mit dem „gewissen Jemand" war Buz gemeint, weil Rehlein aus mir sprach, und dabei könnte ich jetzt gar keinen konkreten Schirm nennen, den der süße Buz mal stehengelassen haben soll? Aber Rehlein in mir dachte einfach, daß Buz im Laufe der Jahre kübelweise Schlüssel, und tonnenweise Regenschirme verloren habe.

Abends telefonierte ich mit Rehlein und Ming.
Ming klang etwas bedeckt, da er mit seiner derzeitigen Lebenssituation unzufrieden ist.
(So, wie leider Millionen andere auch.)
Es befriedigt den einsamen Ming nicht, herumzureisen, hi und da ein Konzert zu geben, und in der Zwischenzeit nach Art eines Malers, der die ohnehin weißen Wände weißelt, übend herumzulungern.

Doch was Ming *eigentlich* will, das weiß er auch nicht.
Nur eines weiß der Unbefriedigte ganz sicher: So wie jetzt möchte er nicht weiterleben.

Wieder daheim:
Der süße Buz hatte mir die „Lindenstraße" aufgezeichnet!
Das fand ich so nett und aufmerksam von unserem Schatz.

Samstag, 3. Juni
Aurich

Etwas unpersönlicher Sonnenschein
mit Wolkengebräu

Geträumt habe ich schon wieder jenen Traum, der mich hin und wieder heimsucht:
Daß Mobbl nämlich bei ihrem Begräbnis im Sarge doch noch gelebt hat. Erst nach zwei Tagen hat jemand Mobblns verzweifeltes Pochen gehört!
Mobbl wurde wieder ausgebuddelt, und war nun wieder bei uns.
Dadurch aber, daß Mobbl ja noch älter geworden war, lag sie schon wieder wegen Altersschwäche im Bett, und es mußte Verschiedenes bedacht werden: z.B., daß Mobbl bald wieder ein Lauftraining beginnen sollte, um sich wieder im normalen Leben zu integrieren – und wie man allen schreiben müßte,

daß unsere „verstorbene" Oma doch noch lebt. Mit dem Opa wiederum besprachen wir, daß man den Dr. Doc anzeigen müsse, weil er einfach die Fehldiagnose „Exitus" gestellt hat, und Mobbl wegen dieser Schluderei einfach zwei Tage unter der Erde gefangen war.

Dann wachte ich irgendwann an Schlafüberdruß auf, und mußte im Bett noch über das Unfaßbare nachdenken, das mir Ming gestern am Telefon erzählt hat:

Daß nämlich die Mutter von den fünf kleinen Türkinnen gestorben sei! Gestern kam die türkische Familie zu ihnen zu Besuch, um den Schmerz vor sich herzuschieben, oder Unterschlupf vor der nackten Trauer bzw. dem Beginn der Unendlichkeit ohne den geliebten Menschen zu suchen.

Zum Frühstück schaute ich jene Folge der „Schwarzwaldklinik", in der eine Ärztin sauer und neurotisch auf ihren öligen Exmann reagiert hat, bloß, weil er ausgerufen hatte: „Träume sind die Wirklichkeit von morgen!"

Mit dem gleichen albernen Spruch hat er sie doch schon vor 12 Jahren geködert!

Ich sortierte die Post und pappte Annegrets Baby an unseren Spiegel, - das mache ich mit allen Hochzeits- und Geburtsanzeigen, so daß der Spiegel immer voller wird, und man sich kaum noch darin spiegeln kann.

Im Grunde grober Unfug, doch mich freut es immer so, wenn jemand ein neues Kapitel in seinem Leben aufschlägt, und außerdem muß man sich ja an die neuen Menschen in unserem Bekanntenkreis erstmal gewöhnen!

Sonntag, 4. Juni

Zunächst wolkenüberzogen.
Am frühen Abend wurde es gold-sonnig und schön

Beim Üben mußte ich über drei Sätze nachdenken, die man immer wieder hört, und die einem Jeden so selbstverständlich, klug und gültig scheinen, von mir aber in Frage gestellt werden:
„Ein Jeder lebe <u>sein</u> Leben!"
„Das mußt Du ganz alleine wissen!" und
„Mir geht es nur um die Sache!"
Besonders von Musikerlippen gesprochen erscheint mir dieser letzte Satz wenig sympathisch und hinzu leicht autistisch gefärbt – denn um wieviel Nebensachen es in der Musik doch auch geht!

Im Radio hörte ich eine Anekdote über Jascha Heifetz, die ein bißchen lustig war, so daß ich sie Ming hernach am Telefon erzählt habe:
Shlomo Mintz, ein junger aufstrebender Violinist durfte dem Heifetz vorspielen.

(Einem Geiger, der gemeinhin als Heiliger galt.)
Er hatte etwas vorbereitet, und – hoffend, daß ihm vor Lampenfieber nicht der Bogen aus der Hand fallen möge, - klingelte er sodann an der Türe. Der Hausherr selber öffnete ihm, und sagte: „Es ist jetzt vier vor zwölf. Ich sagte um zwölf!" und schloss die Türe wieder.
Um Punkt zwölf öffnete er sie erneut, und als Shlomo M. wenig später den Bogen ansetzte und sich anschickte loszuspielen, sagte der Hausherr: „Ich hoffe, Sie spielen nicht so wie ein gewisser Jemand, den ich nicht sehr schätze!" (Gemeint war Sir Yehudi Menuhin.)
In blinder Panik wollte der Shlomo auf gut Glück losgeigen – hoffend, daß es nicht so klänge wie von diesem gewissen Jemand dargeboten – doch der Heifetz gebot seinem Spiel Einhalt, und verlangte stattdessen eine Fis-Dur-Tonleiter zu hören.
„Da muß man als Geiger erstmal herumrechnen wo das überhaupt sein soll!" sagte ich humorig zu Ming, denn in meinem ganzen Leben habe ich noch nie ein Werk in Fis-Dur geübt.

Montag, 5. Juni

Vormittags sonnig. Ab Nachmittag teils heftiger Regen.

Ich schrieb mein Briefabbo an meine Freundin Simone, und erzählte, daß ich meinen Urlaub immer in ganz unsinnigen Orten zu verleben pflege, wo niemand auf die Idee käme, daß man dort überhaupt einen Urlaub absolvieren müsse? (Husum, Peine, Cloppenburg oder Bielefeld stünden zur Auswahl.)
Ich beplapperte sie damit, wie es sei, wenn der Blick eines Dahinpromenierenden auf eine übende Geigerin am Fenster fällt:
Man wendet ihn eiligst wieder ab, so wie man es mit einem Duschenden täte, den man im leergewähnten Duschhäusl erblickt.
Der Duschende ist noch nicht sauber und angekleidet, steht für die Welt somit vorübergehend nicht zur Verfügung, und der Übende müht sich mit einem noch ungaren Werk ab. „Der Blick in die Brutstätte von etwas Unfertigem schickt sich nicht" – so etwas weiß der reife Mensch.
Dann schrieb ich schon wieder einen Brief an die Linda, die ja dieser Tage – vielleicht sogar direkt zum Geburtstag – einen Brief ohne Geburtstagsworte von mir bekommt, weil ich mal wieder nicht weitergedacht hatte, als meine Nase lang ist.

Zum Beweis zeichnete ich eine Nase über einem Kalenderblatt, die nur bis zum 31. Mai reichte, um sodann unschön an der Datumsgrenze anzuschrammen.

Dann besuchte ich das „Prophylaxe-Team" in der Zahnarztpraxis.
Der Jörg bedankte sich auf seine milde Art für den Geburtstagsbrief, und als sein vielbeschäftigter Kollege, Herr M., ein Herr der sich auf „Dental-Beauty" spezialisiert hat, einmal durch den Raum huschte, tat ich auf typische Erwachsenenart so, als hätte ich ihn übersehen.
Ich hatte mir schon ausgemalt, daß der Jörg denkt: *„na, das wird mir ja nun doch ein bißchen zu vertraulich, wenn sie „liebster Jörg!" schreibt, „und vielleicht wäre es klüger, sie dem Kollegen zu überantworten?"* Aber der Jörg behandelte mich nur nett und normal, so wie er´s bei allen zu tun pflegt.
Herr M. wiederum behandelt vorzugsweise junge Damen, die sich ein exklusives Zahnpircing gönnen wollen.
Am Anfang lag ich noch so auf der Liege, schaute mir das Bild der Unendlichkeit (vom Meer) an, das da rumhängt um die Patienten zu beruhigen, und dachte, wie schön es wär, wenn ich jetzt hier wäre um eingeschläfert zu werden.
Später nach der schmerzlosen, und doch anstrengenden Wurzelbehandlung – da man ja nie weiß, ob´s gleich losschmerzt, hätte ich den Jörg so

gerne gefragt, ob´s bei ihm schon einmal vorgekommen sei, daß er eine besonders gute Wurzelbehandlung gemacht hat – bloß daß ihm der Patient hernach hinweggestorben ist, weil er in seinem Eifer nicht bemerkt hat, daß er Mund <u>und</u> Nase abgedichtet hatte?

Doch irgendwie war im Moment inmitten des Alltagsstress´s nicht der Moment, um den kleinen Scherz anzubringen.

Dann ging ich eilig von dannen, um keine unnötige Zeit zu stehlen, oder auch um zu suggerieren, daß ich „zu tun" hätte.

Daheim war ein Brief vom süßen Ming aus San Franzisko für mich eingetroffen. Ming fand´s beklemmend, daß die Linda nun einen neuen Freund hat, wollte sich seinen frischen Mut allerdings nicht nehmen lassen.

Wieder blieb mein Blick auf dem Hochzeits und Geburtsanzeigenaltar kleben. Gerührt blickte ich auf das Foto von der Annegret mit ihrem kleinen Johannes drauf. Doch die Annegret schien mir plötzlich ganz historisch – in jenem Sinne, daß sie auf dem Foto zwar *noch* jung ist, so jedoch leider mit Betonung auf „noch".

In ein paar Jahren ist der Johannes groß und erwachsen, seine Mutter alt und eingeschnurrt, er besucht sie vielleicht gar nicht mehr so gern, weil´s bei ihr so nach Moder muffelt, und noch ein paar

Jahre später ist sie vielleicht schon ganz zu Staub und Asche geworden, und man schaut gerührt auf das alte Foto drauf?

Abends fuhr ich bei strömendem Regen zum Hauskonzert beim Tone.
Ein zirka 40-köpfiges Publikum versammelte sich in Tones liebevoll eingerichteter Wohnstube und lauschte folgendem Konzert: Ein norwegischer Cellist aus Oldenburg, ein wenig aussehend wie der Dr. Pauli aus der „Lindenstraße", musizierte mit einer bleichen und leicht unkeusch wirkenden Frau Seibl am Klavier Brahms´ e-moll Sonate, und einen Tango von Piazzolla, bei welchem sich Frau Kamp, die sich ehrenamtlich als Umblätterin betätigte, ein bißchen verblättert hatte, so daß es kurz einen peinlichen Zwischenstop mit hektischen Flüstereien gegeben hat.
Aus dem Fenster konnte man in den verregneten Garten hinaussehen.
Die Brahms Sonate berührte mich sehr.
Ich kämpfte mit Schnupfen und schaute auf eine Ansammlung menschlichen Elends drauf: Eine Frau hatte ganz dünne schlottrige Knie, eine andere ungeheuerlich bleiche Waden.
Der Cellist hatte ein enormes Handvibrato.

In der Pause wurde Obst gereicht: Beispielsweise köstliche Kirschen.

Danach hörten wir die wunderschöne Grieg-Sonate, und sehr zauberisch gespielt das Largo aus der Chopin-Sonate.

Eine andere Zugabe wollte das Duo auch noch geben, doch es fehlten die Klaviernoten, und so brach man das Konzert in leichter Belustigung ab.

Hernach gab´s Gemüserohkost mit Dip.

Dienstag, 6. Juni

Zunächst überzogen.
Abends lieblicher Sonnenschein

Ich trank heute so unglaublich viel Tee, und die verschiedenen je einstündigen Hürden, mit denen ich mir selber den Tag verbaut habe, schienen mir allesamt so hürdelig! Um es mir leichter zu machen, dachte ich mir zu jeder Hürde etwas passendes aus: Beim Üben z.B. stellte ich mir vor, eine Professorin in Saarbrücken zu sein, während ich mich selber als Geigende zu dieser Vorstellung in einen dürftigen Studenten verwandelte, bei dessen Bemühungen auf dem Gehölze der Professor am liebsten jeden einzelnen Ton gänzlich anders hätt. In meiner Vorstellung war ich somit zwei in einem.

(Oder schreibt ein norddeutscher Lektor hier an dieser Stelle in einer Logik, die dem Opa das

Resthaar zu Berge stehen ließe: „..waren ich zwei in einem"?)
Bei der Karrierezapfstunde wiederum stellte ich mir vor ein bezwickertes ernsthaftes junges Fräulein zu sein, das den ganzen Tag in einem stickigen Bürogebäude herumsitzen muß, um für mageren Lohn Bürotätigkeiten zu erledigen – und beim Einkaufen und kochen wiederum stellte ich mir vor eine adrette Hausfrau aus dem Buch „die deutsche Hausfrau" zu sein.
Dann wartete ich erwartungsfroh auf Buzen.
Buz wollte seine Lieblingsschülerin Maria Kim wahrscheinlich unbemerkt an mir vorbei nach Aurich schmuggeln, wo sie bei Frau Schneider residieren solle. Doch die Omi hatte mir bereits erzählt, daß er das Fräulein mitgebracht hat, und beim Üben überlegte ich, was Buz wohl dazu bewegt, sich die Schülerin, so als sei´s ein privates Hobby, mit nach Aurich zu nehmen?
Und doch erinnerte mich dies an mich: Wie ich in Taiwan die Aufzucht eines kleinen Hündleins an meinen Eltern vorbeischmuggeln wollte.
Doch in der Nacht heulte das kleine Hündchen laut und durchdringend und störte die Nachtruhe der Erwachsenen empfindlich.

Am Nachmittag kehrte der süße Buz ohne Horn aus der Praxis Dr. Schless zurück, wo ihm die Fäden gezogen worden waren.

Das Horn hat Buz aber nicht behalten dürfen, und dabei hätte man ein Windlicht daraus machen können, wo´s doch aus Talg ist!

Über die Lieder vom Udo sagte ich passend: „Sie versetzen mich in einen Rausch!"

Mittwoch, 7. Juni

Sonnig.
Mit wechselndem Wolkengebräu durchzogen

Seit einiger Zeit schon bin ich haushaltstechnisch nicht mehr so auf der Höhe wie früher.
Doch Buz beklagt sich nie.
Sogar Brötchen hatte der feine, liebe Schatz geholt, und ich liebte Buzen unglaublich, so daß ich sogar von mir aus vorschlug, die „Praxis Dr. Bülowbogen" anzuschauen, über welche Buz zu berichten wußte, daß sie so packend sei.
In der Tat wurden wir Zuschauer Zeugen eines Doppelmords.
Dann war ich allein, saß da und schaute „Hallo Deutschland": Ich spürte, wie mein Herz schon etwas schwächer geworden ist, und mein Blutdruck war auch ganz tief gesunken. So saß ich teetrinkend

da, fühlte mich untüchtig, und wünschte, der Gevatter Tod würde mich endlich mal mitnehmen.

Nach einer Weile fuhr ich auf Rehleins Radl in die Stadt.
Der Anspruch eine tolle, perfekte Hausfrau zu sein, drohte mich mit meinem niedrigen Blutdruck direkt ein wenig zu erdrücken. Hinzu tut man´s auch immer ein bißchen mit dem Gefühl „Das bißchen Haushalt…" führt sozusagen potenzielle Gedanken Buzens mit sich herum.
Mich strengt es immer so an, den Bioladen zu betreten: 1.) weil alles so teuer ist, und 2.) wegen den wattigen Eheleuten – besonders der milden Frau, in deren Aura mein Muskeltonus erschlafft.

Daheim wärmte ich uns das gestrige Essen auf. Dazu hörten wir eine CD, die uns Herr Heike geschickt hat. Sie enthält diverse Klangexperimente, und hinten schrieb Herr Heike drauf: „Viel Vergnügen beim Hören!?" Und das kleine schüchterne Fragezeichen, das er dahintergesetzt hat, fand ich rührend.
Zuerst erklang ein Streichquartett mit einer bekannten Haydn-Melodie, die bald von allerlei Klangschotter regelrecht überschippt wird. Lustig fand ich, daß der mit dünnem Tönchen innig vor sich hingeigende Geiger so beharrlich an seiner Melodie kleben blieb.

Treffend bemerkte ich über Herrn Stoppelenburg, daß er mit seinem Streichquartett zwei Fliegen mit einer Klatsche zu klatschen gedachte: Es soll modern und zugänglich sein.
Doch ob´s Herrn Heike wohl gefällt?
Wohl kaum, denn Herr Heike ist durch sein Leben so geprägt worden, daß ihm nur das gefällt, was ihm nicht gefällt.

Interessiert befrug ich Buzen, wie es wohl damals war, als er seinem Idol Isaak Stern vorgespielt hat, doch Buz erinnert sich nur ungern an diese Episode in seinem Leben. Drei Stunden mußte er warten, bis er endlich in das Hotelzimmer durfte… für einen jungen Geiger schlimmer als der finale Gang in die Gaskammer, da es ja noch ein „Danach" gibt, mit dem man fertig werden muß.

Buz, seine neue Schülerin Maria Kim und ich fuhren zum großen Meer:
Wir sprachen über die Musikgeschichte, und daß der Herr Prof. Kebap erst im Jahre 2017 in Rente zu gehen gedenkt.
Noch ist die Maria fröhlich, denn sie weiß gar nicht, welch tsunamihohe Hürde sich in Form der Musikgeschichtsprüfung auf sie zubewegt!
Ich philosophierte ein wenig darüber, daß Herrn Kebap sein Beruf wegen den vielen Ausländern, die kaum Deutsch sprechen, doch überhaupt keine

Freude mehr bereiten würde – es sei praktisch so, als habe Buz nur einfingrige Geigenschüler.

Abends saßen wir in der „Börse" und löffelten eine Krabbensuppe.
Wenn man kurz das Häusl aufsuchte, konnte man durch ein großes Fenster auf Buz und Maria draufsehen, und ich fand die Maria so nett – zumal Buz in ihrer Gegenwart so aufblühte – obwohl Rehlein sie mal mit ein paar verbalen Federstrichen so madig gemacht hat. Rehlein fand, sie spiele scheußlich, und sei ein häßliches Mädchen, doch ich wiederum fand´, daß sie so schön dünn ist wie eine Pflanze, und so leuchtende Augen hat.
Für Buzen hatte sie sich allerdings extra mit einer wunderschönen Haarschleife verschönt, an der ein paar funkelnde Edelsteine befestigt waren.
Wir erfuhren, daß sie früher als Rocksängerin gearbeitet hat. Als sie anfing zu studieren, hat sie alles Verbotene ausprobiert: Cigaretten und sogar einen Lover!

Donnerstag, 8. Juni

Wunderschön

Als ich das Altpapier an die Straße stellte, mußte ich darüber nachdenken, wie friedvoll und nett es bei uns zugeht: Nie fällt ein lautes oder gar häßliches Wort zwischen Buz und mir. Eine Harmonie, die sich leider nicht halten lässt, wenn Ming und Rehlein dabei sind. Wie womöglich in den allermeisten Familien stehen die Chancen, daß bereits beim Frühstück ein leichter Zwist ausbricht bei mehr als 45%!

Der Christoph-Otto kam zum Frühstück, und die Frühstücksplaudereien rankten sich um das Thema „Cello und Cellisten". Ich erzählte sämtliche Ramon-Geschichten und verästelte mich derart in die Details, daß sogar Seitentriebe zur Sprache kamen, für welche ein normaler Mensch in meinem Alter eigentlich keine Zeit mehr haben dürfte: z.B. wie die Mutter vom Ramon am Telefon gesagt haben soll: „Du weißt ja: Mit Vater wird es immer ärger!" und wie Ramons Frau Charlotte mir immer unpassende Ratschläge gibt, die nicht sonderlich gut auf mich zugeschnitten sind, wie z.B.:
„Ich würde mal in den Wald gehen, und alles hinausbrüllen!"
Was??

Ich loste meine nächste Tätigkeit aus:
Briefeschreiben kam dran.
Auch für Herrn Heike sprang endlich mal ein Kärtle heraus. Natürlich hätte man ganz viel schreiben können: z.B. daß ich jetzt ein begeisterter Fan von Udo Jürgens bin. Doch dies klänge provozierend,

und im Grunde reicht´s, daß ich auf die Karte, die die leere Kirche von Plön zeigt, geschrieben hab:
„Hier spielte ich einst vor vereinzelten Sahnehäuptern."
Doch ausgerechnet dieser, auf den ersten Blick doch erheiternde Satz machte mich plötzlich traurig, denn im Grunde macht man damit ja die Wenigen, die sich herbeibemüht haben lächerlich, und mit ihnen die ganze Zunft* der Sahnehäupter, zu denen Herr Heike doch wohl selber auch zählt!
*Zunft?? Das ist doch keine Zunft!

Dann kochte ich.
Spinat und Rührei.
Buz wollte um ein Uhr nach Hause kommen, kam aber erst um halb zwei, als die Speisen schon nicht mehr gescheit dampften.
Ich begrüßte Buzen dennoch sehr nett.
„Da läuft schon wieder mein Hit!" sagte ich entschuldigend über meinen Udo, der wie alle Tage aus dem Kassettenrekorder am Fenstersims sang, „damit ich besser kochen kann!" und Buz lachte gutmütig.

Abends musizierten Buz & ich Brahms´ G-Dur Sextett zu zweit.
„Im Konzert spielst duu natürlich die erste Geige!" sagte der süße Buz so bezaubernd, wie es eben nur Buz kann.

„Ich spiel die erste Geige, wenn Du mal 84 bist!" versprach ich, und liebte Buzen geradezu unglaublich für seine Freundlichkeit und sein liebenswertes Wesen.

Beim Proben selber agierte ich wie der Diener Wang: Klug, vorausblickend, mich in den Anderen einfühlend, und streng bestrebt, den Mitspieler niemals in Verlegenheit zu bringen oder säuerlich „der Sache dienend" zu bekritteln.

Nach der Probe machten wir einen erfüllenden Radausflug bis zum Hafenlokal.

Auf dem Heimweg kamen wir an einem See vorbei, in dessen Mitte die kleinste Insel schwimmt, die ich jemals gesehen habe. Ohne auch nur einen einzigen Einwohner.

„Da könnte doch wenigstens <u>ein</u> Einwohner drauf leben!" sagte ich.

Freitag, 9. Juni

Sonnig warm und schön

Ich leide derzeit an einer schweren Blutdruckdepression, die es mir so gut wie verunmöglicht, mich morgens aus dem Bette zu erheben. Geträumt hatte ich eine Menge: z.B., *daß ich unterwegs war und hörte, daß ich ein Konzert in Luzern hätte. So rief ich traumesunlogischerweise die Tante Irma in Kiel an um zu fragen, ob ich bei ihr vorbeischauen dürfe? Ich radelte zu, und kam irgendwann zur Mittagsstund in sommerlich flirrendem, aber irgendwie einsam stimmendem Wetter dort an, und die Irmi war gerad nicht zuhause. Im Traume unterrichtete sie in der Musikschule. Im Schuppen lieh ich mir einfach ihr Fahrrad, bzw. ihr Tandem aus, schnallte hinten das Gepäck auf und fuhr weiter...*

Dann erhob ich mich mit schlechtem Gewissen.
Buz hatte bereits Brötchen geholt, und ähnelnd einem Interpreten, der aus dem Werk „was machö" will, kasperte ich ganz viel herum, um die verplemperte Zeit mit an Tätigkeiten regelrecht überfrachteten Zeitflickerln wieder wettzumachen.
Als Buz auf dem Häusl war, erzählte ich ihm durch die Türe hindurch meinen Traum, und berauschte mich an der Idee, die Irma könne anrufen und sagen: „Mir ist mein Fahrrad geklaut worden!"

Nach einer Weile rief der süße Ming an, der heut als Überraschungsgast (für Buz) zu Besuch kommen wollte. Doch es war gar nicht so einfach, eine Idee auszubrüten, wie oder wann ich Ming aufpicken soll, weil am Abend das Konzert mit Hans Kumpfert, dem Klampfenspieler, in Driever stattfinden sollte, wo es Buzen ein so großes Anliegen ist, daß ganz viele Hörer kommen mögen, so daß wir mit zwei prallbeladenen Autos dort hinfahren würden.
Im Laufe des Tages kristallisierte sich aus meinem Hirngewebe die Idee, daß ich Buzen am Abend ganz

plötzlich sage, er möge zum Bahnhof nach Leer fahren, um dort um 22 Uhr 06 einen Mann abzuholen…("einen Chinesen", könnte ich beispielsweise geheimnisvoll sagen.)
Dann wär Ming der Überraschte, und Buz wär´s nicht minder!

Nach dem Frühstück verließ Buz das Haus, und der Vormittag war wieder ganz zusammengeschrumpelt.
Wenn man alles richtig machen möchte, dann kommt man tatsächlich nicht mehr zum üben. So zwang ich mich, eine halbe Stunde zu üben, und dann war´s schon fast 12. Während ich übte (Brahms Konzert), beschäftigte ich mich die ganze Zeit schon damit, wie und was ich nachher einkaufe, und wie man es wohl am besten macht?

Abends im Konzert:
Nur wenige waren erschienen, und selbst ich würde ja in der Pause heimlich gehen, so daß betrüblicherweise noch weniger da sitzen bleiben würden.
Ich stahl mich von dannen und fuhr zum Bahnhof. Die Zeit war bereits knapp, und auf dem Bahnhof war alles geschlossen.
Und dann hieß es, der Zug habe 50 Min. Verspätung!

Später fuhr Ingrid Theussen, eine Dame, die mit ihrer gefärbten Frisur wie ein Schlagerstar ausschaut

mit, und dann hatte sich die Verspätungszeit in der Zwischenzeit auch noch expandiert! (Auf 60 – 65 Min.)
Um zirka 23 Uhr 15 kam Ming dann an, und wir fuhren mit ihm in die Musikbrutstätte des Konzertsaals zurück

„Hab ich Licht an?" quirlte ich, von der Wiedersehensfreude aufgequirlt, im Auto. „Und wenn nicht, dann hat es den Vorteil, daß keiner sieht, wie schlecht ich fahre!"
Und die Ingrid neben mir lachte belustigt auf.
In Driever freute man sich sehr über den süßesten Ming, der auch nachts Sonnenschein in jeden Raum bringt.
Der überraschte und so bezaubernde süße Buz leuchtete vor Glück, und die Damen blühten in Mings Gegenwart im angeregten Gespräch richtig auf! Sie lachten nett und weich und einige sahen dabei richtig hübsch aus.

Ming erzählte von unserem Vetter Friedel, der von seiner Frau aus dem gemeinsamen Leben hinausgekickt wurde, und schwärmte fast im gleichen Atemzuge von Annelie Peebo, einer Sängerin aus Estland, die demnächst nach Ostfriesland reist, um am Musikalischen Sommer teilzunehmen.

Samstag, 10. Juni

Sonnig, bis hi und da (abends) leicht bedeckt

Erhoben um 10 Uhr 36!
Heute hielt ich den Bogen des Langschlafens hoffnungslos überspannt.
Mein Blutdruck entsackte dem irdischen Geschehen mit jeder Stunde mehr, und mehr tot als lebendig lag ich am Morgen im Bett.
Rehlein in Ming öffnete das Fenster in meinem Zimmer noch ehe er mich gescheit begrüßt hatte.

Auf ihrem Balkone sah man Frau Prawitz schimmern, und auch wenn man meinen könnte, Ming hätte nun für sein Lebtag genug von den Moribunden, öffnete Ming dennoch das Fenster, und plauderte überaus charmant mit der greisen 88-jährigen Dame, die sich jedoch wundersamerweise, zumindest in Mings Aura, noch ganz auf der Höhe ihrer Form befindet, und niemals „biddö??" sagt, da bei ihr, der Hobbykriminalistin mit dem messerscharfen Verstand und dem glasklaren Durchblick, Ohren und Augen mit den Jahren nur immer schärfer geworden sind, statt nachzulassen, wie bei einem normalen Menschen.

Etwas sündig aß ich zwei große Babuschenbrötchen. Wahrscheinlich weil ich mir als Frau in der nunmehr

dreiköpfigen Familie gleich so hoffnungslos überfordert vorkomme, auch wenn ich noch gar nichts Überforderndes getan habe! (Seltsam.)
Ausgangsmodulierend davon, daß mir die Linda am Telefon erzählt hat, sie habe sich abgewöhnt zu kritisieren, und daß Ming leider immer so belehrend ist, daß sich gestern praktisch von der ersten Sekunde an dieses gewisse, in der Luft liegende Belehrungsgefühl ausgebreitet hat, sprachen wir darüber, wie entspannend es im Grunde sei, sich ständig zu kritisieren.
„Schlag doch die Beine nicht so übereinander, Junge!" rief ich aus, und: „Wie schaut´s denn hier wieder aus?!" weil ich mein Augenmerk auf die Kritikpunkte fokussiert hatte.

Ming erzählte interessante Geschichten über Rudolf H., einen lieben Freund aus Amerika:
Die einst so freudige Begeisterung für den Rudolf ist einer Skepsis gewichen, ob der wohl noch ganz richtig im Kopf sei?   Ming meint (hahaha, ein Schlagertitel: „…sagt mein Ming….") bei einem Typen wie dem Rudolf sähe er es schon kommen:
Eines Tages steht er da, macht ein unglücklich zerknirschtes Gesicht und sagt: „Mir ist etwas Blöööödes passiert: Ich hab *kein* Geld mehr!"
Beim Rudolf heißt es immer: „Wir laden Euch selbstverständlich zum Essen ein!"
Doch dann decken sie den Tisch nur für die Kinder.

Dann hieß es: „Ihr dürft selbstverständlich bei uns übernachten!" Doch alles blieb so unklar in der Schwebe, und man stand nur unschlüssig herum.

Dummerweise hat Onkel Dölein dem Rudolf seinen Bratschenbogen mitgegeben, weil der vom Daltonsyndrom infizierte Rudolf jovial ausgerufen hatte: "Aber den kann ich doch mit zum Bogenmacher nehmen! Überhaupt kein Problem! Der macht den Ihnen für 30, 20, 10% mindestens billiger!" Doch dann rief er wenige Tage später aus München an, um zerknirscht zu verkünden: „Jetzt habe ich Trottel den Bogen mit nach München genommen!"

*Das Dalton-Syndrom: Benannt nach einem Herrn in Australien, der beständig vom Pfade seines Tuns hinabgepustet wurde: Da ließen sich Romane erzählen!

Am lustigsten fand ich die Geschichte, wie der Rudolf einfach mit dem Pyjama-Oberteil in die Universität gegangen ist. Ein Anblick, als hätte sich jemand aus dem Bett erhoben und wäre „bloß" in seine Beinkleider gestiegen. Eine Kollegin rief aus: „Rudolf! Du steckst ja im Pyjama!"

„Ich? Im Pyjama? Wirklich?" der Rudolf schaute schockiert an sich hinab.

Der belehrsame Ming hat für Solcherlei im Grunde wenig Verständnis.

(Ich schon.)

Wir lasen fassungslos jenes E-Mail, in welchem der arme Friedel seinem Freundeskreis auf englisch vom

Unfassbaren berichtet: Es scheint so, als habe er all das verloren, für das er gearbeitet hat.
„Ihr werdet nun eine Weile lang nichts mehr von mir hoeren", schrieb er gar.
Und doch klang´s friefußhaft-nüchtern.
Das Beätchen schrieb dafür ein wenig lustig, daß sie jetzt den Männerchor leitet.
„Und da ich oben ohne dirigiere…" fabulierte das Beätchen so entzückend.

Sonntag, 11. Juni

In der Nacht träumte ich von einer doppelt verschachtelten Verdrießlichkeit.
Diese Verdrießlichkeit sollte man sich in Etwa so vorstellen, wie das russische Babuschka-Spielzeug:
In einer Verdrießlichkeit war nämlich noch eine andere noch verdrießlichere Verdrießlichkeit versteckt: Es ging um´s Alter, und dies träumte ich, weil ich gestern die welkende Konzertbesucherin Ingrid T. als „in einem Sumpf aus Trostlosigkeiten schwimmend" empfunden habe, und nun stellte ich mir eine noch trostlosere 53-jährige mit ödematisierten Beinen vor.
Dann versetzte ich mich in jene Zeit zurück, als ich als kleines Wammerl auf dem Videofilm gebadet wurde. Rehlein war damals eine süße, bezaubernde

junge Mutti, und ich stand ganz am Anfang einer ungewissen Lebenslaufbahn.

Z.Zt. ist es so, daß ich keine Kraft mehr habe.

„Wüsste ich nicht, daß Sie erst 37 Jahre alt sind, so würde ich sagen, es sei Altersschwäche!" dichtete ich einem imaginären Arzt Worte voller Bedenksamkeitskraft an.

Dann lag ich da und stellte mir genußvoll vor, *wie ich beim Arzt sitze und auf die Ergebnisse der Blutanalyse warte. Doch im Gegensatz zu einem normalen Wartenden sehne ich finalisierende Worte aus berufenem Munde regelrecht herbei: „Ja, liebe Frau König. Das sieht leider gar nicht gut aus. Sie haben noch maximal zwei Wochen zu leben – versuchen Sie die Zeit zu nutzen, um das Irdische zu regeln..." – Lustvoll stellte ich mir vor, wie ich bald darauf in den Sarg gelegt und schließlich zu Grabe getragen werde – obwohl es im Moment noch ganz ungewiss ist, wo ich eigentlich bestattet werden soll? Trossingen? Aurich? Ofenbach? Auf jeden Fall malte ich mir einen wunderschönen Friedhof an einem wunderschönen Sonnentag aus, und nett wäre vielleicht, die Gäste um farbenfrohe Kleidung und ein fröhliches Gesicht zu bitten. „Freut Euch, daß Ihr mich gekannt habt – und bewahrt mich in Eurem Herzen!"*

Für heute hatte sich Herr Stoppelenburg angesagt, um das Gedeihen seines Streichquartettes mitzuerleben, und so stand Buzens Tag wiederum ein wenig unter der Bannglocke der Nervosität, daß wir Geiger das Werk nur mal eben zusammengestoppelt hatten.

Buz retirierte sich zum Üben in die Musikschule, weil ihn der Lärm des Flügels störte.

Einmal erlebten Ming und ich beim Blick durch das Musikzimmerfenster über die Straße eine unglaubliche Realo-Seifenoper:
Zwischen der Ina und ihrem Lover scheint´s nämlich zu kriseln: Der Jungspund mit dem kahlrasierten Haupt und dem Zwicker auf der Nase hat seit kurzem ein ganz tolles Auto. Ob dies wohl noch mit rechten Dingen zugegangen ist, daß ein zirka 18-jähriger junger Mann ein derart prunkvolles Auto fährt? Das Glück könnte praktisch perfekt sein, doch erste düstere Wolken haben sich drüber geschoben. Schreibe ich schon wie eine Reporterin von einem Hochglanzjournal?
Man sah, wie die Ina zum Auto hin eine wegwerfende Geste machte.
Dann stand sie aber doch am Auto und redete ernst. Ich platzte fast vor Neugier, traute mich allerdings nicht, das Fenster zu öffnen.
So schlich ich mich hinauf in Ming´s Zimmer darüber, wo ich das Fenster ganz leis, und hinzu „wie nebenbei" öffnete, doch ich verstand leider fast gar nichts, außer, daß die fallenden Worte ernster und verdrossener Natur zu sein schienen.
Doch einmal glaubte ich etwas zu verstehen, wo man seinen Ohren nicht trauen mag, bzw. nur hoffen kann, sich verhört zu haben: „Du tröstest dich immer nur mit poppen!"

Später konnte ich Ming als Interessenten für dies Schauspiel gewinnen.

Ming lachte selbstbelustigt, weil wir uns so interessieren, und weil es einem immer einen Aufschwung verleiht, wenn das Glück der Anderen auch nicht perfekt ist.

„Haben wir ein Fernrohr?" rührte ich nach einem Reizverstärker.

Noch ist die Liebe natürlich nicht ganz erkaltet, denn wenig später sah man die beiden - die Ina mit ihrem Radel - wieder auf der Straße stehen. Versöhnungswillig hielt das Monster die Hand auf der Lenkstange. Doch die ansonsten durch die Knutscherei fast vakuumverpackte Gemeinsamkeit hat einen tiefen Riss abbekommen, und dann sah man die Ina sogar einfach von dannen radeln, ohne sich noch einmal umzublicken.

„Der Bildschirmschoner!" rief ich später freudig, weil sich der Herr mit dem Maulkorbbart in einem luftigen weißen Hemd zeigte.

„Da sieht man wie sich das Glück in Wippenform bewegt!" philosophierte ich Ming an.

Ein ganzes Jahr lang wurde der Herr mit dem Maulkorbbart ganz krank, (und ich oben als Geigende mit ihm!) wenn er abends nach Hause kam, und schon wieder das Auto von dem schrecklichen Jungen an seinem Grundstück parken sah – doch nun tut ihm die Entwicklung der Dinge direkt ein wenig leid!

Trotzdem begrüßte er den schönen Sommertag heut in einem frischen weißen Hemd.

Mittags lösten sich die Herren in unserem Heim ab: Buz kehrte in die Wohnung zurück in welcher leider nicht für ihn gekocht worden war, und Ming rollte durch die Sonne hinweg.
Zuerst freuten Buz & ich uns auf den Christoph-Otto vor, und als der Christoph dann da war, freuten wir uns auf Herrn Stoppelenburg…eigentlich nicht vor. (Oder zumindest nur gemäßigt.)
Zunächst hatte es geheißen, er käme mit seiner ganzen Familie: Einer netten Frau und zwei Töchtern.
Der süße Buz, in jener wilden Verlegenheit steckend, die einen erfasst, wenn man sich genötigt sieht „die Katastrophe auf sich zurollen zu lassen" weil einfach keine Zeit für Abwehrmaßnahmen mehr besteht, rief dort an, nur um zu fragen, wieviele Leute kämen?
Buz humorig: „Wir müssen wissen, ob unser Wasser für den Tee reicht!"
Nun hieß es, der Meister käme allein.
Dann war er da.
Wir setzten uns zum Tee nieder und sprachen über die modernen Komponisten, und daß der Penderecki immer nur einen Mischmasch aus längst Bekanntem komponiert, und solcherlei eben.
(Für mich eher uninteressant.)
Ebensogut könne man über einen Schriftsteller sagen: Er fügt längst bekannte Buchstaben zu einem

Mischmasch oder gar einem Unsinn zusammen – alles schon da gewesen. Es gibt *nichts* Neues unter der Sonne! Ein Verstorbener verpasst nicht viel – wahrhaftig!"

Beim Proben erlebt man ja immer ein Wechselbad der Gefühle. Manchmal läuft´s, und dann schwimmt man auf einer Glückswoge, dann wiederum spürt man, wie man Proben hasst.
Doch jetzt spielten wir das Werk so mehr oder minder auf Durchzählbasis durch, und Herr Stoppelenburg spielte Bratsche. (Allerdings nicht so besonders gut, wie leider konstatiert werden muß – es klang eher so, als wolle jemand die Schränke im Zimmer verrücken, um dahinter noch besser Staub zu saugen.)
Zu Beginn schwitzte er sehr stark, da er als Komponist vermutlich einem nicht minderen Lampenfieber ausgesetzt war als Buz in seiner Rolle als Primarius.
Doch mit der Zeit gewöhnte er sich an uns, der Schweiß trat ihm wieder zurück, und man spielte besseren Zeiten entgegen.
Einmal bemerkte ich, daß Rehlein auf der schönen Fotografie im Glasschrank die ich geschossen habe so lebendig ausschaut wie die Mona-Lisa.

Am Abend kochte der süße Ming für uns – solcherart, als habe man sich einen Meisterkoch ins Haus geholt.

Wir saßen zu fünft da und verspeisten Mings leuchtendes Gemüse.

Ming erwies sich als amüsanter Plauderer. Er erzählte alle Anekdötchen, die ich schon kannte – z.B. jene vom György Kurtag* und seinem Probeneifer. Ständig waren ihm alle zu laut, und so spielte der Cembalist auf einem Cembalo ohne Saiten, so daß man ihn nurmehr spielen *sah!* Und dann war es dem Kurtag immer noch zu laut, weil man ihn eben vielleicht *zu gut* sah, und man einen guten Cembalisten doch wohl daran erkennt, daß man nach den Konzert gar nicht sagen könnte, ob das nun ein Mann oder eine Frau gewesen sein soll?

*weltberühmter ungarischer Komponist, der doch wohl allgemein ein Begriff ist?

Als wir Herrn Stoppelenburg verabschiedeten, stand das Auto vom Liebhaber immer noch in unserer Straße.

Montag, 12. Juni

Ganz früh am Morgen und auch am Abend
unbeschreiblich schönes Wetter –
nur um die Mittagsstunden herum grau und öd

Beim Optiker aus Graz, der ein so wunderbares Benehmen hat, sagte ich unpassend für Aurich

„Grüß Gott!" und bildete mir ein, daß das Leuchten in seinem Gesicht bei diesen Worten gleich ein wenig hinweggedämpft wurde. Wahrscheinlich, weil er als Wahlostfriese als „Einer der Unseren" anerkannt und mit einem deftigen „Moin!" begrüßt werden möchte, oder aber weil er sich vielleicht als Österreicher verspottet fühlt?

So versuchte ich's durch große Wärme wieder wettzumachen.

Dienstag, 13. Juni

Eher bedeckt

Am Morgen versiegte in meinem Abbo für die Veronika ganz plötzlich mein Rede- bzw. Schreibfluß. Dann wollte ich Rehlein und Opa schreiben, doch da fiel mir schon nach der überschwenglichen Anrede nichts mehr ein. Dann übte ich – hoffend, mein Eifer und Fleiß möge Ming imponieren.

Ming ist heut abreisebedingt den ganzen Tag am Rumorganisieren gewesen. Unten saß er am Telefon, und runzelte bedenklich die Stirn, weil der Nachtzug nach Wien ganz ausgebucht war.

„Kein Geschäft dieser Welt ist es wert, daß du deine schöne Stirn so runzelst", sagte ich warm, da ich kaum noch ein Gespür für den Ernst der Dinge habe. In hundert Jahren würde ein Mann wie Ming in solch einer Situation sagen: "Dann nehme ich eben den Luftbus!" und sich schon gar nichts mehr dabei denken.

Ich selber stocherte ein wenig in den E-Mails herum. „Hallo Iwan", schrieb die Linda und bedankte sich für ein Blümchen, das der süße Ming ihr im Brief mitgeschickt hat. „Für einen Moment war ich im Ofenbacher Garten," stand da zu lesen, doch es klang nicht nach zärtlicher Erinnerung, sondern nur eilig. Wenn irgendwo noch ein Rest an Zärtlichkeit zu finden sein sollte, dann im Wörtchen „deine" Linda. Theoretisch hätte sie aber auch schreiben können: "Tschüss Linda".

Lindas neuer Freund Jim (39) sei sicher recht nett, meinte Ming, doch zusammen würden sie wie ein altes Ehepaar wirken. Dann erörterten wir rum, wie Ming nach Wien gelangen solle. Buz war so süß, und sagte mit einem Aufleuchten: "Ich hab´s! Ich zahl dir einen Flug!" „Ach, du bist verrückt!" sagte Ming, der ja in dieser Hinsicht eher nach Rehlein schlägt, aber dann war er doch auch gerührt.

Buz hatte sich schon nützlich gemacht, und uns Weltmeisterbrötchen und Johannisbeermarmelade gekauft.

Wir sprachen drüber, daß Buz gestern noch ganz spät in der Nacht plötzlich zur Musikschule fahren mußte, weil irgendwas nicht abgesperrt war, und ob er nicht doch vielleicht fensterln war?

„Wo? Bei Frau Schneider?" konterte Buz „auf seine Art", so daß man hernach so schlau ist, wie vorher.

Doch eigentlich wäre es ja nett, und vielleicht sogar in Rehleins Sinne, wenn das Schicksal auch für Buz´n noch eine kleine Sommerromanze bereithielte, und daß Udo Jürgens Hit: "Das wird ein Super-Sommer!" auch mal auf ihn passt?

Einmal ließ Ming sich die Butterdose geben. Ich hielt sie ein paar Zentimeter zu hoch und sagte: "Wie heißt das Zauberwörtchen?"

Zwei Termine heut sind ein wenig verrutscht: Der eine gar gänzlich aus dem Tagesrahmen heraus: Daß ich für die Ingrid kochen muß. (Sie kommt erst morgen.) Ich hatte mich nämlich schon ein wenig über meine eigene Gutmütigkeit geärgert – nun ärger ich mich eben morgen weiter.

Der Termin beim Jörg wiederum rutschte „bergauf". Ich sollte nämlich gleich – in 20 Min. – kommen, statt um 14:30. Der Hausherr Jörg begrüßte mich schon am Tresen sehr nett und schien guter Stimmung. Im Wartezimmer und später auch bei der Behandlung und überhaupt fast den ganzen Tag, fühlte ich mich, als stüke ich nur noch zu zwei Neunteln in meinem Körper. Der Rest schien in die vierte Dimension entschwebt. Ich wäre sehr gern gestorben, obwohl es mir seelisch nicht einmal schlecht ging. Es war mir nur so zumute, als seien mir jene restlichen sieben Neuntel, die für die Alltagsgestaltung im Grunde unentbehrlich sind, bereits um einen Schritt vorausgegangen.

Zuvor beim Üben waren mir ständig die Augen zugefallen, und im Wartezimmer und auf der

Behandlungschaiselongue wäre ich am liebsten für immer eingeschlafen. Der Jörg reparierte mir die Wurzelfüllung und bald muß ich wegen einigen anderen Füllungen schon wieder hin.

Wieder daheim übte ich auf meiner Violine und schaute zu, was auf der Straße so ablief.
Einmal entstieg die Ina in weißer luftiger Sommerkleidung dem engen Auto ihrer Mutti, so als hätte man ein Mutter/Tochter-Wochenende auf Baltrum verbracht, um den Liebesgram oder gar Liebesärger auf dem Festland zurückzulassen.
Hernach kochte ich das Mittagessen: Kartoffeln, Rührei und leuchtendes Gemüse. Ming lag lahm mit halb zugeklappten Augendeckeln so da.
Der süße Buz hatte sich schon wieder nützlich gemacht, und den Nachtisch gekauft (Karamell-Eis).
Frohgemut sprach Buz davon, daß er Ming ein Konzert organisieren wolle. „Aber ich will doch nach Amerika!" knatschte der lahmgestimmte Ming. „Wie soll ich denn nach Amerika, wenn ich andauernd ein Konzert hab?"
Wieder machte ich einen Wortwirbel darum, daß ich es blöd fände, wenn Ming nach Amerika abwandert.
Natürlich spielt auch eine gewisse Besitzwut eine Rolle, denn Ming ist schließlich mein Bruder, bzw. <u>unser</u> Verwandter und gehört somit uns.
Ming wirkte unfroh und verschwiemelt, und ließ somit unfroh die Augen heraushängen.

Damit schaut er einen immer so „erstaunt" an, wenn man es nicht gutheißt, daß er nach Amerika geht.
Ming denkt immer, man müsse sich von der Familie lösen und *sein* Leben leben.
Ich aber geriet in Schwung wie ein guter Anwalt, und meinte, Mings Worte wären im Grunde genau so beleidigend wie Lindas Brief.
Ming wiederum sprach ein wenig knatschig wie ein Pubertierender darüber, daß er jetzt immer alles mit seiner Mutter machen müsse, und Rehlein rede eigentlich fast immer nur über den Opa und den Wolf.
Ming müsse sich dann beispielsweise anhören, ob der Opa „sei Hos an´gzoge hätt", erzählte uns der Lebensgebeutelte müd spöttelnd.
Doch wenn Ming dann nach Amerika zieht, dann wird er sich vielleicht bald wünschen, daß jemand ihm so etwas Griffiges erzählt wie, „daß der Opa sei Hos an´gzoge hat", da man in Amerika ja bloß immer Plattitüden von sich gibt und keine Zeit hat.
Buz hatte für die Seinen köstliche Kekse gekauft, doch in Amerika kauft einem niemand dererlei. Stattdessen sagt man: „Help yourself!" und wenn Ming etwas erzählt, dann sagen die Leute: „Oh! that´s interesting!" und hören überhaupt nicht hin.
Früher war der Auricher Stadtteil „Wallinghausen" Mings Amerika.
Jetzt ist es Amerika selber. Über kurz oder lang wird er auch dort eine Frau Olthoff oder Frau Baumfalk

gefunden haben, ihr beim Wolleabzwirbeln behilflich sein und meinen, dies sei das Maß aller Dinge.

Im Auto erzählte ich Ming die unglaublichsten Geschichten: z.B. daß Onkel Dölein im deutschsprachigen Raum immer in völlig untypische Situationen gerät, die ihm den deutsch-sprachigen Raum zum Ekel haben werden lassen. Dann bekommt er jenen fassunglos-belustigten Ausdruck ins Gesicht, der seine Frauen stets zur Weißglut getrieben hat - wenn beispielsweise eine grämliche Wienerin röhrt: „Moucht mo dös so bäääi Äääich in Däitschlound??" („Macht man das so bei Euch in Deutschland?") Worte, die man ansonsten nie zu hören bekommt begegnen dem Dölein auf seinen Europareisen auf geheimnisvollste Weise an jeder Straßenecke.

Bahnhof Leer in den frühen Abendstunden:
Dummerweise habe ich Ming gar nicht gescheit verabschiedet. Ich hielt ihm lediglich nach Art einer spröden Ehefrau die Wange zum Kuß hin, weil Ming so rennen mußte. Dann eilte ich ihm nach, um den Abschied zu intensivieren, und dann hatte ihn der Zug nach Art eines Staubsaugers bereits aus meinem Leben hinweggesaugt, und ich sah nur noch den Zugespo, der sich in behender Eile meinen Blicken entsog.

Mittwoch, 14. Juni

Zuerst grau bewölkt.
Dann eine zauberische Regenstimmung
wie in Nikko/Japan

Weltweit gibt es keinen Ort, dem ein Regenwetter besser steht als Nikko in Japan – einer uralten Tempelstadt, in der oftmals ein geheimnisvoll neblig-verhangenes Wetter herscht

Ich hatte die Noten vom gefürchteten Violinkonzert von Heinrich Wilhelm Ernst auf Buzens Notenständer gestellt, da Buz immer automatisch *das* übt, was aufgeklappt auf seinem Notenständer vorzufinden ist, und nun wühlte er in den Kaskaden an Dreiklängen und Oktavgebilden herum.
„Is´n ganz schönes Stück," sagte Buz einmal, wenn auch, wie hier zu sehen, ohne Ausrufezeichen am Ende des Satzes.
„Davon hab ich noch nichts gemerkt!" konterte ich, weil es sich bloß nach Dressurgeigen anhört.
Einmal lachte Buz, denn eine Stelle hatte sich angehört, als würde ein Schwein geschlachtet.
Dann kam Frau Meyer.
Buzen und mir tut Frau Meier so irrsinnig leid, weil sie nach ihrer jähen Krebserkrankung nun eine Perücke trägt. Frau Meier aber denkt positiv, und

wenn man sie mitfühlend frägt, wie´s ihr geht, dann sagt sie: „Gut! Sieht man das denn nicht?"
Man sieht es weder, noch sieht man es nicht.
Ich erzählte Buzen noch Brüdis „Kohl-Witz" mit der St. Eiermark, weil ich Buzen so liebe, daß ich ihm beständig etwas Gutes tun möchte, und Buz hört doch so gerne Witze.
Buzen gefiel der Witz so gut, daß er ihn Frau Meyer weitererzählte, und Frau Meier lachte erheitert.

Der Kohl war im Urlaub. Die Mitarbeiter zeigen sich interessiert: Wo man wohl hingereist sei?
„Nach Stanton!"
„Stanton?? Ach so, Sie meinen Sankt Anton!"
Und im nächsten Jahr.
„Wo waren Sie diesmal?"
„In der Sankt Eiermark!"

Abendessen mit Ingrid T.
Wir erzählten einander Familiäres:
Buz erzählte ganz viel vom Onkel Dölein, und ich dachte gar: „Ob er jetzt den ganzen Abend über Onkel Dölein spricht – so wie dereinst beim Adler über Robert Stolz!"
Dies gefiele mir, da ich immer gerne Geschichte über Onkel Dölein höre.
Man verklemmt sich in einer Gesprächsrille und findet den ganzen Abend nicht mehr heraus.
Ich höre Geschichten über Onkel Dö für mein Leben gern, doch die Ingrid kennt ihn ja überhaupt

nicht, machte allerdings trotzdem ein interessiertes Gesicht.

Dann brachte Buz die Ingrid bei strömendem Regen heim.

Donnerstag, 15. Juni

Regen

Morgens hörte man Buz rumoren, und gleich spürte ich, wie sich das Bestreben in mir regte, Buzen nützlich zu sein.
Nach einer Weile kam Buz in mein Zimmer, und frug verschämt: „Hast du schon mal ein Hemd gebügelt?"
Ich war gerührt zu sehen, daß Buz versucht hatte, zu bügeln, weil´s mich ein wenig an den Opa erinnerte, der vor neun Monaten eines Morgens versucht hat, sich selbstständig einen Instantkaffee zu brühen.
Bei einem unerfahrenen Bügler wie Buz muß man allerdings Obacht geben, daß er das heiße Bügeleisen nicht mitten auf das Kabel draufstellt.
So nahm ich mich Buzens Hemd an, und Buz war froh, sich anderweitig nützlich machen zu dürfen: Er radelte los, um Brötchen zu holen.
„Das kann ich besser!" rief er munter.

Freitag, 16. Juni
Aurich - Grebenstein

Sehr unterschiedlich.
Vormittags manchmal grau und nieselig –
abends zauberhaft

Buzen hatte ich gestern im Überschwang der Gefühle verkündet, ich würde schon gegen Mittag in Grebenstein eintreffen.
Doch ich trödelte herum, und nun sträubten sich mir die Nackenhaare gegen zu erwartende Vorwürfe.
Wenn ich sag, ich stak im Stau, dann sagt die Omi, falls sie vielleicht auf der B-Seite steckt: „Ach ist ja nicht wahr, Mädchen!"

Rasthof Huntetal gegen 10 Uhr 38:
Ich fürchte, eine nilpferdartige dicke alte Dame, die sich nicht einmal bedankt hatte, als ich ihr die Tür aufhielt, hat eine Mark gestohlen! Denn jene Mark auf dem Teller des Klotalibans, die silbrig glänzend auf Gesellschaft zu warten schien, war auf einmal verschwunden, und außer uns beiden hatte sich niemand dort aufgehalten. Mit Gefühlen der Beschämung legte ich eine frische Mark dahin, und dann sah ich die alte Dame im Kiosk stehen und hätte theoretisch ausrufen können: „Sie diebische Elster, Sie! Einfach die Mark zu stehlen! Die war doch für den fleißigen Kloputzer gedacht."

Die Dame wäre wahrscheinlich empört gewesen und hätte vor lauter Empörung vergessen, daß sie die Mark wirklich genommen hat.

Gerührt mußte ich aber auch darüber nachdenken, daß es so gute Menschen gibt, die dem Kloputzer etwas auf sein Tellerle legen – und dann gibt es welche, die das einfach wieder wegnehmen, und den Taler wieder zweckentfremden. Doch das Leben besteht ja schließlich aus Geben und Nehmen.

Der Parkplatz vor dem Musikhaus Eichler schien mir zu schmal und so parkte ich erstmal auf dem Behindertenparkplatz.

Wenn mich ein Polizist zur Rede gestellt hätte, dann hätte ich rührend verschämt gesagt: „Ich konnte da Vorne nicht einparken, und da kam ich mir so behindert vor!"

Man könnte glücklich sein, wenn man sich den Kopf nicht mit allem möglichen Unrath angefüllt hätte! Ich sollte die Oma ein bißchen anders betrachten, und dann hätte ich mehr Freude an ihr.

Und ob die Leslie den Friedel wohl verlassen hätte, wenn er sich immer ganz viel Müh gegeben hätte, sie auch ganz artgerecht zu halten?

Ich las in der BUNTEN über Pastor Fliege und sein Verhältnis zur Erotik, das er bar von jeglichen kirchlichen Dogmen auszuüben pflegt.

Er läßt sozusagen den Pavian im Pastoren sprechen und baggert die Frauen regelrecht an!

Drum hat ihn seine Ulrike nun vor die Türe gesetzt.
Aus, Exitus, vorbei!

Die Omi saß in der Badewanne, und ich fühlte so eine Liebe zu meiner Omi!
Ich nutzte die Zeit, um zu dichten und wurde oftmals durch das schrillende Telefon molestiert.
Einmal war´s das Evchen und ich spürte, wie es sich seinen Teil dachte: Nämlich, daß ich es nur vorschöbe, daß die Omi in der Wanne säße?!
„Naja, ich brauch gar nicht mehr anzurufen!" spürte ich aufgebrachte Gedanken am anderen Ende der Leitung.
„Darf ich etwas ausrichten?" hatte ich gefragt, doch dem Evchen in mir schienen diese Worte so „scheißfreundlich" eingefärbt.

Die Omi sieht es nicht so gern, wenn ich in mein Tagebuch schreibe.
„Schau mal Mädchen, in der Zeit hättest du hier schön aufwaschen können!" meinte sie grämlich.

Samstag, 17. Juni
Grebenstein – Eisenberg – Ulla

Ganz früh am Morgen und am Abend wunderschön.
Nur zwischendrin manchmal DDR-grau

Erhoben um 4 Uhr 30
Ohne großes Federlesen erhob ich mich vom Grebensteiner Feldbett, packte zusammen und verließ das Haus ohne mich von der Omi verabschiedet zu haben.
Aus der Türritze von unserem verglimmenden kleinen Lebenslicht leuchtete zart der Schein der Nachttischlampe heraus.

Erst als ich dann durch's sehr wellige Thüringer Land fuhr, schickte ich hi und da die Gedanken zur Omi, die sich um diese Zeit zu erheben pflegt, und nun bemerken muß, daß ihre windige Enkelin bereits über alle Berge geflüchtet ist.
Ein Hochgefühl tat sich mir auf, so früh am Morgen in die Freiheit hinauszufahren.
Ein Alptraum wär's gewesen, wenn mein Auto plötzlich nicht mehr angesprungen wäre – weil doch die Motorhaube gestern abend noch so heiß war.
Kurz vor der Autobahn tankte ich an der Schelltankstelle bei einer ganz müden Frau, die gar nicht mehr richtig da war.

Sie und ihr Arbeitgeber verstanden sich allerdings so fantastisch, daß nur wenige Stichworte genügten, um sich perfekt zu verständigen. Während ich in leicht verschnörkelter und umständlicher Wortwahl, so jedoch sehr höflich frug, ob man sich nach Bad Hersfeld auf die Autobahn Richtung Frankfurt schwingen müsse, rief sie bloß: „Hersfeld – Frangfurd?" „Jo".

Auf einem länglichen Bildschirm, der wie ein Aquarium ausschaute, konnte man lesen, daß Kaisermutter Noriko mit 97 Jahren verstorben ist, und um den Ernst-August wiederum gäbe es einen Pinkel-Skandal.

So gibt´s jeden Tag was Neues, und doch scheint´s einem so, als passiere immer so ungefähr das selbe.

Ich fuhr weiter. Die erste Rast um zirka 6 Uhr morgens legte ich unter leuchtendem Sommerwetter auf einem Autobahnparkplatz mit Pinkelpavillon ein.

Ein Herr lag auf Kennerart halb unter seinem Auto, und als ich auf´s Klosett zustrebte, schaute er mich undefinierbar an, so, als wolle er sagen: „Ich heiße Dieter und mit <u>Dir</u> fang ich was an!" (Merkt der Leser, daß ich den ganzen Tag Udo-Jürgens-Hits höre?)

Hernach hupfte ich Rehlein zur Huld fünzigmal mit dem Hupfseil, und eine nette Dame mit Rupffrisur sagte verbindend: „Ne gute Idee!", so daß wir vorübergehend schon fast leicht befreundet waren. Mir gefiel es, daß Rehleins Idee, Alter und vorzeitigem Einrosten ein Schnippchen zu schlagen im fernen Thüringen gelobt wurde.

Ich befand mich auf jener geheimnisvollen Autobahn Kassel – Gotha, auf welcher unlängst eine Frau verschwand.
Um 7 Uhr 19 lehnte ich mich in meinem Auto zu einem Kurzschlummer zurück. Ein faszinierendes neues Hobby: In die vierte Dimension hinabzutauchen.
In der Nähe parkte ein Polizeiauto, und ich stellte mir vor, *wie ein Polizist ans Fenster klopft und sagt: „Wissen Sie denn nicht, daß hier unlängst eine Frau verschwand?"*
„Doch. Und ich würde auch sehr gerne verschwinden. Det könnense mir jloooben!"

Auf dem Klo herrschte zu so früher Morgenstunde bereits ein Pinkelinfarkt: Eine Butterfahrt, bestehend aus torhaft gackernden Damen wie aus dem Hit „aber bitte mit Sahne…"

Die Omi hatte recht: Es hätte auch gereicht, wenn ich um 8 Uhr losgefahren wäre, denn um 10 Uhr 38 hatte ich bereits einen Parkplatz in Eisenberg ergattert.
Neugierig und freudig erkundete ich die Stadt.

Mein Konzert im Schloß war geradezu atemberaubend schön und gut. Bloß fand ich das Publikum so lahm.

Ein paar junge Leute die dasaßen, schienen mir so gar kein Gefühl für die Musik zu haben.

Nach dem Konzert fühlte ich mich leicht deprimant, weil man so wenig Widerhall spürt. Niemand gratulierte mir, und nur eine einzelne CD wurde verkauft.

„Das ist doch schon was!" sagte der junge, nicht unnette bebrillte Herr, der für das Ganze die Verantwortung trug, freudenaufschäumend.

Die Gage überweist er mir, und wahrscheinlich war ich deswegen ein wenig in die Tiefe gesogen, weil ich somit ärmer nach Hause komme, als ich abfuhr.

Nach dem Konzert setzte ich mich in den Park und dichtete.

„Nach der Anstrengung jetzt die Erholung!" sagte ein Senior, der mit seiner Frau am Arm an mir vorbeischlenderte, geistlos.

Aber ich machte „hahaha", als sei's Gott wie lustig gewesen.

Ich fuhr weiter.

Eine Stelle in den Hit's von Udo Jürgens belustigt mich immer wieder, obwohl sie die Emanzen unter uns wahrscheinlich auf die Palme bringt: "…dann vergisst *du* deine Töpfe, und ich meine klugen Köpfe!"

Abgestiegen bin ich in einem kleinen Dorf mit
Namen „Ulla", so daß man beim Klang dieses
Namens an eine Dame denken muß. Hört man
„Ulla" so sieht man eine Frau mit ganz geradem
grau-schwarzen Haar und Brille vor sich. Ich
zumindest.

Sonntag, 18. Juni
Ulla - Grebenstein

Atemberaubend schöner blauer Himmel

Ich saß im Hotelzimmer, und schrieb Briefe.
Zuerst schrieb ich der Margarethe, und erzählte von
den Liedern eines Udo Jürgens, die derzeit beständig
mein kleines Auto beschallen. Z.B. schrieb ich,
wenn auch nicht ganz ernstzunehmend, daß ich so
wie Millionen andere auch, davon träume, die Neue
an der Seite vom Udo zu sein. Bloß steht der Udo
nur auf 17-jährige, und denkt darüber hinaus, daß
Männer und Frauen nicht zusammenpassen, und in
der Tat – so spann ich den brieflichen Faden weiter
– versteht man sich am Anfang der Verliebtheit
darauf, die betrübliche Tatsache, daß man einander
nichts zu sagen hat, durch wilde Knutschereien zu
kompensieren – doch wenn die Haftkraft der
Lippen und der Magnetismus, den man aufeinander

ausübt mit der Zeit nachlässt, dann bleibt im Allgemeinen nicht mehr viel übrig?

Sogar den Hajo aus der „Lindenstraße" zitierte ich in diesem Zusammenhang: „Ü-über was sollen w-wir reden? D-deine Arbeit? M-meine Arbeit? Oder wie??"

Grebenstein am Nachmittag:

Die Omi ging mir leicht auf die Nerven, weil sie mich gleich mit einer Bemerkung empfing, daß ich mich aber „sehr beeilt" habe! (Hohnvoll und belehrend.)

Dann saßen wir beim Tee da, und ich verlas den Pinkelskandal vom Ernst-August, der auf der Expo in Hannover ans türkische Pavillon gepinkelt habe. Der türkischstämmige Politiker Özdemir riet dem Prinzen, sich beim sensiblen türkischen Volk zu entschuldigen.

Was aber, wenn der Ernst-August verarschend sagt: „Ich bitte das ach so sensible türkische Volk untertänigst um Vergebung!"?

Dann herrscht Krieg.

Jedenfalls hat sich der Ernst-August auf der Expo sehr daneben benommen, und zu guter Letzt wurde er mit einem roten Kopf und Blaulicht ins Krankenhaus abtransportiert. Schon ab dem Frühstück hatte der Hebefreudige ein Glas nach dem anderen gezwitschert.

Wir unterhielten uns, wie schal das Leben vom Ernst-August doch sein muß: Immer nur Urlaub…

Dann kam Mutti Kionczyk.

Einmal babbelte sie eine in ihrer Banalität beklagenswerte Geschichte an die Omi ran, während ich schicksalsergeben das Kreuzworträtsel in der Bild-Zeitung löste.

Dann sprach die Omi darüber, daß sie dem damals 15-jährigen Ming die 14-jährige „Üüüünsa" (Insa), unter gar keinen Umständen gestattet hätte, und redete sich bei diesem Thema direkt ein wenig in Rage.

Ich erzählte der Omi vom Musikschulleiter Seibold, der eine reife Frau heiratete, um sich an deren 13-jährige Tochter heranzupirschen. (Das Lolitasyndrom) Ein hübsches frischerblütes junges Mädchen, das ihm die Sinne vernebelte, so daß er glaubte, ohne sie nicht weiterleben zu können.

Die Stieftochter aber konnte die lüsternen Blicke auf ihrem bloßen Beinspeck bald nicht mehr ertragen und wanderte nach Amerika aus, so daß der Seibold mit der für seine Begriffe überreifen Frau alleine zurückblieb.

Danach sind wir spazierengewackelt, und es war so schön warm, daß man die Omi nicht extra in ein Mäntelchen hat hineinzwängen müssen. So kam mir dieser kleine Ausflug weitaus unstrapaziöser vor als sonst. Ist man dann erstmal glücklich auf der Straße angelangt, so freut´s einen direkt, mit der Omi durch die Sonne zu wackeln.

Ich erzählte der Omi von der watteweichen Frau im Auricher Bioladen, die leider keinen großen Mitteilungsschwung in mir auszulösen vermag.
Die Frau muß denken, ich sei erschreckend einsilbig lachte ich, weil mich in ihrer Gegenwart jede Silbe so anstrengt, als wolle man einen Klimmzug machen.
Einmal lief Herr Manz mit seinem Hunderl an uns vorbei, und der Hund pullerte nach Ernst-Augustart einfach vor ein Haus.
Was aber, wenn das das Haus des türkischen Konsuls wäre?
Irgendwo blies ein Kleinkind auf einer Plastiktrompete eine Gesellschaft im Garten an, und ein kleiner Junge ließ seinen Fußball bedrohlich hoch durch die Lüfte fliegen.
Früher hätte ihn der Nachbar übers Knie gelegt, wenn der Ball in sein Blumenbeet gefallen wäre, doch heut ist dererlei allerstrengstens verboten.
Ich erzählte von der Dorli aus Wien, einer Cellistin, die weder Buzen noch Ming ganz gleichgültig ist, und sich auch nach ihrer Eheschließung durchaus einen Blick dafür bewahrt hat, daß es auch noch andere Männer gibt.

Zum Tagesausklang saßen wir so da.
Die Omi erzählte mir jene Geschichte aus ihrem Leben, die ich schon gekannt hab: Wie meine damals noch jungen und unausgereiften Önkel Hartmut und Eberhard um Taschengeld baten, um sich kleine Wünsche erfüllen zu können.

Da setzte man sich gemeinsam hin und rechnete herum, was von Omis magerem Gehalt nach Abzug aller Unkosten wohl noch übrig bliebe? Nichts! Da waren Eberhard und Hartmut tief beschämt, verdienten sich selber mit Nachhilfestunden ein kleines Zubrot, und kauften ihrer Mutti davon ein wunderschönes Geschenk zu Weihnachten!
„Ach, das glaubst du doch im Leben nicht!" hätt ich ausrufen können, weil die Omi ja auch immer mit genau diesen Worten über Buzens „Fleiß" spricht.
Dann sprachen wir noch darüber, daß Kanzler Schröder leider keine eigenen Kinder hat.
Das Ehepaar Schröder ist abends immer auf Empfängen, und hernach plumst ER meist stockbesoffen ins Bett, so daß an eine Empfängnis nun wirklich nicht zu denken ist.

Montag, 19. Juni

Atemberaubend leuchtend und schön

Am Morgen schaute ich mich ein wenig in der Wohnung um.
In einem Aktenordner im Teezimmer befanden sich ganz viele Sterbeurkunden längst verblichener Verwandter. Ich fand auch noch einen Kalender, den Rehlein mal so liebevoll für die Omi gebastelt hatte.

Unter ein Bild hatte Rehlein geschrieben: „Ein Scherenschnitt aus Fernost" und man sah die Dame Gerswind mit dem damals leicht hündchenhaft verliebten Ming.

Um acht Uhr kam die brave Edith, und wir drei Damen setzten uns zum Tee nieder. Doch die Stimmung war nicht die beste: Ich hatte das Gefühl, die Edith sei leicht erunwirscht, weil die Omi so übertriebene Lobesworte gemacht hatte, daß Edith und Frau Kionczyk die tüchtigsten Frauen von ganz Grebenstein wären. Die Edith fand, daß das dummes Geschwätz sei. Sie solle nicht immer so übertreiben, und es gäbe genügend tüchtige Menschen in Grebenstein.

Somit ließ sie die arme kleine Oma mit dem dumpfen Gefühl zurück, unpassende Worte gemacht zu haben.

Nach einer Weile wurden die Dramen aus dem Bekanntenkreis aufgelistet, und mich bewehte ein Grausen vor der anstrengenden Freudlosigkeit des Daseins:

Das kleine Töchterlein vom Carlo sei auch nicht ganz gesund: Es habe keine guten Nieren und leide an Allergien, wußte die Omi zu berichten.

Die Edith war gestern auf einer Wallfahrt im Thüringer Land, und auf der Heimfahrt im Bus war ihr so schlecht geworden.

Die Omi knabberte am Gefühl, der Edith mit ihren Lobhudeleien auf die Nerven gefallen zu sein.

Zum Abschied knuddelten sich die Damen dann allerdings wieder nett, und die Omi sagte: „Ich mein ja nur…"

Dann verabschiedete sich die Edith für den heutigen Tag, und ich erzählte der Omi, wie sich die Irma vor meinem Besuch fest einzuhämmern pflegt: „Jetzt kommt ein junger Mensch auf Besuch! Jetzt wird auf <u>gar keinen</u> Fall über Zipperlein gesprochen. Nein, nein, nein! Auf gar keinen Fall!" Doch es funktioniert nicht, weil Irmas Zipperleinrille im Gehirn schon so ausgeprägt ist. Beim kleinsten Windhauch hupft die Nadel des Grammophons, auf dem das Lied des Lebens abgespielt wird, hinein, und dann muß sie sich selber hilflos dabei zuhören, wie sie ja doch wieder eine Zipperleingeschichte ausbreitet.

Die Omi wies mich darauf hin, daß es doch ganz schön wäre, wenn ich verheiratet sei: Dann hätt ich einen guten Mann, und könnte ihm morgens schön das Frühstück richten.

Vor der Tür lag ein Kärtchen vom Utelchen.
1000 Küsse!
Deine Uta
schrieb die süße Uta zum Schluß so rührend und warm, auch wenn sie´s immer noch nicht geschnallt hat, daß wir seit bald zehn Jahren fünfstellige

Postleitzahlen haben, so daß diese mit viel Liebe niedergeschriebene Postkarte – bislang unbedankt – schon mehr als vier Monate alt war.
Und jetzt erst hatte sie ihren Weg in die Stube gefunden.

Wie alle Tage hatte die Edith zwei Zeitungen hinterlassen. In der Bild-Zeitung stand über die Fußball-WM in schlechtem Deutsch zu lesen: „Wir haben fertig", damit´s ganz volksnah sein möge, und man sah einen Fußball, bei dem die Luft raus war.
Über den Ernst-August wiederum stand auch etwas zu lesen: Gestern habe er in der Bild-Redaktion angerufen und die Chefredakteurin aufs Unflätigste beschimpft, so daß die Bild-Zeitung sich genötigt sah, den Prinzen anzuzeigen! ← Na, die sind gut!

Frau Kionczyk war erschienen und referierte ohne Punkt und Komma über Themen, die keine Haftkraft für Ohr und Hirn aufwiesen. Die Luft hallte von ihrem Gebabbel wider, und wenn ich gutmütige Dinge sagte, wie: „jou!" oder „höhö" oder „öhö" dann babbelte sie unverdrossen weiter.

Mittags pflegen wir die Todesanzeigen zu studieren und durchzudiskutieren.
Ein Herr in Grebenstein, der am 1.5.1913 geboren wurde, starb.
Eine Dame namens „Vera" wiederum feierte den 40. Geburtstag, und die Nachbarn hatten ein

Gedicht gemacht: „Wie schön, daß du geboren bist. Wir hätten Dich sonst sehr vermisst."

Am Abend saß die Omi im Rollstuhl und erzählte – eingebettet in die Familienchronik – die Tragödie vom Eberhard, der vom bösen Uschilein ins Unglück gestürzt wurde. Doch die Omi erzählt meist wertungsfrei im Tonfall, und in ihren Geschichten kommen die meisten Leute sympathisch rüber. Sie modulierte weiter und breitete die spannende Erzählung aus, wie ihre Schwippschwägerin, die Tante Anni es auf Omis Mann Gerhard abgesehen hatte, und sich glühend ein Kind von ihm wünschte.
Ob der Opa Gerhard wohl von Angst gemartert wurde, daß man an dem Kind, das tatsächlich 9-12 Monate später geboren wurde, eines Tages eine gewisse Ähnlichkeit feststellen würde?
„Ach Unsinn!" sagte die Omi so wie alle Tage.
Doch die Omi hatte sich mit dieser Erzählung wohl eine Spur zu weit aus dem Fenster gelehnt, wie sie sich nun klamm eingestehen mußte.

Dienstag, 20. Juni

Warm und schön wie in Afrika

Am Morgen ragte ein welkes Ärmchen von der Omi aus dem Deckengebräu hervor, und wie bei soo alten Leuten üblich, war´s unklar ob sie noch lebt oder nicht?

Traditionsgemäß frühstückte die Edith mit uns.
Wir sprachen über den verstorbenen Herrn Wernrich, von dessen „Heimgang" man gestern in der Zeitung lesen mußte, und der ein winziges Eck jünger war, als die Omi es zur Stund noch ist, und heut um 14 Uhr in Grebenstein zur ewigen Ruhe gebettet wird.
Die brave Edith hatte sich vorgenommen hinzugehen, um dem Verstorbenen die letzte Ehre zu erweisen.
Ich wiederum rankte hilflose Worte drum, daß ich es nicht fassen könne, und dies, obwohl ich den Verstorbenen doch gar nicht gekannt hab!
„Ach Unsinn!" sagte die Omi wie bei so vielem was ich so sage, und wir diskutierten ein bißchen darüber, ob man sich im Jenseits nicht vielleicht doch mal wiedersieht?
„Mal ehrlich? Wen will man denn überhaupt wiedersehen?" frug die Omi in unbekümmerter Gefühlsarmut.

Doch die Omi wird alle wiedersehen, und ihr alter Vater wird sagen: „ach Gott, dat Ella! Komm rinne!" Ich imitierte mit meinen Worten das bodenständig-Hessische.

Ich erfuhr, daß der alte Mann eine ganz überraschend gute und angenehme Wellenlänge zu seiner jüngsten Tochter Ella gehabt habe, auch wenn die Familie Bode damals kaum etwas weniger nötig gehabt hätte, als noch ein sechstes Kind.

Und doch fühlte der Vater eine Zuneigung zu ihr, wie einst Thomas Mann zu seiner Elisabeth.

Dann plauderten die Damen über lauter Leute, die ich gar nicht kenne.

Man plauderte in lockerem Tonfall über unfassbare Dramen.

Allein zwei amputierte Beine kamen in dem Anekdötchenwirrsinn vor.

Der Omi rauschen immer ganze Wasserfälle an packenden Geschichten durch´s Gehirn, doch seniorengemäß fehlt ihr das rechte Gespür dafür, wann das Gegenüber mal genug hat.

„Ja,--- passense uff…." sagte sie immer, wenn die Edith sich erheben will, und erzählte die Geschichte hinter der Pointe, die doch soeben höflich belacht worden war, noch ganz lange weiter.

Ich mußte drüber nachdenken, daß man sich mit der Omi jeden Morgen erstmal wieder neu befreunden muß, und wenn man sich dann am Abend wieder liebt, dann herrscht meist schon Bettgangszeit. Manchmal hat die Omi auch die Neigung, aufdringlich wie eine 5-jährige, mitten in eine Plauderei hinein, einfach etwas hineinzurufen. Z.B., daß ich die Edith auf keinen Fall spülen lassen dürfe. Wahrhaftig! Etwas, was ich ohnehin nie täte.

Mittags las ich der Omi wieder die Todesanzeigen vor, und ich les sie immer so, als hätte ich die Toten gekannt – derart zärtlich, und geradezu innig spreche ich die Namen aus.
Die Telefonprotokolle vom Ernst-August las ich auch, und wir lachten darüber, daß die Bild-Zeitung, die doch sonst nie ein Blatt vor den Mund nimmt, auf einmal so prüde, bei allen Obszönitäten, die der aufgebrachte Prinz so von sich gegeben hatte, nur den 1. Buchstaben, wie A....F....oder V... abdruckte, und so klingen die Worte des Prinzen gar nicht weiter schlimm.

Ich stellte mir Omis Alter in D-Mark vor:
Was will man mit 87 Mark groß anfangen?
Zweimal essen gehen, und vielleicht ein blaues Kleid mit weißen Punkten kaufen?

Was, wenn man im Himmel ankommt, und einige verstorbene Verwandte wieder trifft, bloß eben nicht alle? Wo, so frägt man sich, sind denn die anderen?
Dann sprachen wir übers Küssen und Verdreschen, da es ja verschiedene Thesen über die Erziehung gibt.

Meine Freundin Heidi in Ofenbach z.B. verdrischt die Kinder zuweilen, küsst sie dafür aber auch gaaaanz oft, da sie ihre Kinder heiß & innig liebt, und die Tante Irma wiederum verdrischt und küsst *nicht*, auch wenn die Kinder das Wichtigste in ihrem Leben sind?
Nett von mir war, daß ich der Omi ein anonymes Kuvert in ihrem Postkasten, das mit 30 Mark befüllt war, auch wirklich gegeben habe, statt es, wie es eine böse Enkelin an meiner Statt getan hätt, einfach zu behalten. Ich erfuhr, daß es von einem lieben Menschen stammt, der der Omi eine Freude bereiten wollte.

Zum Schluß hätt ich die Omi beinahe brüskiert:
Ich wollte die lustige Geschichte erzählen, wie sich Buz vor der Omi im Rollstuhl angewöhnt hat, immer in der Nase zu wühlen, und bei der Frau zu Knyphausen, die auch im Rollstuhl sitzt, meinte er automatisch, die sähe das auch nicht.
„Ach, ist doch nicht wahr!" rief die Omi ganz erschrocken und barsch, und erzählte einfach, daß in meinem Tagebuch auch ganz viel Erfundenes drinstünde!
Na, denkste!

Bevor ich in leuchtendem Abendwetter zum Joggen aufbrach, redete die süße Omi mit ganz viel Nachdruck darüber, daß der Tone der ideale Mann für mich sei, und ich lauschte ihr gebannt.

Abends kam ein Gast: Buz.
Buz schaute Fußball, doch wir haben fertig.
Den Schinken, den ich für Buz gekauft hab, hat Frau Kionczyk leider ins Eisfach gelegt, so daß er davon beinhart geworden war.
Die Omi tat schelmisch so, als würde ich mich immer erst um halb elf in der „Früh" erheben.

Mittwoch, 21. Juni

Meist wunderschön.
Hi und da Wolkenbildungen

Man erwartet sich immer so viel, wenn ein Verwandter da ist, doch dann geht er meist bald, und alles ist wieder beim alten…
Fast provozierend laut hörte Buz am Morgen Beethovens Violinkonzert, gespielt von der Han-Lin. Mir gefiel das reine, angenehm gut geübte Spiel nicht schlecht. Ich bewunderte die saubere Aplikatur und die knackigen Triller.
Ab und zu sagte ich nett: „Schön!"
Ich saß Buzen gegenüber, und der süße Buz lauschte dem Spiel, als handele es sich um ein Spicegirl, das da geigt.

Nachdem Buz weg war, frühstückten wir wie alle Tage mit der Edith.

Die Edith meint, der Thomas (ihr Sohn) habe es nicht so mit der Familie.

Ihm seien Freunde und Bekannte wichtiger, und als ich dann später in der prallen Sonne auf den Supermarkt zustrebte, mußte ich über diese Worte nachdenken. Vielleicht hat diese Einstellung ja auch ihr Gutes, denn wenn alle Verwandte aufgebraucht, sprich, verstorben sind, dann gibt´s immer Leute, denen man noch wichtiger ist als deren Familie?

Zum Abschied frug ich die Edith noch, ob´s bei ihnen zuweilen auch wüste Familienkräche gäbe? Ja, die gäbe es, und manchmal sei es auch schon sehr laut hergegangen.

„So, daß es schon mal in „Brisant" kam?" frug ich neugierig wie eine 12-jährige.

Die Edith lachte gutmütig.

„Die Bild-Zeitung war noch nicht da!" sagte sie.

Omi und ich sprachen über Buzens Art, und die Omi ritt darauf herum, daß es mit ihm gestern ein wenig komisch gewesen sei:

Sie habe gesagt: „Ich gehe jetzt ins Bett", und Buz habe nicht einmal von seinem Buch aufgeblickt.

Dies läge, so ich, aber nur an Buzens Einkanaligkeit. Man müsste ihn rütteln und ihm die Worte mehrfach ins Ohr hineinposaunen – dann reagiert er schon.

Dann sprachen wir darüber, wie man bei alten Leuten oft denkt, dies sei gewiss das letzte Mal gewesen, daß man sich gesehen hätt, und ich erzählte

die Geschichte von der „Cora" aus den „Lausbubengeschichten" von Ludwig Thoma, und ging dabei sehr in die Details:
Z.B. berichtete ich, wie die Tante Theres gemurmelt habe: „Bleibe im Lande und nähre dich redlich!" Dies murmelte sie halblaut, so daß man es hören möge, weil sie es nicht einsehen wollte, daß ihr Bruder Hans einst unbedingt nach Indien auswandern mußte?!? Dort heiratete er eine schöne Inderin und gemeinsam zeugte man die bildhübsche Cora, die nicht nur bildhübsch, sondern auch sehr nett und klug war, und bei ihrem Besuch in Bayern allen Männern im Umkreis den Verstand raubte....einmal rief die Frau Kionczyk an, um letzte Finessen bzgl. des Mittagessens zu besprechen.

Ein bißchen hab ich uns auf erheiternde Weise ausgemalt, wie ich meine Abreise jetzt einfach jeden Tag verschiebe?
Grad so, wie es der Opa mit dem Baden betreibt?
„Morgen!" sag ich einfach jeden Tag, oder auch nur „morgen vielleicht?"
Dann bleib ich somit für immer, und trotzdem ist jeder Tag ganz kostbar, weil man ja immer meint, es sei der letzte.

Mittags kochte Omi Kionczyk uns ein feines Süppchen, und ließ sich sogar dazu weichklopfen, mitzuhalten. Wir sprachen über die Frau Butterweck, eine Dame, der ja jenes peinliche, nicht eben

alltägliche Mißgeschick widerfuhr, daß sie ein Kind von einem Herrn bekam, von welchem sie nicht einmal den Namen wußte!
„Wahrscheinlich hat er gesagt: „Der Name tut nichts zur Sache!" mutmaßte ich in Anlehnung an Rehleins Geschichte über eine Dame, die der Yossi mal angeschleppt hatte, und die dann wochenlang bei uns mitlebte.

Die Omi meint, daß Buz gar kein Interesse an ihr habe. Ein Gedanke, der mir auch schon gekommen war, doch ich milderte ihn dahingehend ab, daß bei Buzen jene Gewissheit, daß man die Verwandten doch ohnedies hat, besonders stark ausgeprägt ist. Man freut sich ja auch nicht jeden Tag bewusst darüber, daß man insgesamt zehn Zehen hat, da die eh meist unter Socken und Schuhen verborgen sind. Wenn man jedoch damit in eine Mausefalle träte, so wär der Jammer groß.
Doch die Omi fühlt sich traurig, und hätte lieber noch so einen liebenden Sohn wie den Hartmut, in dessen Leben sie die erste Geige spielt.

Am Abend rief Buz dann allerdings an. So, als habe er´s gespürt, daß die Oma ein wenig enttäuscht von ihm ist, sagte Buz auf Omis Worte: „Du willst sicher dein Schätzchen sprechen??" ganz warm und liebevoll:
„Jaaaaa!!!! Nämlich <u>Dich</u>!!"
Worte, die die Omi wieder froh stimmten.

Als die Omi auf´s Klo strebte, sagte sie humorig:
„Ich muß mal Ernst-August!"

Donnerstag, 22. Juni
Grebenstein - Aurich

Regnerisch
Dann klarte es etwas auf –
mit Schäfchenwolken auf zu hellem Himmel.
In Ostfriesland heiter

Traum:
Ich träumte, daß ich beim Frisör war, und der Frisör hatte mir die Haare einfach gelb gefärbt! Ich bemerkte es erst, als ich in den Spiegel sah, und es sah <u>abscheulich</u> aus!

Zurück zur Realität:
Die Edith hatte heute etwas eher geschellt als sonst, da ja Fronleichnam ist, und sie sich hernach für die Kirche satteln wollte.
Doch ich frug mich, und sprach es sogar laut aus, ob der HERR es überhaupt gerne sieht, wenn man in die Kirche geht? In der Zeit wo man da herumhockt, irgendwelchen Predigten lauscht und fade Gesänge absondert, könnte man sooo viel Gutes tun!

Die Edith schaute mich aus ihren veilchenblauen Augen leicht verständnislos an, und meinte, wenn alle so denken würden, dann wäre das eine arme Welt für sie!
Sie findet eben Halt in der Kirche.
So tat mir meine Äußerung leicht leid, und ähnelnd der Omi zuweilen ruderte ich nach einlenkenden Worten:
„Ich mein´ ja bloß…"
Und so erzählte ich der Edith schnell und eher im Groben die Geschichte vom Hiob, und wie er eines Tages Gott abschwor.
Danach ging´s ihm gut.
Ich dachte mir aus, *wie sich die Edith fein macht, Richtung Calden fährt, und plötzlich – kurz vor der Kirche – abbiegt und denkt: „Ich bin doch nicht blöööd!" Dann fährt sie irgendwo anders hin, um sich zu amüsieren.*

Aus dem Urbettzimmer heraus hörte man, wie die Omi der Edith vom Evchen erzählte:
Gestern hat sich das Evchen so über die Omi aufgeregt, daß sie einfach den Hörer aufgeknallt hat!
Das kam so: Das Evchen wurde von einem Lustgreisen verbal aufs dreisteste angemacht, und wollte ihrer Empörung darüber Luft machen. Doch die Omi schlug sich ganz und gar auf die Seite des Herrn.
Die Omi machte uns vor, wie dieser feine Herr zum Evchen gesagt haben soll: „Wenn ich jetzt geschieden wäre, dann könnte ich Sie heiraten!" Und

dies wiederum habe er, laut Omi, nur aus jenem Grunde gesagt, weil das Evchen gejammert hat, daß niemand es liebt.
Wenn die Omi die Worte, die der Herr gesagt haben soll vortrug, so klang´s genau nach Omi!
„So ein schönes Mädchen!" habe er warm ausgerufen.
Die Edith schlug sich allerdings auf die Seite vom Evchen und sagte etwas abwertend über die Männer: „Das sind schon Schmeckefüchse!"

Beim Frühstück sprachen wir darüber, daß die Schröders die Hauseigentümer sind, und somit gehört die Oma die im Hause wohnt, von Rechtswegen auch ihnen, und so könnten wir eine Rechnung schicken: Omiabnutzungsgebühr.
Wir in unserer Frühstückskonversation modulierten weiter, und sprachen über die Aufzucht von Säuglingen.
Manche Muttis kommen mit dieser Mühe einfach nicht zurecht, und ich erzählte von einem Report, den ich gesehen haben will: Meist sind´s Wunschkinder, und die Eltern träumen von einem süßen Wonneproppen, der immer strahlt. Bloß haben sie dann ein zahnloses kleines Ungeheuer am Bein.
Ich schwenkte zum Geigenbauer D. weiter, und berichtete plastisch, wie das zweite Baby, das sich die D.s im Windschatten dessen, daß ihnen der erste kleine Sohn so besonders geglückt schien, gegönnt

hatten, beim Plärren den Mund derart weit aufriss, daß das halbe Gesicht hinweggeklappt war.
Es plärrte von früh bis spät.
Doch so manch eine bleiche und gestresste Frau verträgt keinen Stress, und ich malte uns aus, wie sie das Baby an einem einsamen Autobahnparkplatz ablegt.
Wenn sie sich dann abkehrt, um sich wieder in den normalen Alltag hineinzufädeln, ruft ihr ein Herr hinterher: „Hallloooh! Sie haben da was vergessen!"

Bald darauf kamen kurz hintereinander zwei Damen: Barbara und Omi Kionczyk.
Diesmal sah man in der von Omi Kionczyk mitgebrachten Bild-Zeitung gar ein Bild, auf dem der Ernst-August in der Nase wühlt.
Omi und Frau Kionczyk stritten sich alsbald wieder über den Ernst-August.
Die Omi findet es nicht in Ordnung, daß solche Menschen derart zur Weißglut getrieben werden, und Omi Kionczyk wiederum findet es unmöglich, daß sich ein Mensch so benimmt!

Trotzdem liebe ich Frau Kionczyk inzwischen schon fast, weil ich mich an sie gewöhnt habe, und weil man auf Rehlein nicht mehr nach Belieben zugreifen kann. Verschwunden hinter mehr als sieben Bergen! Jetzt ist Frau Kionczyk eben meine neue Verwandte, zumal es ja heißt, „die Verwandten könne man sich nicht aussuchen", und die erwachte Verwandtschaftsliebe schlug sich auch darin nieder, daß ich Omi Kionczyk zum Abschied umarmte und busselte, und sogar etwas Abschiedsschmerz fühlte.

Ich saß im Auto und fuhr lange nicht ab, weil ich mich plötzlich wie gelähmt fühlte:
Den Blick durch die Frontscheibe auf die Rückseite von der Omi gerichtet, die mit der Barbara den Hang hinanwackelte. Ich hatte plötzlich rasende Angst, der Blick auf den gebeugten und verholzten Rücken meiner kleinen Omi sei vielleicht der letzte? Ein Gedanke, der mir fast das Herz abschnürte, auch wenn man im Alltag manchmal denkt, dies wär vielleicht das Beste?
Dann sah ich die Damen allerdings nochmals von der Seite und schob auch noch ein paar warme Abschiedsworte durch das Fenster nach, bevor ich dann endgültig hinwegfuhr.

Wieder daheim in Aurich:
Einmal rief Buz den Franz in Taiwan an, doch Buz hatte sich in der Zeit vertan, und dort war´s gerad eben mal vier Uhr morgens!

Freitag, 23. Juni

Zuweilen fast tropischer Regen.
Hi und da aufgelichtet

Die Krankenkasse hat Ming eine Psychotherapie bewilligt.
Gestern hatte Buz Rehlein am Telefon davon erzählt, und ich hatte lustig wie ein kleines Töchterlein geplappert: „Ming ist jetzt ein staatlich anerkannter Psychopath!"

Am Vormittag holte Buz Frau Seibl zum gemeinsamen Musizieren ab. Wir hatten gleich eine nette Wellenlänge zueinander und ich wärmte die Erinnerung auf, wie der Tone neulich beim Hauskonzert aus Versehen nur die Satzbezeichnungen angesagt hat. Da frug eine Seniorin sehr streng und mit dunkler Stimme: „und von _wem_ bitte?"
Es handelte sich dabei um die Mutter von Frau Seibl, die sehr empört war, da sie leicht zu empören ist.
„Ach, das war Deine Mutter?" rief ich aus, und sagte aus Versehen „Du".
Frau Seibl jedoch gefiel dies, und Buz wiederum sagte auf seine sonnige Art etwas solcherart, daß sich doch wohl Gewohnheitsrechte bilden, wenn man sich nun schon bald 22 Jahre kennt, und lachte seinen eigenen Worten so entzückend hinterher.

Buz wurde sehr vergnügt, und meinte seinerseits, daß man die Brüderschaft nachher bei einem Glas Tee doch durchaus noch intensivieren sollte.
Bald darauf hörte man die beiden musizieren: Brahms´ d-moll Sonate stand auf dem Programm. Doch Buzen ging es so wie jemandem, der auf der Autobahn ganz lange freie Bahn hatte, und plötzlich Tempo 30 fahren soll!
Na, der Leser wird´s verstehen.

Auf dem Tisch lagen ein paar Postkarten an den Kanzler Schröder.
Eine Anti-Atom-Petition, die Veronikas unehelicher Schwager, der stets zum Wohle der Menschheit engagierte Armand geschickt, und bereits mit Briefmarken bepappt hat, so daß wir lediglich unsere Unterschrift drunter setzen, und sie bei Gelegenheit in einen Briefkasten werfen müssten.
Ich stellte mir vor, wie der Schröder die Postkarten beim Frühstück alle einzeln liest, und die Doris ganz wahnsinnig dabei wird, weil doch überall das Gleiche draufsteht! Doch manch ein Bürger schreibt unter die Petition: „Einen schönen Gruß an Doris aus der Oberpfalz!" (und dererlei).

Mittags wurde ich fröhlich, und rief beim Kochen aus: „Ich habe sooo viel gelernt!" Und zwar aus den Hits von Udo Jürgens. Z.B. die Lehre: „Manchmal spielt das Leben mit dir jern Katz & Maus!"

Scheinbar plumpes Allgemeinwissen, worüber man allerdings bislang niemals ernsthaft nachgedacht hat.

Ich schaute „Brisant":
Ein Mohr in Dessau wurde ermordet, bloß weil er ein Mohr war.
Man zeigte seine verhärmte Witwe mit ihrem süßen kleinen Baby, das seinen Papi nun niemals kennenlernen wird!
An der Stelle, wo er so roh zusammengeschlagen wurde, hatte sie ein kleines Sträußlein hingelegt, das nach kürzester Zeit schon wieder entfernt worden war.
Da weinte die arme Frau, weil ihr diese Rohheit einfach unbegreiflich war.

Samstag, 24. Juni

Meist schwärzlich bewölkt und regnerisch

Im Fernsehen wurde der Clara-Schumann-Wettbewerb übertragen:
Über einen hageren Japaner mit Brille, der immer so fleißig geübt hat, sagte Buz, er würde ihm ein Engegefühl bereiten.
Danach spielte ein blonder Schweizer. Er hielt das Kruzifix von seiner Omi ganz fest und bekreuzigte

sich, und doch schoss er am Beginn vom letzten Satz in Chopins e-moll kurz aus dem Geschehen, so daß an einen Sieg leider nicht mehr zu denken war.

Ich dachte mir aus, wie ich allen erzähle, daß der Opa wieder heiratet.
Er heiratet seine Schwägerin Irma.
Am 2. Juli endet Opas Trauerjahr, am gleichen Tag macht er der Irma einen Antrag, am 10. Juli endet dann die Woche Bedenkzeit, die sich die Irma auf seinen Antrag hin erbeten hat, und dann muß auch schon bald ein Termin ausgemacht werden, da der Opa ja auch nicht mehr alle Zeit der Welt hat.

Heute kam ein sehr netter Brief von einem Gulfhofbesitzer, der sehr interessiert daran ist, daß „der Musikalische Sommer keinen Bogen um Backemoor macht",
„das alles ließe sich bei einem gemeinsamen Abendessen sicherlich detaillierter besprechen!" schrieb der Herr animierend und voll echter Gasteswärme, da es ja seine Frau ist, die kochen muß.

Beim Kochen versuchte ich Buz in das Küchengeschehen zu integrieren.
„Ich habe eine Aufgabe für Dich. Die macht Dir sicher Spaß!" sagte ich nett.
Nämlich die Mandeln zu schälen.

Buz war sehr eifrig, und hätte am liebsten schon losgeschält, bevor die Mandeln überhaupt unter heißem Wasser aufgeweicht waren.
Später wartete Buz auch nicht lang genug, und so dauerte es dermaßen lang, bis alle geschält waren!
Zum Essen schauten wir den aufgezeichneten Clara-Schumann-Wettbewerb zuende und erfuhren durch die Zunge eines Joachim Kaiser, daß der Typus des „russischen Tastenhengstes" mittlerweile leider ausgestorben sei.

Sonntag, 25. Juni

Kalt, grau und barsch bewölkt

Zum Frühstück hörten Buz & ich die 5. Symphonie von Beethoven, und dann zog´s den ewigen Wörkoholiker Buz wieder in sein Geigeneck, wo er wie alle Tage emsig am Streichquartett von Wim Stoppelenburg herumübte.
Sein Geigeneck – das ist die Flügelecke, wo sonst der süße Ming zu arbeiten pflegt, und ich glaube, daß Buz deswegen so gerne dort sitzt, um seinem geliebten Sohn unbewusst nahe zu sein.

Am Vormittag probten wir Stoppelenburg, so wie wir früher Herberger geprobt haben. Buz und ich im Duett scheinen auf unbekannte halbe

Streichquartette spezialisiert: Ich, auf Art vom Diener Wang, freundlich und ruhig dem Werke dienend, kein überflüssiges Wort verlierend, und Buz wie ein gespannter Bogen nach vorne denkend, indem er eifrig immer weiterprobte.
Wenn man etwas sagt, dann sagt Buz geistesabwesend: „biddö" (ohne Fragezeichen) und spielt einfach weiter, um keine Zeit zu verlieren.
Beide waren wir froh, daß nach einer gewissen Zeitspanne ans Mittagessen gedacht werden durfte.

Nach dem Essen las Buz aus den „Kindheitssplittern" von Gidon Kremer vor, und wir erfuhren, in welch bedrückender Atmosphäre der Gidon groß geworden ist. Eine jener beklemmenden Familien, die nur auf drei Beinen steht, und die gerade in sowjetischen Künstlerfamilien oftmals anzutreffen ist: Vater, Mutter, Sohn. Und sonst niemand.
Einmal hatte die fürsorgliche Mutter eine leuchtende rote Tomate nur für ihren Sohn gekauft.
Doch der neurotische Vater wurde davon sauer und ungemütlich, daß er als Familienoberhaupt beim Tomatenkauf einfach übergangen worden war, so daß er die einzelne Tomate einfach in den Müll schmetterte!
Eine Geschichte, die man nie vergisst, und die eigentlich auch unentschuldbar, da so häßlich, ist.
Da legte ich das Tschaikowski-Konzert mit dem damals 23-jährigen Gidon auf.

Doch Buz hatte keine Geduld, an den Früchten von Gidons jahrelangem Fleiß zu naschen. Einmal spielte er auf seiner Violine mit, doch das gewählte Tempo passte nicht zu Buzen – so wie ein viel zu weites Hemd, in das man sich nicht hineinkuscheln kann.

Für den Nachmittag erwarteten wir unsere Quartettpartner Wim Stoppelenburg und Christoph-Otto Beyer.
Überpünktlich klingelte Herr Stoppelenburg und brachte uns einen ganzen Kuchen in einer geschmackvollen Kuchenschachtel mit.
Leider ist die Wellenlänge von Herrn Stoppelenburg und mir nicht wirklich beglückend, und das, obwohl wir einander zugetan und immer freundlich sind. Doch darüber hinaus machen wir uns gegenseitig eigentlich nur verlegen.
Es äußerte sich dahingehend, daß man nach dem einleitenden „Hallo!" und „wie geht´s?" nicht mehr weiter weiß, und so vertraute ich auf die Wirkung vom Christoph-Otto, der bald darauf kam, und in dessen Gegenwart mir dann meist was Lustiges und Stimmungsschürendes einfällt.

Montag, 26. Juni

Der Tag war in ein graues und quängeliges
Wolkenbild gebettet,
aber zuweilen fraß sich die Sonne
durch dichteste Wolken.
Abends plötzlich ein
unglaubliches Leuchten am Himmel

Am Morgen übte ich, und es wäre gelogen, wenn ich jetzt schrübe, daß es mir nur um die Sache ging.
In Wirklichkeit stellte ich mir eigentlich immer nur den lauschenden Buz dabei vor, und überlegte, was er wohl denkt.
In meinen Noten stand über dem „Presto" von Bach zu lesen „hochmarkant".
Worte, die ich vor vielen Jahren dahingeschrieben hatte.

Buz wollte eigentlich mit „denen" (ein schwammiger Begriff) um den Thomas herum in die Markthalle gehen.
„Ich könnte aber auch etwas kochen!" sprach mehr die eifrige Tochter, denn ich selber aus mir.
Wenig später hörte ich Buzen am Telefon auch schon sagen: „Die Kika würde auch was kochen!"
Logisch, daß sich der sparsame Thomas sodann für diese Möglichkeit des Miteinander entschied.

So kaufte ich gottergeben für ein einfaches Hausfrauengericht ein:
Spinat mit Eiern und Tomaten, und beim Tomatenkauf wiederum dachte ich an den Vater von Gidon Kremer, und frug mich, ob er wohl noch lebt?
Im Supermarkt fühlte ich mich ein bißchen deprimiert, hatte jedoch vergessen, warum? Doch dann fiel es mir wieder ein: Es war, weil die Bremse in meinem Auto sich so komisch angefühlt hatte: Praktisch so, als träte man auf Pudding! Man tritt drauf, und es geschieht kaum etwas. Am Anfang hatte ich sogar Zweifel, ob ich überhaupt aufs richtige Pedal getreten bin?

Für den Thomas mit seiner Dauerdiät hatte ich mir etwas einfallen lassen:
Ich richtete ihm einen buddhistischen Fastenteller. Mit einem leeren Reisschälchen, Stäbchen, asiatischen Figuren und einem brennenden Teelicht.
Der kleine Scherz wurde von allen Seiten beschmunzelt.

Am Nachmittag rief Anni Schmidt, eine Teedame Rehleins an, die sich nach Rehlein sehnte.
Ich war so nett und stak voller Plauderschwung, so wie man nur ganz selten jemanden erlebt, den telefonisch zu molestieren man sich erkühnt hat.
Über Rehlein sagte ich: „Die wohnt nicht mehr hier!"

„…???"

"…ne, die ist weg!"

„Frau Schmidt!" sagte ich erklärend zu Buzen, der sich wie einst der „Curious george*" herbeigeschlichen hatte, um alsbald wieder zu Frau Schmidt in der Hörmuschel hinüberzuschwenken: „Ich mußte bloß eben meinem Papa sagen, wer da anruft. Sonst wäre er geplatzt vor Neugierde!"

*ein neugieriger Affe in einem Kinderbuch

Dienstag, 27. Juni

Ganz unterschiedlich:
blauer Himmel, Sonnenschein.
Dann wieder zugewölkt, so daß die Sonne
zum Schweigen verdammt wurde

Wenn der Tag zu Beginn noch so frisch ist, so kommt einem jene Stunde zur Nacht, in der man endlich wieder ins Bett steigen darf, so entlegen vor! Aber sie kommt, so wie das Alter, zur rechten Zeit…

Ich schrieb meiner Freundin Heidi zum Geburtstag, und dieser Brief geriet mir nett und seltsam zugleich. Sogar eine Zeichnung hatte ich gemacht: Ein kahlköpfiger Herr trotzt mit seinem wüst verpusteten und nach außen geblähten Regenschirm einem aufgebrachten wütenden Wettertief.

Hierzu schrieb ich erklärend: „Das Bild zeigt meinen Klavierlehrer Herrn Bloser im Sturm".

(Für eine 37-jährige seltsam.)

Theoretisch hätte ich aber auch etwas anderes zeichnen können:

„Mein Chef in der Badewanne" oder „…in Dirigierpose".

Nach einer Weile ging´s bei uns in leicht variierter Form so zu wie immer.

Ist man länger an einem Ort, so schleichen sich Muster ein. Aber das Muster verändert sich immer ein *bißchen*, so daß nach einer Weile ein ganz anderes Muster daraus geworden ist. Und doch hat man das Gefühl, alles sei immer gleich, so daß man im Falle seines Exitus´ nicht viel verpassen wird.

Die Variation bestand darin, daß Buz heut mit dem Auto zum Brötchenkauf fuhr. Zuerst stand das Auto so rum, und dann so rum.← wie es die Polizei nicht so gerne sieht.

Im Grunde eine Banalität, derartiges ins Tagebuch zu schreiben.

Aber ich mit meinem Hang zu Banalitäten schaue so gern auf unsere Straße drauf.

Der Laie würde nicht viel erkennen, doch ich sehe die unterschiedlichsten und unglaublichsten Dinge.

Z.B. eine reife Frau mit aufgeplusterter Blondfrisur in einem Sekretärinnenkostüm, die einfach so vorbeistöckelte, so daß man sich frägt: „Was hat sie

vor??" Dann wiederum sah ich eine verkommene alte Frau unter einer Dreieckskapuze, die sich mit dem Winde ringend eine Cigarette anzündete.
Und nach einer Weile sah man auch noch wie die Briefträgerin Buzen die Post aushändigte.
Später beim Frühstück stellte sich dann heraus, daß es Bibelbriefe für Buzen waren, und aus einem Begleitschreiben ging hervor, daß Buz sie sich selber bestellt hat!
Zum Frühstück schauten wir unser bulgarisches Gesellschaftsdrama weiter, und Buz mußte an seinen verstaubten Kollegen Herrn Baynov denken, und erinnerte sich, was der wohl für ein Arsch war.
Von Natur aus sei er kein Arsch gewesen, bemerkte ich. Es sei das Leben, das ihn zum Arsche hat werden lassen!
Inzwischen gibt´s schon so viele Länder auf der Welt, in denen keiner mehr leben mag: Bulgarien, Rumänien, Kasachstan u.a.
Es sei Aufgabe der Psychologen, die Arscheskruste, die sich mit den Jahren um uns Menschen legt, zum Bröckeln zu bringen.

Zum Mittagessen lief wie alle Tage der Televisor, weil wir uns nichts zu sagen haben.
Buz konnte allerdings meine Gedanken lesen:
Gutmütig hatte ich soeben darüber nachgedacht, wie das nun wohl wäre, wenn eine seiner Schülerinnen hier säße und das döööfste Zeug schwätzte? Buz

würde mit Sicherheit gebannt an ihren Lippen kleben!
„Hm! Schmeckt das aber gut!" sagte Buz gerad in diesem Moment, weil er die Gedanken mit dem 6. Sinn erspürt hat, und küsste galant meine Hand.

Buz hatte sich im Haushalt zwiefach nützlich gemacht:
Er brachte die Mineralwasserflaschen weg und zum Schluß kochte er uns auch noch einen Kaffee, während ich mich leider schon zur Arbeit sputen mußte.
Als ich das Haus verließ, fühlte ich mich wie eine 17-jährige, die einen Ferienjob angenommen hat.
Eigentlich hatte ich keinen Bock auf die Arbeit, beschloß aber, sie „frohgemuth an den Hörnern zu packen".

Nachdem ich mich mühsam die vielen Stiegen in die Ostfriesische Landschaft hinangearbeitet hatte, händigte mir der erfreute Mitarbeiter Dirk einen ganzen Stapel Plakate aus.
Erfreut, daß er eine Dumme gefunden hat.
Ich als Plakatanklebungsfräulein zog somit durch Aurich, und fühlte mich getragen vom Schwung, den diese neue Aufgabe in mir entfachte.
In der historischen Drogerie stand ein lebensgroßer Verkäufer aus Pappe. Er stak in einem weißen Gehrock und sein Gesicht war von einem

strahlenden Lächeln erhellt. Der danebenstehende Friese vom alten Schlage war allerdings echt.

„Wie lange soll das da hängen?" frug er, und verwies auf ein anderes, abgehängtes Plakat, das da herum lag.

„Das hing sechs Wochen! Das ist kein Vergnügen!" meinte er verdrossen.

Doch dann hängte er das Meinige doch auf…

Teestube am Nachmittag:
Frau Uta Münch saß bereits im Teestubeninneren, und ich erkannte sie an jenem rotgefärbten Haarteil mitten auf der blondierten Vorderfrisur, das mir beschrieben worden war.

Wir stürzten uns gleich in ein Gespräch, und ich erfuhr so allerlei: z.B. daß Frau Münch ab dem 1. Oktober arbeitslos wird.

Tatsächlich: eine Dame wie „Frau Moser" in Wiener Neustadt – eine Dame, die dem Opa dabei hilft, seine Bücher gescheit in Form zu bringen.

Doch Frau Münch wirkte gottlob deutlich fröhlicher als die lebensgegerbte und verdrossene Frau Moser, die leider immer viel zu wenig Geld hat, so daß sie über den Opa wirklich froh ist.

Einmal durchhuschte Pastor Diekmann mit seinem Sohn das Lokal. Er grüßte kurzangebunden durch ein Genicke, und wenig später folgte Frau Backe, die mich wirklich herzlich begrüßte, so daß ich hinterher von Gefühlen gepeinigt wurde, selber vielleicht nicht herzlich genug gewesen zu sein?

Dann erfuhr ich, daß Frau Münch ganz alleine lebt.
„Nur mit meinem Freund mit der haarigen Brust!" setzte sie in trauriger Fröhlichkeit hinzu: Einem 18-jährigen Kater.
„Was der alles schon mit mir durchgemacht hat!" rief sie in freudigem Plauderschwunge.
Doch nun sei er alt.
„Katzen können bis zu 25 Jahre alt werden!" sagte wiederum ich, und es klang ein wenig so, wie damals, als der Polt sagte: „Mein Spezi kann´s dir 30,20,10% MINDESTENS billiger geben!" (Hilflos, töricht und unpassend.)
So als wolle man der Ehefrau eines 98-jährigen Herrn, der es nun auch nicht mehr ewig macht, ermunternd zurufen: „Männer können bei guter Pflege bis zu 115 Jahre alt werden!"

Später kam Frau Backe an unseren Tisch und machte einen kleinen Wortwirbel drum, daß Künstler wie ich „sich den Kopf freihalten sollten."
 Und einmal rief sie auf ihre Art lachend aus:
„Du kannst dich wirklich nicht verkaufen!"

Abends:
Buz als Naturfreund, wollte sich eigentlich einen Krokodilfilm anschauen, war dann aber an einer Seifenoper klebengeblieben.

Mittwoch, 28. Juni

Meist üppig und grau bewölkt und sehr windig

Am Vormittag rief Herr Enslinger an:
Jener Herr aus Backemoor, der uns für morgen abend zum Essen eingeladen hat. D.h. eigentlich Herrn König und seine *Gattin!*
„Ich sehe für das ungeübte Auge genau aus wie eine Ehefrau!" versicherte ich scherzend.
Der Herr sprach schwäbisch, und mich rammte ein unschöner Gedanke:
Daß er vielleicht gar nicht so nett sei, wie einem die Einladung suggerieren will, und der Brief bloß eine Farce ist?
Nachher verbirgt sich hinter dem vermeintlich so warmen Briefeschreiber womöglich eine unschöne Variation von Hans Maulbetsch aus Calw, einem mäkeligen Kulturfreund, der immer alles anders haben will?
Denn jemandem zum Essen einzuladen, um dann nachzufragen, ob seine Frau ein Essen vorbereiten solle, ist doch irgendwie seltsam, oder?
Der Herr selber wird morgen allerdings gar nicht dabei sein, da er sich auf einer dubiosen Geschäftsreise Richtung München befindet.
„Bei meiner Frau sind Sie in den allerbesten Händen!" sagte er mit einem gewissen Pathos in der Stimme.

Es klang aber ein wenig wie von einem „Gewieften"
der seinen Fuß in allen möglichen Türen hat?
Kann aber natürlich auch sein, daß seine Frau ihm
heut schon übellaunig an den Kopf geknallt hat:
„Ach?? Und mich lässt du allein mit einem mir
gänzlich unbekannten Ehepaar??"

Einmal kroch einem Würstl gleich ein Fax von
Herrn Rademacher aus unserem Faxgerät an Land.
Herr Rademacher lud zur „Streicherbesprechung".
Dies macht er öfters.

Telefonat mit Frau Kehrwald:
Wir sprachen darüber, was man sich wohl von einem
Psychiaterbesuch erhoffe, und listeten uns
gegenseitig auf, wie wir wohl wirklich sind?
Frau Kehrwald ist ungesellig und liebeshungrig in
einem.
„Dazuzugehören" war ihr immer unnatürlich
wichtig. Am liebsten zur sog. „Hautevolée" von
Basel, und am allerliebsten wäre sie die First-Lady
der Hochschule. Sprich: Die Frau des Rektors.

Ich kaufte mir die Tageszeitung, um sie daheim wie
eine Zitrone nach nichts bestimmtem auszuwringen.
Nur eines war ein bißchen interessant: Der Ernst-
August hat was springen lassen („Mein teuerstes
Pipi", so war der Artikel übertitelt): 58 000 Mark für
eine ganze Seite in der FAZ:

„Meine <u>ganze Hochachtung</u> gehört der türkischen Culture und dem türkischen Volk!" schrieb er regelrecht warm und inbrünstig, so daß ihm selbst Hartgesottene nicht mehr böse sein können.

Abends:
Der Televisor lief.
Immer wenn Fußball kam wurde ich irgendwie ganz wild, und drohte mich zu retirieren, weil mir das Getröte und Gejaule so auf den Wecker fiel. Buz schaltete dann immer rasch auf einen anderen Kanal, weil ihm meine Aura wohl doch irgendwie wichtiger ist? Und weil Buz das Fußballgegröhle letztendlich auch ekelhaft findet.

Donnerstag, 29. Juni

Verquollen und grau.
Oftmals Schauer und Regengüsse

Im Morgengrauen schrieb ich Briefe.
Im dritten Drittel eines Briefes an den Brüdi geriet ich regelrecht in Schwung, so daß mir die Seite plötzlich viel zu kurz war:
Ich philosophierte darüber, daß sich immer gleich ein Lebensmuster bildet, wenn man sich eine Weile lang irgendwo aufhält, so wie ich derzeit in Aurich.

Ein Muster, das dann jeden Tag abgelebt werden will. Und ruft der Nachbar: „Alles klar?" so blökt man, etwas am Kern der Frage vorbei, zurück: „Alles beim Alten!"
„Na wunderbar!" tönt´s in jovial aufgeschäumtem Gleichmut zurück, da nachbarschaftliche Gefühle leider nur selten tief sind. Vielleicht, weil man sich theoretisch immer sehen kann, und somit keinen besonderen Reiz aufeinander ausübt?

Ich radelte durch die trostlose Gegend hinter der Stiftsmühle bis zum Autohaus. Unterwegs regnete es, und als ich endlich vor Herrn Fecht, dem Autohändler stand, sah ich aus wie eine Frau, die soeben dem Duschhäusl entstiegen war.

Abends fuhren Buz & ich zu unserer Einladung nach Backemoor.
Nett wurden wir von der zirka 55-jährigen Brigitte Enslinger willkommengeheißen.
Sie führte uns an einen kleinen Tisch in einem riesigen Wohnzimmer, und wir bekamen einen Aperitif serviert, der augenblicklich die Zunge lockerte.
Somit wurde drauf losgeplaudert.
Dadurch, daß Buz unser Gastgeschenk überreicht hatte – die CD von Herrn Herberger – hatte man gleich ein wohlig verbindendes Gesprächsthema: Daß die Leute immer älter werden.

Und auf dem Humus dieses Allerweltsthemas, das mit Beispielen aus dem wahren Leben bestreut werden möchte, erfuhren wir das Unglaubliche: Daß Frau Enslinger, obzwar selber nicht mehr jung, noch eine leibliche Oma hat: Die 99-jährige „Eumel".
Dann schmähten die beiden Erwachsenen etwas übergeordnet, da ja niemand bestimmtes gemeint war, die Schwaben.
Ich selber wußte nicht viel zu diesem Thema beizutragen, weil ich mir sagte: Gibt´s überhaupt noch Schwaben?? Sind die nicht längst ausgestorben, bzw. „in alle Welt versprenkelt"? Doch redet man so daher, so wirkt´s ein wenig seltsam: „Was möchte sie uns damit sagen?"

Einmal sagte die Frau plötzlich aufwallend, daß sie Konzertpausen hasst! Dies schäumte einfach so aus ihr empor.
„Ich hasse Konzertpausen!" und das Wort „hasse" sprach sie scharf und zischend aus, so daß dadurch, daß diese Aussage nur schwer nachvollziehbar ist, ein tieferer Grund für diese jäh aufwallende Aggression zu vermuten ist.

Die Gespräche wurden persönlicher, während sich draußen vor dem Fenster die Nacht herbeigeschlichen hatte.
Wir erfuhren, daß Frau Enslinger einmal ein Konzert mit Anne-Sophie Mutter besucht hat, doch sie empfand das scheinbar feurige Spiel als kühl, und

fröstelte leicht unter der kostbaren musikalischen Dusche.
Dann erfuhren wir, daß ihr Mann Nierenkrebs hat und ihre Tochter am Möbius Syndrom leidet. (Die Unfähigkeit zu lachen, da sie keine Lachmuskeln hat. Es sei grauenhaft.)
Sie selber sei die einzig Gesunde in ihrer Familie, umschwappt von den unheimlichen Krankheiten der anderen. Und selbst ihre betagte Omi leidet unter fortschreitender Altersschwäche.

Freitag, 30. Juni

Ab und zu zartsonnig, ansonsten bewölkt

Nach unendlich langer Zeit sah ich im Traume Buzens Schülerin Ines wieder, die in der Zwischenzeit alt und häßlich geworden war.
Ich sah sie wieder, als sie eines Tages total sauer hinter meinem Bett aufsprang.
Sie hatte hinter dem Bett in Amreis Tagebuch gelesen, und die Dinge, die da drinstanden, hatten sie verstimmt und verärgert.

Um zehn Uhr kam Sebastian Heinemeyer in die Klavierstunde.
Man sah nur den Beginn der aufgehenden Sonne, sprich seinen Frisurbeginn mit Teilen der bloßen

Stirn hinter dem Notenbrett des Flügels emporragen, und um elf Uhr kam Frau Seibl leicht verspätet zur Probe.

Nach einem kurzen Teeumtrunk spielten wir die beiden Scherzi aus Beethovens c-moll bzw. Frühlingssonate, um die Zeit bis zu Buzens Heimkunft aus dem Fitnesstudio mit Sinnvollem zu füllen und in die Länge zu plätten.

Der Heimkunft eines Familienoberhauptes, in die wir diffuse Erwartungen setzten – so, wie vielleicht Ming in seine Auswanderung nach Amerika?

Um vier Uhr kam eine junge Dame, die Buzen vorspielen wollte: Heidi Abel aus Bremen.

Leider war unsere Wellenlänge zunächst von Verlegenheit geprägt, da ich mich in den Augen der Schülerin als Buzens Ehefrau spiegelte, und mich somit fühlen mußte, wie eine Dame, die ihre Strenge vorerst mit munkeleswarmer Güte übertüncht hatte.

Wenig später hörte man, wie die neue Schülerin etwas zag in Strich und Ausdruck Bachs d-moll Partita darbot.

Ich selber fuhr zu Frau Münch nach Wiesens, und fand, daß sie dort sehr schön wohnt: Ganz ländlich und fast ein wenig so wie in einem Traum, den ich im Jahre 1995 geträumt hatte, und *in welchem ich in einem Hause in Nürtingen wohnte. Einem gemütlichen, ein wenig einsam dastehenden kleinen Haus am Straßenrand.*

Und dennoch wehte mich in ihrem Haus eine leichte Traurigkeit jener Art an wie neulich in der Wohnung

von Frau Kamp: Von jener seltenen Einsamkeit eines Menschen befüllt, der auf dieser Welt niemanden mehr hat. Die Hand zum Gruße winkelnde flüchtige Bekannte vielleicht... an kalte Tautropfen in einem sonnigen, so jedoch kühlen Frühling erinnernd.
Rührenderweise hatte Frau Münch tatsächlich einen köstlichen Käsekuchen gebacken, und ich lernte ihren 18-jährigen Kater Pinki kennen.
Der Kater ist uralt, und bewegt sich nur noch rostig und angestrengt, statt geschmeidig wie in jungen Jahren durchs Leben. Wäre er jedoch ein Mensch geworden, so wäre er noch jung und frisch, und würde zur Stunde womöglich aufgeregt dem Abiball entgegenfiebern?
Jetzt saß der Kater altersgrämlich bei uns am Tisch und grabschte zuweilen ganz unverhohlen nach dem Käsekuchen.

Abends um 20 Uhr wurde im evangelischen Gemeindehaus neben der Redaktion der „Ostfriesischen Nachrichten" Frau Backes 60. Geburtstag gefeiert.
Ich mischte mich unter die zahlreich erschienenen Gäste, und erzählte der Christiane von der neuen Schülerin, die sich Buzen heute vorgestellt hat.
„Ich spiegelte mich als Ehefrau, die zwar recht freundlich tut, insgeheim jedoch denkt: „Diese Schülerpest!"

„Hast du das gedacht?" frug die Christiane.
„Nein. Aber ich dachte, daß die Schülerin denkt, daß ich das denk!"

Mich drängte es, meine Beethoven-Sonate erstmal hinter mich zu bringen, da ich doch auswendig spielen wollte, und man nie weiß, ob man sich vielleicht verspielt?
Doch Frau Seibl kam und kam nicht, und ich malte mir bereits aus, *daß ihr Mann heut vielleicht überraschend die ganze Familie ausgelöscht hat?*

Frau Backe hielt eine Rede bzw. stellte die Gäste vor. Da kam Frau Seibl doch, und schließlich spielten wir unsere beiden kurzen Werke von Beethoven. Leider war Frau Seibl tierisch nervös, und vertippte sich hi und da leicht.

Die 86-jährige Mutter von Frau Backe wirkte auf mich leicht altersdepressiv: Weißhaarig, dünn, und freudlos. Verknittert wie ein ungefaltetes Wäschestück in einem alten Koffer.
Sonst aber brandete eine Bombenstimmung um die depressive alte Frau herum auf.

Frau Backe regte an, daß jeder, der etwas mitgebracht habe, erzählen möge, was er sich wohl dabei gedacht hätt´, und ich stellte mir vor, *Buz würde aufstehen um zu erklären, was er sich dabei gedacht hatte, die Petra mitzubringen.*

Oder die Petra wäre aufgestanden um zu sagen: „Ich möchte noch ein paar Worte zu meinem Wurstsalat sagen!"
Und dabei stammt der Wurstsalat doch von irgendjemandem und ganz gewiss nicht von der Petra.

Wir Gäste genossen die Speisen und die sich lockernden Zungen, mit denen prustend zu belachende Albernheiten und Anekdötchen ausgebreitet wurden…
und Gaudi wurde auch gemacht.

Diekmann, Pastor, neuer Ehemann von Frau Backe (*um 1928)
Dirk, (*1953) Sekretär in der Ostfriesischen Landschaft
Dölein, (*1936) Onkel mütterlicherseits
Eberhard, (*1947) Onkel väterlicherseits. Wohnhaft in Berlin
Egon, unehelicher Ex-Schwiegersohn von unserer Großtante Irma in Kiel – (Geburtsjahr unbekannt)
Ella, (*1913) Großmutter väterlicherseits in Grebenstein
Elvira, (*1962) Ehemalige Studienkollegin und WG-Mitglied in Trossingen
Enslinger, schwäbisches Ehepaar in Backemoor Ostfriesland (Alter je unbekannt)
Essad, (*1945) ägyptischstämmiger Mann unserer lieben Freundin und Verwandten Nani in Graz
Evchen, (*1959) Arbeitskollegin von Omi Ella, die die Omi zum Anjammern nutzt. Sie liebte einen Herrn, doch für den war sie nur ein Abenteuer!
Feli, (*1996) Älteste Tochter von meiner Freundin Ute in Rottweil
Florian, (*1982) Sohn von Rehleins Kusine Irene im Ofenbach
Frank, (*1957) Erstling von Opas Bruder Otto (†) und seiner Frau Irma in Kiel
Friedel, (*1962) mein Lieblingsvetter
Fritzi, (*1970) der Neue an der Seite von Mings Exe Gerswind. Ehem. Geigenstudent Buzens
Gabi, (*1961) Zweite Frau von unserem Onkel Eberhard
Garrelts, Frau, nette Frau in Ostfriesland (zirka 52 Jahre alt)
Gaßmann, (*1953) Gitarrist in Worpswede
Geringas, (*1946) sowjetischer Cellokoloss von internationalem Rang
Gerswind, (*1964) Mings Exe. Bratschenspielerin.
Gertrud, (*1941) in Lübeck lebende Schwägerin von meiner Extante Antje
Gunnar, (*1966) Vormieter in meiner Wohnung in Trossingen
Hagi, (1940 – 1960) frühverstorbener Onkel mütterlicherseits
Hamann, Herr und Frau, Professor mit Gattin in Trossingen. (Er *1935, und sie? (deutlich jünger)
Hanlin, (*1974) taiwanesische Meisterschülerin Buzens
Hänschen Israel, Wirt der „deutschen Eiche" in Grebenstein. (Geburtsjahr unbekannt)
Hartl, Herr und Frau, Nachbarn in Ofenbach. (* je mitte der 50er Jahre)

Personenverzeichnis

Abel, Heidi, neue Schülerin Buzens (*1976)
Akaike, Frau, (*1939) deutsche Mutter von unserer halbjapanischen Freundin Mireille
Alting, Herr, Psychiater in Aurich (zirka 61 Jahre alt)
Amalia, rumänische Meisterpianistin in Trossingen (*1974)
Amiras, Prof., rumänischer Klavierprofessor in Trossingen (zirka 59 Jahre alt)
Andi, Onkel mütterlicherseits in Blankenfelde (*1949)
Anna, (*1949) Frau von Buzens Spezi Yossi
Annegret, Flötistin aus Mödling, gern gesehener Gast beim Musikalischen Sommer in Ostfriesland (*1966)
Antje, (*1939) Lieblingstante in Bonn (angeheiratet). Exe von meinem Onkel Rainer.
Anton, (*1973) einziger Sohn der Eheleute Brüdi & Gertrud in Lübeck
Armand, (*1933) elsässischer Lebensgefährte von unserer Freundin Franziska in Baden-Baden
Arno, (*1965) Ex von meiner lieben Freundin Ute aus Rottweil
Backe, Herr, (*1939) jovialer Herr in Aurich
Backe, Frau, (*1940) Exe von Herrn Backe
Baynov, Herr, Violinprofessor in Trossingen (zirka 64 Jahre alt)
Beätchen, (*1943) Tante mütterlicherseits in Kalifornien
Bloser, Herr, (*1947) mein Klavierlehrer in Trossingen
Bogad, Dr., Hausarzt und Dichter aus Katzelsdorf (*1958)
Breitsching, Herr, Bauersmann in Ofenbach (*1940)
Bron, Sachar, (*1952) berühmter russischer Violinprofessor in Köln
Brüdi, (*1942) Bruder von meiner lieben Ex-Tante Antje. Wohnhaft in Lübeck.
Butterweck, Frau, alte Frau aus Grebenstein (*um 1930)
Christa, Tante, (*1946) Frau von meinem Onkel Hartmut
Christiane, (*1965) Zahnarztgattin und Violin-schülerin in Aurich
Christoph, (*1956) Schwiegersohn von der Tante Irma in Kiel
Christoph-Otto, (*1965) Stadtmusikant und lieber Freund in Aurich

Hartmut, (*1945) Onkel väterlicherseits
Helmut, Onkel, Opas jüngster Bruder (1925 – 1995)
Heike, Herr, Komponist (*1933)
Heinemeyer, Sebastian, (*1982) Klavierschüler Buzens in Ostfriesland
Hilde, (*1964) Buzens Exe in Stuttgart
Hubert, (*1961) Ehemann von meiner Freundin Ute in Rottweil. Zimmereimeister und Politiker.
Ina, (*um 1983) wunderhübsches junges Mädchen aus der Nachbarschaft in Aurich
Insa, historische Exe Mings (*1965)
Irene, (*1944) Rehleins Kusine dritten Grades in Ofenbach
Irma, (*1937) Opas verwitwete Schwägerin in Kiel
Jennylein, (*1975) zweite Tochter von Rehleins Schwester Bea in Amerika
Johannes, (*2000) Söhnchen von unserer Freundin Annegret aus Mödling bei Wien
Jordan, Paul, Orgelspieler (Geburtsjahr unbekannt)
Jörg, (*1964) Zahnarzt in Aurich
Kathi, (*1986) leibliche Tochter von unserem Onkel Eberhard in Berlin
Kebap, Professor, (*1953) Musikwissenschafts-professor in Trossingen
Kehrwald, Frau, (*1947) Cembalistin aus Basel
Kionczyk, Frau, (*1919) alte Dame, die ehrenamtlich für die Oma Ella kocht
Kläuschen, (*1934) dritter Ehemann von meiner Extante Antje in Bonn
Knut, (*1960) alter Freund
Kohlhausers, drei Damen in Wiener Neustatdt: Großmutter, Mutter und Tochter, (zirka 84, 50 und 16 Jahre alt) aus Wiener Neustadt
Konrad, (*1967) Ehemann von meiner Freundin Margarethe
Kumpfert, Hans, Klampfenspieler. Geburtsjahr unbekannt
Lamberg, Heidi und Rudi, Bürgermeisterin mit Gatte in Lanzenkirchen. (Sie*1964 – Er: zirka acht Jahre älter.)
Leutz, Mäme, (1908 – 1994) Malerin. Mutter meiner Estante Antje
Linda, (*1973) Älteste Tochter von Rehleins Schwester Bea in Amerika
Luzilein, (*1999) einziges Enkelkind von der Tante Irma in Kiel
Margarethe, (*1972) Cellistin

Maria Kim, (*1977) Studentin Buzens
Martin, (*1994) Söhnchen von unseren Freunden Jörg und Christiane
Meyer, Frau, (*1935) Zugehfrau in Aurich
Ming, (*1964) Mein Bruder
Mireille, (*1966) langjährige Freundin
Mobbl, (1910 – 1999) Oma mütterlicherseits
Münch, Frau, (*1943) unsere Sekretärin in Aurich
Nani, (*1948) Schwester von Rehleins Kusine Irene
Nikola, (*1964) Kusine Rehleins
Omar, (*1972) Mann von Buzens Exe Hilde
Opa, (*1909) Rehleins Papi
Otto, Onkel, (1913 – 1997) Opas Bruder
Petra, (*1971) Studentin Buzens
Picker, Frau, (*1932) Klavierspielerin aus Linz
Prawitz, Frau, (*1911) Nachbarin in Aurich
Prinz, Frau, Frau in Ofenbach (zirka 63 Joooar?)
Punkl, Frau, Frau in Ofenbach (*1938)
Rademacher, Herr, Geigenprofessor in Trossingen (*um 1956)
Radziwill, Franz, Maler (1895 – 1983)
Rainer, (*1934) Rehleins ältester Bruder in Kanada
Rehlein, (*1939) unsere Mutter
Rudolf H., (*1965?) Komponist und Bratschist aus Amerika
Schless, Dr., Schönheitschirurg in Aurich (Geburtsjahr unbekannt)
Schmidt, Annie, Teeszirkeldame Rehleins (zirka 64 Jahre alt)
Schneider, Frau, Koreanerin in Aurich (Alter unbekannt)
Schulze, Frau, Teezirkeldame Rehleins (*1938)
Seibl, Frau, Klavierspielerin in Ostfriesland (*1952)
Seibold, Musikschullehrer in Ostfriesland (* um 1944)
Silvia, (*1960) Tochter von Onkel Otto und Tante Irma
Simone, (*1975) Studentin Buzens
Stoppelenburg, Herr, (*1943) Komponist aus den Niederlanden
Tobias, (*1971) Freund von Buzens Studentin Petra
Tone, (*1962) Adelsmann und enger Freund in Ostfriesland
Uli, (*1956) im Schwabenland ansässiger Neffe vom Opa
Uta (Utelchen), (*1936) Buzens Schwester
Ute B., (*1966) liebste Freundin in Rottweil
Ute M., (*1963) liebe Freundin im Schwabenland
Valerie, (*1961) Studienkollegin
Veronika, (*1945) liebste und langjährige Freundin

Hartmut, (*1945) Onkel väterlicherseits
Helmut, Onkel, Opas jüngster Bruder (1925 – 1995)
Heike, Herr, Komponist (*1933)
Heinemeyer, Sebastian, (*1982) Klavierschüler Buzens in Ostfriesland
Hilde, (*1964) Buzens Exe in Stuttgart
Hubert, (*1961) Ehemann von meiner Freundin Ute in Rottweil. Zimmereimeister und Politiker.
Ina, (*um 1983) wunderhübsches junges Mädchen aus der Nachbarschaft in Aurich
Insa, historische Exe Mings (*1965)
Irene, (*1944) Rehleins Kusine dritten Grades in Ofenbach
Irma, (*1937) Opas verwitwete Schwägerin in Kiel
Jennylein, (*1975) zweite Tochter von Rehleins Schwester Bea in Amerika
Johannes, (*2000) Söhnchen von unserer Freundin Annegret aus Mödling bei Wien
Jordan, Paul, Orgelspieler (Geburtsjahr unbekannt)
Jörg, (*1964) Zahnarzt in Aurich
Kathi, (*1986) leibliche Tochter von unserem Onkel Eberhard in Berlin
Kebap, Professor, (*1953) Musikwissenschafts-professor in Trossingen
Kehrwald, Frau, (*1947) Cembalistin aus Basel
Kionczyk, Frau, (*1919) alte Dame, die ehrenamtlich für die Oma Ella kocht
Kläuschen, (*1934) dritter Ehemann von meiner Extante Antje in Bonn
Knut, (*1960) alter Freund
Kohlhausers, drei Damen in Wiener Neustadtt: Großmutter, Mutter und Tochter, (zirka 84, 50 und 16 Jahre alt) aus Wiener Neustadt
Konrad, (*1967) Ehemann von meiner Freundin Margarethe
Kumpfert, Hans, Klampfenspieler. Geburtsjahr unbekannt
Lamberg, Heidi und Rudi, Bürgermeisterin mit Gatte in Lanzenkirchen. (Sie*1964 – Er: zirka acht Jahre älter.)
Leutz, Mäme, (1908 – 1994) Malerin. Mutter meiner Estante Antje
Linda, (*1973) Älteste Tochter von Rehleins Schwester Bea in Amerika
Luzilein, (*1999) einziges Enkelkind von der Tante Irma in Kiel
Margarethe, (*1972) Cellistin

Maria Kim, (*1977) Studentin Buzens
Martin, (*1994) Söhnchen von unseren Freunden Jörg und Christiane
Meyer, Frau, (*1935) Zugehfrau in Aurich
Ming, (*1964) Mein Bruder
Mireille, (*1966) langjährige Freundin
Mobbl, (1910 – 1999) Oma mütterlicherseits
Münch, Frau, (*1943) unsere Sekretärin in Aurich
Nani, (*1948) Schwester von Rehleins Kusine Irene
Nikola, (*1964) Kusine Rehleins
Omar, (*1972) Mann von Buzens Exe Hilde
Opa, (*1909) Rehleins Papi
Otto, Onkel, (1913 – 1997) Opas Bruder
Petra, (*1971) Studentin Buzens
Picker, Frau, (*1932) Klavierspielerin aus Linz
Prawitz, Frau, (*1911) Nachbarin in Aurich
Prinz, Frau, Frau in Ofenbach (zirka 63 Joooar?)
Punkl, Frau, Frau in Ofenbach (*1938)
Rademacher, Herr, Geigenprofessor in Trossingen (*um 1956)
Radziwill, Franz, Maler (1895 – 1983)
Rainer, (*1934) Rehleins ältester Bruder in Kanada
Rehlein, (*1939) unsere Mutter
Rudolf H., (*1965?) Komponist und Bratschist aus Amerika
Schless, Dr., Schönheitschirurg in Aurich (Geburtsjahr unbekannt)
Schmidt, Annie, Teeszirkeldame Rehleins (zirka 64 Jahre alt)
Schneider, Frau, Koreanerin in Aurich (Alter unbekannt)
Schulze, Frau, Teezirkeldame Rehleins (*1938)
Seibl, Frau, Klavierspielerin in Ostfriesland (*1952)
Seibold, Musikschullehrer in Ostfriesland (* um 1944)
Silvia, (*1960) Tochter von Onkel Otto und Tante Irma
Simone, (*1975) Studentin Buzens
Stoppelenburg, Herr, (*1943) Komponist aus den Niederlanden
Tobias, (*1971) Freund von Buzens Studentin Petra
Tone, (*1962) Adelsmann und enger Freund in Ostfriesland
Uli, (*1956) im Schwabenland ansässiger Neffe vom Opa
Uta (Utelchen), (*1936) Buzens Schwester
Ute B., (*1966) liebste Freundin in Rottweil
Ute M., (*1963) liebe Freundin im Schwabenland
Valerie, (*1961) Studienkollegin
Veronika, (*1945) liebste und langjährige Freundin

Walter, Herr, Vermieter in Trossingen (Geburtsjahr unbekannt)
Weisser, Frau, Hochschulsekretärin in Trossingen (*1942)
Wussow, Klaus-Jürgen, Spitzenschauspieler (*1929)
Xie Lipi, (*1953) Pianistin und liebe Freundin in Amerika
Yossi, (*1947) Spezi Buzens
Yussuf, (*1999) Söhnchen von Buzens Exe Hilde
Zimmermann, Heinz-Werner, (*1930) Komponist in Oberursel
Zvi, Bratschenspieler (Geburtsjahr unbekannt)

Und weiter geht´s im nächsten Band…

Erscheint am 30. August 2020